LA ADICCIÓN DEL TITÁN

EL TITÁN DE WALL STREET, VOLUMEN 2

ANNA ZAIRES

♠ MOZAIKA PUBLICATIONS ♠

Copyright © 2020 Anna Zaires
www.annazaires.com/book-series/espanol

Publicado por Mozaika Publications, una marca de Mozaika LLC.
www.mozaikallc.com

Traducción de Isabel Peralta

Portada de Najla Qamber Designs
www.najlaqamberdesigns.com
Fotografía por Wander Aguiar
www.wanderbookclub.com

ISBN: 978-1-63142-579-0
Print ISBN: 978-1-63142-580-6

mma

LLORO DURANTE LA PRIMERA DE LAS DOS HORAS Y MEDIA que dura el vuelo a Orlando. No puedo evitarlo. No solo tengo el corazón roto; siento como si me lo hubiesen arrancado de mi pecho.

Y lo he hecho yo misma.

Le dije a Marcus que no puedo irme a vivir con él.

Le dije que todo había terminado.

Mis compañeros de los asientos contiguos, un hombre calvo de cincuenta y tantos al lado de la ventana y una adolescente rubia en el asiento del pasillo, intentan mantenerse apartados mientras me sueno la nariz por quinta vez. Pero no tienen adónde ir. Bueno, técnicamente, la rubita puede levantarse e ir al baño, pero ya lo ha hecho tres veces para alejarse, así que se queda dónde está, mirándome de reojo de vez en cuando.

No la culpo. En un avión, lo único peor que un bebé llorando es un adulto llorando.

—¿Estás ejem... bien? —se aventura a preguntar al final el hombre, y yo niego con la cabeza, forzando una sonrisa llena de lágrimas.

—Sí, lo siento. Solo una... —Me trago un nudo en la garganta—. Una mala ruptura.

—Oh, genial —dice la adolescente, animándose visiblemente—. Pensé que acababas de enterarte de que tenías cáncer o algo así.

Hago una mueca apesadumbrada, sintiéndome gilipollas. Porque tiene razón: podría ser muchísimo peor. Hay personas sufriendo por tragedias reales, cosas malas que no pueden evitar. Mientras que el dolor que siento yo es completamente autoinfligido.

Empecé a salir con Marcus Carelli, un multimillonario de fondos de cobertura que está tan fuera de mi alcance como si viviera en otro planeta.

Me enamoré de él, sabiendo que no teníamos futuro, y ahora estoy pagando el precio.

—Yo también pasé una vez por una mala ruptura —confiesa la adolescente, mientras se mordisquea la uña pintada de verde y purpurina del pulgar—. El imbécil me engañó con mi mejor amiga del instituto. La besó detrás de las gradas, ¿te lo puedes creer?

—Oh, guau, eso es terrible. Lo siento —digo sinceramente. Aunque fuera en secundaria, eso tuvo que dolerle. Al menos Marcus nunca me engañó.

Desapareció durante tres días después de un increíble fin de semana juntos pero, que yo sepa, no estaba viendo a ninguna otra.

Bueno, a excepción de Emmeline.

Ella, o un clon suyo igualmente perfecto, siempre estuvo allí, entre nosotros.

—Sí, bueno, cosas que pasan —dice la chica, encogiéndose filosóficamente de hombros—. ¿Y a ti? ¿Qué te ha hecho ese idiota?

—Él... —Trago saliva otra vez—. Me persiguió hasta el aeropuerto y me pidió que me fuera a vivir con él.

La chica y el hombre me miran ambos como si me acabara de brotar una medusa de la frente, así que me apresuro a explicarme:

—Él no lo decía en serio. No de la forma en que la gente lo hace normalmente. Es solo por su propia conveniencia. Se va a casar con otra. Me lo dijo cuándo nos conocimos y...

—¿Está prometido? —pregunta la joven, horrorizada, y yo niego con la cabeza.

—No, no. Ni siquiera han empezado a salir. Puede que ni llegue a salir con ella en concreto. Solo es que él tiene un criterio muy particular, ¿entiendes? y yo no encajo en él. En absoluto. Tenemos química, pero eso no basta en una relación a largo plazo. No soy el tipo de chica que querría presentarles a sus amigos ni a sus clientes. Como mucho, yo solo soy una diversión para él, y tarde o temprano se aburrirá y se irá. Y entonces —Aspiro una temblorosa bocanada de aire—... entonces será mucho peor.

—Así que, ¿qué? ¿Has mandado a ese tipo a la porra como medida preventiva? —El hombre parece fascinado, como si estuviera obteniendo una percepción privilegiada de la psique femenina—. ¿Algo así como golpear primero en la batalla para minimizar tus pérdidas?

Asiento y me sueno la nariz otra vez.

—Algo así.

Excepto que si el objetivo era ganar dicha batalla, yo ya la he perdido. Mi corazón pertenece al hombre del que me he alejado, y me es difícil imaginar que me pueda doler más de lo que me está doliendo ahora mismo. Aun así, estoy segura de haber tomado la decisión correcta al romper con él.

Si me siento así después de un fin de semana juntos, ¿cuán peor sería de haber estado más tiempo con Marcus?

No, esta es la única manera. Arrancar la tirita de golpe, junto con, en este caso, un pedazo de mi corazón, y seguir adelante.

Seguro que la herida sanará con el tiempo.

¿Verdad?

Emma

Para cuando aterrizamos, ya sé demasiadas cosas sobre mis compañeros, porque parecen haber decidido conjuntamente que la mejor manera de evitar que llore por mi ruptura es distraerme con detalladas anécdotas sobre ellos mismos. Así me he enterado de que Donny, el cincuentón, es originario de Pensilvania pero reside en Florida, se ha divorciado dos veces, posee un concesionario de automóviles en Winter Park y no puede comer nada verde, mientras que Ayla, la adolescente, es una de las escasas nativas auténticas de Florida, tiene una hermana que se ha divorciado tres veces y se graduará del instituto el año que viene. Ayla, no la hermana, claro. Su hermana no acabó el instituto.

Ah, y Ayla es alérgica a los frutos secos, pero no tiene problemas con las cosas verdes.

—¡Adiós! ¡Ha sido un placer conoceros! —Los saludo con la mano cuando pasan apresuradamente junto a mí con sus maletas, y ellos responden, obviamente aliviados de haber terminado con el vuelo y con la pelirroja chiflada que lloraba por un hombre que le había pedido que viviesen juntos.

Yo también me siento aliviada. No porque no me gustara escuchar sus historias, que sí lograron distraerme de mi dolor de corazón, sino porque estoy ansiosa por ver a mis abuelos y sentir el cálido aire de Florida en mi piel.

La humedad aquí es criminal para mi pelo rizado, pero será toda una maravilla después de esa brutal tormenta de nieve de Nueva York.

El abu me está esperando en la terminal, junto al andén de salida del tren rápido, y acelero el paso gradualmente hasta que acabo corriendo hacia él, con la maleta dando botes detrás de mí. Aunque hablamos a menudo por Skype, no lo he visto en persona en un año, y siento que mi pecho va a explotar de alegría cuando suelto el asa de la maleta y me lanzo a sus brazos, estrechándole con fuerza y sonriendo como una loca.

A pesar de tener casi ochenta años, mi abuelo todavía es robusto, tiene la espalda recta y el torso lleno de músculos. También huele exactamente como recuerdo: a una mezcla de las galletas de la abuela y ropa almidonada. Me aparto un poco para mirarle bien, y me complace ver que aparte de por algunas arrugas más acusadas, tiene más o menos el mismo aspecto que el año pasado.

Él está haciendo lo mismo conmigo, y veo el momento exacto en que nota mis ojos enrojecidos.

—¿Qué ha pasado? —pregunta con firmeza, y sus pobladas cejas se juntan—. ¿Has estado llorando?

—No, claro que no. Me acabo de echar zumo de limón en los ojos —miento, agarrando fuerte el asa de mi maleta—. Estaba exprimiendo una rodaja en mi agua en el avión, y me ha saltado a la cara.

—Limón, ¿eh? —El abu me quita la maleta cuando comenzamos a caminar hacia la salida—. Pensé que podría tener algo que ver con ese novio tuyo de Wall Street.

—¿Qué, con Marcus? Oh, no, No es nada de eso. Además, te lo dije, él no es mi novio.

Él ya no es mi nada, pero no voy a profundizar en eso ahora mismo. Tal vez más tarde, cuando haya tenido ocasión de instalarme y de comerme algunas de las galletas de la abuela, encuentre las fuerzas para hacer trizas las esperanzas de mis abuelos, pero en este momento, estoy demasiado agotada para eso.

Además, prefiero darles las malas noticias a los dos a la vez.

—Bueno, sea lo que sea, nos alegramos por ti —dice el abu—. A menos, claro está, que él sea el limón en cuestión—. Me echa una mirada al subir en la escalera mecánica, y yo fuerzo una risita.

—Muy gracioso, abuelo. ¿Qué tal si me cuentas cómo os va a ti y a la abuela?

—Oh, igual de viejos que siempre, ya sabes... o sea, viejos de verdad. —Me guiña un ojo y esta vez mi risa es genuina—. ¿Y tú, princesa? ¿Qué tal tu vuelo? Parecía que iba a llegar a su hora, y luego, bum, un retraso.

—¡Oh, no! ¿Estabas ya de camino al aeropuerto cuando te enteraste de que se iba a retrasar?

—Sí, pero no te preocupes. He estado dando unas cuantas vueltas por los alrededores, escuchando audiolibros. Pero tu abuela estaba preocupada, así que puede que quieras llamarla en cuanto lleguemos coche. ¿Han dicho cuál era la razón de que se retrasara? ¿Ha sido por la tormenta de nieve?

Me encojo de hombros.

—No nos lo han dicho, pero probablemente tuvieran que descongelar las alas o algo así. Hasta he tenido suerte de que el avión despegara.

—Eso es verdad. Tu abuela lleva pegada al Canal Meteorológico desde el lunes, siguiendo la maldita tormenta. Casi podrías pensar que era una de sus series de Netflix —resopla, meneando la cabeza, y yo disimulo una sonrisa. El abu ve Netflix con a la abuela, pero por alguna razón, sigue insistiendo en que son las series de *ella* y que a él no le gustan en absoluto.

Seguimos conversando de camino al parking, y me entero de que el abu tiene una nueva caña de pescar y que la abuela ya ha hecho la mayor parte de la preparación previa de la comida de mañana.

—Es una pena que ese joven amigo tuyo no haya

podido llegar —comenta el abu al entrar en el coche, y mi sonrisa se congela mientras repito la excusa que les di por Skype: que Marcus tiene una barbaridad de trabajo esta semana.

Es cierto, en realidad: una inversión que había salido mal es lo que me lo robó el domingo, pero eso no lo sabía el sábado, cuando Marcus conoció a mis abuelos por Skype y lo invitaron a Florida para el Día de Acción de Gracias. Solo sabía que era de locos llevarlo conmigo tan temprano en la relación, así que les solté esa excusa... y gracias a Dios que lo hice.

Si mis abuelos hubieran estado esperando que él viniese conmigo, hubiera sido infinitamente peor.

Una vez hemos salido del parking, llamo a mi casera, la Sra. Metz, para saber cómo están mis gatos.

—Todos alimentados y acomodados en tu cama —me informa alegremente, y vuelvo a agradecerle que cuide de mis bebés peludos mientras estoy fuera.

Luego, llamo a la abuela y le aseguro que mi vuelo ha ido bien y que estoy deseando verla pronto. Ella me describe todos los platos que está preparando para mañana con tanto detalle que se me hace la boca agua, y para cuando cuelgo, podría comerme mi propio pie.

—Te ha empaquetado alguna cosilla —dice el abu, al parecer leyéndome la mente—. Está en la neverita del asiento trasero. Pensó que tendrías hambre después del vuelo.

No la tenía, hasta que la abu me la provocó con todas esas descripciones que parecían sacadas de libros de cocina, pero ¿que se le va a hacer? Me giro, cojo la neverita y le empiezo a hincarle el diente a la fruta cortada y los palitos de queso mientras el abu se lanza a contarme una historia sobre una nueva pareja de amigos que él y la abu han hecho, junto con anécdotas variadas de su comunidad.

Flagler Beach, su pequeño pueblo de la costa noreste de Florida, está a unos noventa minutos en automóvil de Orlando, pero el abu detesta la I-4, la ruta más directa que atraviesa el centro de Orlando, por lo que terminamos tomando el camino más largo. Según el abu, vale la pena, ya que los veinte minutos adicionales son el precio de su tranquilidad.

—Así no nos quedaremos atascados en medio del tráfico —me informa, y yo me abstengo de señalar que al tomar siempre la ruta más larga, hasta en las horas con menor probabilidad de atascos, en realidad se pasa más tiempo en la carretera que cogiendo la I-4 y quedándose atascado de vez en cuando.

En cualquier caso, cuando llegamos a su casa es casi medianoche. Para mi sorpresa, la abuela, que normalmente se acuesta más o menos a las diez, está completamente despierta y bien vestida mientras nos saluda desde el camino de entrada, donde hay un elegante Mercedes blanco aparcado junto al antiguo escarabajo de la abuela, probablemente como un favor para algún vecino.

—Tendrías que haberte ido a la cama —la riño, abrazándola, y ella se ríe, con sus ojos grises brillando con una emoción apenas reprimida, y desprende una nube de su perfume favorito de jazmín al apartarse.

—¿A la cama? ¿Cuando mi nieta favorita vuelve a casa? No soy tan vieja como para no ser capaz de quedarme levantada un par de horas después de mi hora habitual. Además, no podría irme a dormir con una sorpresa tan grande esperándote —dice radiante, y me doy cuenta de que, además de usar perfume y llevar ropa de salir, todavía tiene puesto su maquillaje de día.

—¿Qué sorpresa? —El abu, que viene detrás de mí con la maleta, suena tan perplejo como yo me siento—. ¿Y de quién es ese coche? —Señala con la cabeza hacia el Mercedes.

La abuela sonríe.

—Entra y ya lo verás. —Ella se apresura por delante de nosotros, y el abu y yo intercambiamos sendas miradas de confusión antes de seguirla.

Yo entro primero, con el abu arrastrando la maleta de ruedas detrás de mí, pero solo puedo dar dos pasos antes de que mis pies echen raíces y me quede petrificada en el sitio, boquiabierta ante la visión que hay frente a mí.

En el medio de la sala de estar de mis abuelos, de pie junto a su sillón suavemente desgastado, hay un hombre alto, de constitución poderosa, con rasgos duros y sorprendentemente masculinos. Sus cejas gruesas y oscuras, su mandíbula bien cincelada, sus pómulos altos sobre las mejillas finas y oscurecidas por una pizca de barba… cada uno de los marcados rasgos de su rostro me hacen hervir la sangre y me aceleran el pulso. En lugar de su habitual traje a medida, está vestido con un par de vaqueros de diseño y una camisa blanca abotonada, el mismo atuendo con el que lo he visto en el aeropuerto JFK de Nueva York menos de cinco horas atrás.

Cuando me besó.

Y me pidió que viviera con él.

Y me miró como si le hubiera apuñalado en el corazón cuando me negué y me subí al avión.

Marcus Carelli, el multimillonario de Wall Street de quien, yendo en contra de toda mi sensatez, me he enamorado, está aquí, en casa de mis abuelos, con su fría mirada azul clavada en mí con la intensidad de un halcón que escudriña su presa favorita.

 arcus

LOS OJOS GRISES DE EMMA SE HAN AGRANDADO TANTO que podría ahogarme en ellos, y sus pecas destacan fuertemente, aliviando la absoluta falta de color que invade su rostro ya de por sí pálido. Sus rizos se ven más salvajes de lo habitual, flotando alrededor de su cabeza como un halo de fuego, y su cuerpo pequeño y curvilíneo está petrificado por la sorpresa mientras me mira desde el otro lado de la habitación, con su abuelo igualmente aturdido a sus espaldas.

—Hola, gatita —digo con calma, a pesar del deseo oscuro que hierve en mi sangre, mezclándose con la furia y el dolor que aún siento—. Adivina qué. Terminé antes con el trabajo y decidí darte una sorpresa.

—Voló al aeropuerto de Daytona Beach y llegó hace

media hora, ¿puedes creerlo? —exclama Mary Walsh, casi estallando de entusiasmo—. Quería llamarte, pero Marcus pensó que sería más divertido saludarte cuando llegaras. Hemos estado tomando té con galletas y...

—Perdonadnos —dice Emma con firmeza. Recuperándose de su parálisis, viene directa hacia mí, me agarra por el brazo y se vuelve hacia sus abuelos—. Marcus y yo tenemos que hablar.

La expresión de Mary cambia de golpe cuando se da cuenta de que su entusiasmo no es compartido.

—Por supuesto, estoy segura de que vosotros dos tenéis que... —no escucho el resto de lo que dice porque Emma me arrastra fuera de la casa. No literalmente, claro: ella es diminuta comparada conmigo; pero tira de mi brazo con la fuerza suficiente como para que yo no pueda resistirme sin que sus abuelos noten que mi presencia no es exactamente bienvenida.

Deben de estar sospechándolo ya.

Con sus delicados dedos clavándose violentamente en mi antebrazo, Emma me arrastra calle abajo hasta que estamos dos casas más allá y ocultos de sus abuelos detrás del exuberante paisajismo de sus vecinos. Entonces, y solo entonces, me suelta el brazo y da un paso atrás, mirándome con tanta furia que cada rizo de su cabeza parece estar bailando la samba.

—¿Qué cojones estás haciendo aquí? —me dice entre dientes, con los puños apretados a los costados—. Te dije que habíamos terminado...

—Y yo me negué a aceptarlo —le informo

sombríamente, aunque lo que realmente quiero es agarrarla y hacerla entrar en razón a besos. O mejor aún, hacerlo follando. Pero en deferencia a nuestra ubicación pública, le digo—: Como mínimo, me debes una explicación.

—¿Has hecho todo el camino hasta aquí en busca de una explicación? ¿No has oído hablar de un invento llamado *teléfono*? Se puede llamar y enviar mensajes con él. Demonios, hasta se pueden mandar emails. —Su tono es puro sarcasmo, y hace que me sea mucho más difícil mantener mis manos alejadas de su pequeño y delicioso cuerpo, vestido con un par de vaqueros ajustados y con una camiseta metida por dentro, un atuendo básico que sin embargo hace resaltar su culo en forma de corazón y su estrecha cinturita. La luz amarillenta proyectada por la farola, combinada con la alta humedad del aire, le da a su piel de porcelana un brillo suave y húmedo, y quiero desnudarla y saborearla por todas partes, concentrándome en los pliegues suaves y resbaladizos de entre...

Joder. Ahora no es momento para eso.

—¿Estás diciendo que realmente me habrías contestado? —pregunto con tono neutral, alejando mi mente de la fantasía clasificada X. No necesito más combustible para encender mi deseo; mi polla ya está a punto de perforar un agujero en mis pantalones—. Porque te llamé cuando iba camino del aeropuerto. Repetidamente... y solo para que me saltara el buzón de voz.

Ella levanta la barbilla.

—Tal vez lo hubiese hecho. De cualquier manera, no tenías por qué presentarte en casa de mis abuelos. ¿Cómo has llegado hasta aquí, por otra parte? Todos los vuelos a Daytona estaban completos hace un montón.

Una sonrisa sin gracia curva mis labios.

—Tengo un jet privado, gatita. —Y un piloto que pudo cambiar nuestro plan de vuelo de Orlando a Daytona Beach en cuanto me di cuenta de que el aeropuerto de Daytona estaba más cerca de mi destino previsto—. En cuanto a presentarme en casa de tus abuelos, ellos me invitaron para Acción de Gracias, ¿recuerdas?

Sus ojos se abren ante la mención del jet, pero luego sus cejas se juntan de golpe.

—Eso fue *antes* de que rompiéramos. Si ellos supieran...

—Pero no lo saben, ¿verdad? Y tú no pareces tener mucha prisa por contárselo. —Ladeo la cabeza—. ¿A qué se debe eso? ¿Podría ser que no estés tan convencida de tu decisión como parece?

—*Estoy* convencida. —Sus pequeños puños se aprietan aún más, al tiempo que da un paso involuntario hacia atrás—. Te lo he dicho, no quiero volver a verte.

Ahí está, el lenguaje corporal contradictorio que he estado buscando. Dando un paso para acercarme hacia ella, pregunto en un tono engañosamente dulce:

—¿Por qué?

Ella me mira, parpadeando.

—¿Qué quieres decir con "por qué"?

—Es una simple pregunta. —Levanto la mano y le coloco un rizo rebelde detrás de la oreja—. ¿Por qué no quieres volver a verme?

—Bueno, porque... porque no, ¿vale? —Se mueve para ponerse fuera de mi alcance, pero atrapo sus manos con las mías.

—¿Por qué? —repito, frotando mis pulgares por el interior de sus muñecas. Efectivamente, debajo de la piel sedosa, su pulso se acelera. No le soy indiferente, ni mucho menos... por eso esta decisión suya no tiene ningún sentido.

Nunca perseguiría a una mujer que no me deseara, pero Emma lo hace.

He probado el sabor de su deseo por mí, lo he sentido gotear sobre mis labios y mi lengua.

—¿Qué por qué? ¡Porque no somos compatibles! —Liberando sus manos, ella retrocede, con el pecho elevándose con visible agitación—. Esto no va a ninguna parte, así que no tiene sentido.

—¿No va a ninguna parte? —La ira, ardiente y furiosa, crece en mí, mezclándose con la lujuria que late por mis venas. Puedo ver el contorno de su sostén por debajo del fino tejido de su camiseta, y mi polla palpita en mis pantalones, exigiendo ser hundida en su cuerpo prieto y dulce—. ¿De qué cojones estás hablando? Te pedí que te *mudaras a mi casa...*

—¡Porque no quieres mezclarte con las de los suburbios! —ella está justo al límite de chillar, dando un paso adelante y poniéndose de puntillas para mirarme directo a la cara. Es un intento ridículo, apenas me llega a la barbilla, pero el viento mece sus rizos, haciéndome cosquillas en el cuello y, en lugar de reírme, siento una punzada de deseo, un ansia tan poderosa que barre lo poco que queda de mi autocontrol.

Sin pensar en los vecinos, sujeto su rostro entre mis manos y me inclino para besarla... o para ser más exactos, para devorarla viva. Me como su boca como si fuera su coño, chupando y lamiendo cada centímetro de sus suaves labios rosados, deslizando mi lengua sobre sus dientes, acariciando el paladar, saboreando y explorando cada rincón. Hay un ligero resto de sabor a chicle (debe de haberlo masticado justo antes de besarla en el aeropuerto), pero por debajo está su propio sabor a miel, un sabor y un aroma tan adictivos que sé que jamás podré llegar a hartarme.

Y si la convenzo de que se mude, no tendré que hacerlo.

Ella será mía para devorarla cuando yo quiera.

Al principio, se muestra rígida y pasiva, no se resiste pero tampoco participa, pero luego sus manos se deslizan por mi pelo y sus uñas se clavan en mi cráneo mientras su lengua empuja con furia contra la mía. Me besa con la misma hambre violenta que late por mis venas, su cuerpo se aplasta contra el mío y sus pequeños dientes se hunden en mi labio inferior. Esa leve punzada de dolor aumenta increíblemente mi excitación, y con un gruñido áspero en mi garganta, deslizo una mano por su espalda para cogerla por el...

—¿Y qué os parece a vosotros dos que estáis haciendo?

La voz chillona es como una escopeta que se dispara a nuestro lado. Sobresaltados, nos separamos de golpe y nos volvemos hacia el intruso: una mujer pequeña de pie en el césped frente a nosotros que parece ser tan vieja como para haber nacido durante la Guerra Civil. Vestida con una bata de flores que cubre su frágil cuerpo desde el cuello hasta los pies, se apoya en un andador y nos mira, con los pocos mechones que quedan de su cabello ondeando en la brisa alrededor de su rostro profundamente arrugado.

—Lo siento mucho, señora Potts —dice Emma sin aliento, apartándose los rizos de la cara con una mano temblorosa. Es difícil saberlo con esta luz, pero estoy bastante seguro de que se ha ruborizado—. No queríamos molestarla.

La anciana la mira entornando los ojos.

—¿Emma? ¿Eres tú, cariño? ¿Y éste quién es? —Girando su andador hacia mí, me mira intensamente—. ¿Es este el joven del que nos ha estado hablando tu abuela?

—Oh, ejem... sí. Este es Marcus. Marcus Carelli. Él está... está de visita. Ha venido de Nueva York, donde vive, ya sabe —balbucea Emma, claramente descolocada y, a pesar de la presión dolorosa de mis pelotas, no puedo evitar disfrutar de su incomodidad.

Es lo mínimo que se merece por haberme hecho pasar un mal rato.

Al final, decido apiadarme de ella. Doy un paso

adelante, le coloco un brazo protector alrededor de la cintura y sonrío a la anciana.

—Soy el novio de Emma, y he venido para el Día de Acción de Gracias. Encantado de conocerla, Sra. Potts. Le pido disculpas si la hemos molestado de alguna manera.

Ella resopla y agita una mano de huesos prominentes.

—Oh, no es ninguna molestia. Pensé que eran los adolescentes de la calle, que no tramaban nada bueno, como siempre. Vosotros dos podéis seguir a lo vuestro. Pero utilizad condón, ¿de acuerdo?

Se da la vuelta y echa a andar lentamente hacia su casa, mientras yo contengo una carcajada de sorpresa. Sin embargo, cuando vuelvo la vista hacia Emma, ella me está mirando con furia renovada, sin rastro alguno de hilaridad en su rostro.

—¿Novio? —gruñe entre dientes, alejándome de un empujón tan pronto como la señora Potts ya no puede oírla—. Tú *no* eres mi novio.

Se me pasan las ganas de reírme.

—Eso no es lo que creen tus abuelos. De hecho, tu abuela estaba extasiada al saber que ibas a vivir conmigo. A ella le preocupa que vivas tú sola en la ciudad, ¿lo sabías? Casi tanto como el hecho de que no hayas salido con nadie desde la universidad. Antes de mí, claro está. Está *muy* contenta de que estemos saliendo.

Por un momento, estoy casi seguro de que Emma

me va noquear de un golpe; o eso, o a explotar allí mismo.

—¿Le has dicho a mi abuela que *vamos a vivir juntos*?

—Pues sí. —Le lanzo una sonrisa malévola—. ¿Vas a decirle tú lo contrario? ¿Y aguarle el día de fiesta?

Estoy siendo un hijo de puta manipulador, lo sé, pero estoy luchando por nosotros, y no tengo intención de perder.

Por un momento, Emma parece sorprendida y sin palabras. Entonces la mecha de su furia prende, y estalla en llamas como una supernova.

—Tú... ¡tú, gilipollas! —Sus rizos están casi vibrando de indignación—. ¿Quién demonios te has creído que eres?

Mi sonrisa se torna todavía más malvada.

—Tu novio, gatita. Pronto, el novio con el que vivirás, al menos en lo que respecta a tus abuelos. Salvo, por supuesto, que no te importe contarles, y de paso a mí también, por qué exactamente quieres que esto termine.

—Ya te lo he dicho. Porque no somos compatibles —dice ella entre dientes—. Tú quieres tu perfecta Emmeline, y yo...

—¿Emmeline? —Una pieza del puzle, una que nunca hubiera encontrado por mi cuenta, se coloca en su sitio—. ¿De eso va todo esto? *¿De Emmeline?*

Todo el cuerpo de Emma se pone rígido, y lo veo entonces: el dolor por que subyace debajo de la indignación y la ira. Sus ojos están demasiado brillantes, centelleando por las lágrimas no derramadas, y su barbilla tiembla muy ligeramente.

Está dolida: le he hecho daño de algún modo, y esta es su respuesta a eso.

Aunque... ¿qué tiene que ver Emmeline con nada de todo esto? Solo cené con esa mujer una vez, la noche en que Emma y yo nos conocimos a través de la confusión Emma-Emmeline/Mark-Marcus de nuestras respectivas citas a ciegas. Esa abogada elegante podría haber sido una pareja ideal sobre el papel, pero no hubo química, y durante toda la cena, en lo único en que lo pude pensar fue en la pequeña pelirroja furiosa a la que había confundido brevemente con Emmeline. De hecho, Emma solo ha oído hablar de Emmeline porque en nuestra primera cita auténtica me preguntó si había conseguido ver a la mujer que se suponía que debía conocer, y le dije la verdad. Luego hablamos sobre la casamentera y sobre qué cualidades quiero que mi futura esposa...

Oh, joder.

No me puedo creer que haya estado tan ciego.

Yo, que he construido mi carrera a base de conectar los puntos y ver lo que los demás no ven, he ignorado la respuesta, que tenía escrita con grandes letras delante de mis ojos.

—Emma, gatita... —Moviéndome lentamente para no asustarla, atrapo su mano hecha un puño fuertemente apretado entre las mías—. Dime una cosa. ¿Por qué rompiste conmigo la primera vez? ¿Aquel viernes por la noche, cuando derribé tu puerta?

Ella parpadea.

—¿Qué?

—¿Por qué me echaste aquella noche? —le repito. Después de que ella me dijese que me fuera, me había concentrado tanto en convencerme de que era lo mejor que nunca había pensado realmente en por qué lo había hecho. Supongo que supuse que ella compartía las dudas que yo tenía sobre nuestra relación en ese momento, pero nunca me lo había planteado en detalle para mí mismo—. Nos lo estábamos pasando muy bien y, de repente, dijiste que no iba a funcionar y que debería irme —prosigo—. ¿Por qué?

—Bueno, porque... porque era lo correcto. —Con el escudo de su ira disipándose, parece tan joven y vulnerable que mi pecho se inunda de ternura—. No somos compatibles en absoluto y...

—¿En qué formas no somos compatibles? —Eso ya lo había dicho antes, yo lo había interpretado como una ofuscante manera de no responder y lo había ignorado... pero ¿y si ella lo decía en serio?

¿Y si ella se estaba tomando en serio lo que yo había dicho en nuestra primera cita, y aunque mis sentimientos sobre el tema habían evolucionado junto con mi creciente obsesión, sus dudas sobre nosotros nunca se habían disipado?

Su mano se retuerce bajo mi sujeción, su mirada se aparta de la mía.

—Sabes exactamente cómo. Quieres una mujer que sea "un activo en los acontecimientos sociales". Como

Emmeline o... o como Claire, ya sabes, ¿la esposa del político de *House of Cards*?

Y ahí está, el quid de la cuestión.

Nunca he visto esa serie, pero sé de qué está hablando, porque una vez leí una entrevista que había concedido la actriz. El personaje que interpreta, la esposa perfectamente preparada de un despiadado político es igual al tipo de mujer que siempre había imaginado como mi futura pareja romántica. Salvo que cuando intento conjurarla ahora, la imagen se niega a formarse en mi mente. Lo único que veo es a mi pequeña pelirroja, rodeada por sus gatos blancos y peludos.

Todavía no sé lo que eso significa, pero sé que si no convenzo a Emma de que nos dé una oportunidad, no lo descubriré jamás.

Respiro hondo.

—Emma, gatita, escúchame...

—¿Por qué estás haciendo esto? —suelta ella, y vuelve a mirarme a la cara. Sus ojos brillan más, por las lágrimas a punto de derramarse—. ¿Por qué estás aquí? ¿Es que te gusta jugar conmigo? Un fin de semana estás implicado a tope, los siguientes tres días desapareces...

—Sí.

Sus ojos se abren ante mi insensible respuesta, y sujeto su otra mano antes de que pueda darme un puñetazo.

—Sí —continúo, sosteniéndole la mirada—. Me gusta jugar contigo, gatita... Me encanta, de hecho. También me encanta follarte. Y de verdad, de verdad, me encanta estar contigo. Me encanta abrazarte mientras duermes, y me encanta observarte mientras comes. Joder, incluso la forma en que respiras me excita. Si pudiera, jugaría contigo día y noche, te mantendría en mi cama y a mi lado todo el tiempo. Porque *tú* eres lo que necesito, Emma. No Emmeline ni Claire ni ningún otro "activo".

Me está mirando como si no pudiera creer lo que oyen sus oídos, y en cierto modo, yo tampoco. Pero la idea misma de salir con otra mujer me parece mal, incluso me asquea. Tal vez en el futuro, si mi obsesión con Emma se apacigua, reanudaré mi búsqueda de la esposa trofeo definitiva, pero en este momento, todo lo que deseo es a la mujer de pie frente a mí.

Una mujer a la que tengo que convencer de eso, ya que está meneando la cabeza con gesto de incredulidad.

—Tú no... no lo dices de verdad. —Soltándose de mi abrazo, ella retrocede—. Es la química la que habla, eso es todo. Somos demasiado diferentes, demasiado...

—¿Lo somos, en realidad? —Sin darle tregua, avanzo hacia ella—. Porque eso no fue lo que me pareció el pasado fin de semana. De hecho...

—¿Por qué desapareciste el domingo entonces? —Su voz tiembla cuando la cojo por los hombros, deteniendo su retirada—. Te abriste paso en mi vida a la fuerza, me hiciste sentir que había algo entre nosotros, y luego te fuiste... Ni llamadas, ni un mensaje de texto, ni nada...

—Y eso fue más que estúpido por mi parte. Lo siento. —No voy a poner excusas; ella tiene motivos para estar molesta. La forma en que me siento atraído por ella es tan poderosa, tan abrumadora que la percibo como una adicción, y cuando me di cuenta el domingo que había permitido que me distrajera de mi trabajo, utilicé la emergencia del fondo para embarcarme en una especie de cura de desintoxicación. Pero no pensé en ello desde el punto de vista de Emma, no tuve en cuenta sus sentimientos cuando decidí distanciarme de ella por unos días.

Ella me dio una oportunidad, y yo la pifié.

Ahora necesito que me dé otra.

—Lo siento —repito cuando ella se queda callada, con sus ojos grises como piscinas oscuras a la tenue luz de la farola—. No volverá a ocurrir, eso te lo prometo. —Y bajando la cabeza, la beso una vez más; suavemente esta vez, dulcemente. O tan dulcemente como soy capaz de hacerlo con esta erección tan brutal. Es un beso de disculpa, un gesto de "por favor, perdóname". O eso es lo que pretendo, por lo menos. Pero en el momento en que nuestros labios se tocan, me olvido de mis intenciones, tan embriagado por el sabor y la sensación de ella que mi mente se queda en blanco y mi lujuria se torna oscura y salvaje. Mis manos se mueven por sí solas, una para deslizarse en su cabello y la otra para cogerla por las caderas, tirando de ella hacia mí mientras su cabeza cae hacia atrás bajo la presión hambrienta de mis labios...

—¿Vais a entrar pronto, tortolitos? Mary va a acostarse y quiere asegurarse de que estéis bien instalados para pasar la noche.

Joder. Reprimiendo un gruñido irritado, levanto la cabeza y miro al abuelo de Emma, que está plantado a unos seis metros de distancia y nos contempla con lo que solo puede describirse como una sonrisa jocosa. Debe de haber salido a buscarnos y, por supuesto, tuvo que pillarnos justo cuando estaba a punto de recordarle a Emma lo que se está perdiendo.

De mala gana, la suelto, y ella se da vuelta para mirarle, sonrojándose tanto que puedo notarlo incluso con esta luz.

—¡Hola, abu! Lo siento mucho. Solo estábamos... íbamos a... Es decir, entraremos enseguida, ¿de acuerdo? Danos solo otro minuto.

Ted Walsh parece estar a punto de echarse a reír.

—Sin problemas. Se lo haré saber a Mary.

Él regresa a la casa, y yo agarro la mano de Emma, volviéndola para que me mire.

—Gatita, escúchame...

—No, escúchame *tú* —masculla ella, golpeándome el pecho con el índice—. No voy a permitir que juegues con mis abuelos. Esto... sea lo que sea, es algo entre nosotros, y ellos no tienen nada que ver, ¿entendido?

—Entendido —digo, reprimiendo una sonrisa. Ese ceño furioso en su cara es jodidamente adorable, de verdad que sí. Y si esto va hacia donde creo que está yendo...

—Vale, entonces. —Suelta un suspiro, y una parte de su furia se desvanece—. En ese caso, puedes quedarte para el Día de Acción de Gracias. Ya que estás aquí y todo eso. Pero... —levanta su índice acusador como si fuera una maestra— ... esto *no* quiere decir que volvamos a estar juntos. Es puramente para la tranquilidad de mis abuelos. Y definitivamente no me mudaré contigo. Te quedarás aquí esta noche, celebrarás el Día de Acción de Gracias con nosotros mañana, y luego surgirá otra emergencia en tu fondo y te irás. Mientras tanto, mantendrás la boca cerrada y me dejarás responder cualquier pregunta que hagan mis abuelos sobre nosotros. ¿Lo has entendido?

Ya veremos.

—Entendido —confirmo sonoramente, y antes de que ella pueda cambiar de idea, me encamino hacia la casa de sus abuelos, con su mano fuertemente apretada, y una oscura satisfacción zumbando en mis venas.

Mi gatita furiosa aún no lo sabe, pero acaba de perder la batalla más grande de la guerra, y yo no pienso marcharme hasta que consiga su rendición total.

mma

AL ENTRAR EN LA CASA COGIDOS DE LA MANO, NOS reciben las felices sonrisas de mis abuelos, y sé que he hecho lo correcto dejando que Marcus se quede… incluso si eso significa más dolor para mí.

Porque dije en serio lo que dije.

No pienso mudarme a su casa.

Ni siquiera lo volveré a ver después de que regresemos de Florida.

Por ahora, sin embargo, no tengo más remedio que fingir que es mi novio. O al menos un hombre con el que estoy saliendo. Porque no quiero tener que explicarles a mis abuelos a las doce y media de la noche por qué estoy echando a un hombre que ha volado desde Nueva York para estar conmigo, un hombre guapo y exitoso que sin duda es todo lo que ellos desean que sea mi futura pareja.

Bueno, excepto por la parte en la que *yo* no me parezco en nada a lo que *él* quiere, y explicarles eso a la abuela y al abuelo habría sido demasiado doloroso. Yo habría estallado en llanto y ellos se habrían quedado hechos polvo por mí. Y muy, muy decepcionados.

Es evidente que se han hecho ilusiones; tantas, que les han hablado sobre él a sus vecinos.

Por supuesto, tendré que decirles la verdad al final, pero no tiene por qué ser esta noche, ni en ningún otro momento durante este viaje, en realidad. Porque Marcus tenía razón: *arruinaría* el Día de Acción de Gracias de mis abuelos. Es su festividad favorita, por eso siempre trato de volar para pasarla con ellos. A los dos les da un poco igual la Navidad: demasiado comercial, según la abuela; pero adoran todas las tradiciones del Día de Acción de Gracias.

No; es mejor que les hable sobre la ruptura una vez que haya regresado a Nueva York. Aun así estarán disgustados, pero será más fácil fingir que estoy bien si lo hago por Skype. En este momento, mis emociones están demasiado enredadas, demasiado en carne viva, especialmente con Marcus apareciendo así. No entiendo por qué está aquí, por qué está tratando de hacer que parezca que podríamos tener un futuro cuando es más que obvio que...

—¿Lo habéis solucionado todo, tortolitos? —pregunta el abu, levantándose del sofá cuando entramos en la sala de estar, y antes de que yo pueda responder, Marcus asiente con una amplia sonrisa.

—Pues sí, gracias. Emma estaba molesta porque me había ido de la lengua con Mary. Ella quería ser la que os contara que vamos a vivir juntos.

Lo veo todo rojo. Literalmente.

Al principio, me temo que los vasos sanguíneos de mis ojos se han reventado por la explosión de furia que me atraviesa, pero luego me doy cuenta de que parte del pelo me ha caído sobre la cara. Apartándolo, abro la boca para atacar a Marcus, porque puedo fingir, pero solo estoy dispuesta a hacerlo hasta cierto punto, cuando la abu lanza un gritito de adolescente y se precipita hacia mí.

—Oh, esto es tan emocionante —balbucea emocionada, envolviéndonos a los dos en un abrazo perfumado. Dando un paso atrás, se vuelve a mirar al abu—. ¿No son las mejores noticias que podrían darnos, Ted?

—Ciertamente —dice el abu mientras Marcus estornuda por alguna razón—. Estamos muy contentos de que Emma finalmente salga de ese estudio del sótano. Mary me ha dicho que iba a mudarse a tu casa, ¿verdad?

—Así es —dice Marcus, mientras trato de encontrar las palabras correctas para refutar esta locura—. En mi apartamento hay mucho espacio para Emma y sus gatos.

—¿Qué hay de tu trabajo? —me pregunta el abu—.

Tu librería está en Brooklyn, así que, ¿cómo llegarás hasta allí si vives en Manhattan?

—Oh, eso ya lo he preguntado yo —responde la abuela antes de yo pueda decir una sola palabra—. El chofer privado de Marcus —sonríe al decir eso— la llevará a la librería y la traerá de vuelta todos los días. Y dado que el apartamento está en Tribeca, a solo unas manzanas del túnel, el viaje no será mucho más largo que el que hace ahora, ya sabes: caminar hasta el metro, esperar el tren y todo eso.

¿Han discutido la logística de mi camino para ir al trabajo?

Me he quedado sin palabras de tan furiosa. Literalmente, sin palabras.

—Por supuesto —dice Marcus mientras lucho contra mis petrificadas cuerdas vocales—. Será mucho más seguro para ella, además. Ya sabéis como están esos trenes hoy en día. Además, dicen que este invierno va a ser más frío de lo habitual, y ella estará cómoda y calentita en el coche. —Bajando la mirada hacia mí con una expresión tierna, me aprieta contra él y me planta un beso en la coronilla.

La abu parece estar a punto de fundirse en un charco de alegría, e incluso el abu resopla, como si estuviese a punto de echar unas lagrimitas de felicidad.

La mordaz réplica que estaba a punto de soltar muere en mis labios. Porque, ¿qué clase de imbécil sería si les estropeara esto? Desde que tengo memoria, mis abuelos se han preocupado por mí, primero inquietándose porque la sociópata de mi madre, su hija, me estaba descuidando, y luego por si mi infancia con ella había dejado cicatrices duraderas en mi psique. Mezclada con esa preocupación, está la culpa profundamente arraigada de cómo resultó ser su hija, junto con el arrepentimiento por no haber solicitado legalmente mi custodia cuando era más pequeña.

—No dejaba de pensar que cambiaría y dejaría de ser así, que se daría cuenta de lo dañino que era su comportamiento para ti, su hija —me confió la abuela, llorando, después que mi madre muriera, y de que yo, una tonta niña de once años, les contara cómo había sido vivir con ella—. Pero nunca lo hizo, ¿verdad? Tendríamos que haberte alejado de ella hace años, y al diablo con lo que costaran los abogados y con los tribunales que favorecen a la madre.

El abu siente lo mismo, razón por la cual, después de graduarme de la universidad, necesité todas las tácticas de persuasión de mi arsenal para convencerlos de que finalmente se retiraran y se mudaran a Florida. Habían sido más que reacios a dejarme sola en Brooklyn, pero yo sabía que vivir donde hacía sol durante todo el año y cerca de la playa era su sueño de toda la vida, y me mantuve firme, alegando que era una adulta y que necesitaba mi independencia.

Y entonces me la concedieron... solo para seguir preocupándome por mí. Aunque ellos habían vivido en Nueva York durante décadas, todo lo relacionado con la ciudad los asusta ahora, desde las multitudes hasta los inviernos y esa forma que tiene de ser un blanco constante para los terroristas. Y el hecho de que yo esté viviendo allí completamente sola lo hace infinitamente peor, ya que se siguen imaginando que me pongo enferma o me hago daño y que no hay nadie cerca para cuidarme.

Por eso es tan atractivo para ellos lo que Marcus les está prometiendo ahora mismo. Seguridad, calidez, amor y apoyo: se ha centrado en las cosas exactas que mis abuelos quieren para mí. Y al hacerlo, me ha acorralado.

No puedo negarles esta alegría, a pesar de que vaya a ser de corta duración.

Así que en vez de fulminar a Marcus con toda la fuerza de mi indignación, me libero discretamente de su abrazo y digo:

—Se está haciendo tarde. Hablemos más de esto mañana. —Después de que yo haya tenido ocasión de gritarle a ese mentiroso y manipulador capullo en privado.

—Por supuesto. —La abu sonríe—. Venid, he preparado la habitación para vosotros dos.

Espera un segundo. ¿Habitación, como en *una* habitación? Siendo Florida, mis abuelos tienen dos habitaciones libres, una de las cuales funciona como sala de estar/oficina del abu, y supuse que pondrían a Marcus en una de ellas y a mí en la otra, como corresponde. Pero eso no es lo que parece estar sucediendo.

La desazón inunda mi estómago, y sigo a la abuela fuera de la sala de estar, con Marcus pisándome los talones.

—Aquí es —dice, abriendo una puerta para revelar una habitación acogedora, suavemente iluminada, con una cama de matrimonio cuidadosamente hecha y un baño adjunto—. Todo listo y preparado para vosotros dos.

Oh, Dios. Que me muera aquí mismo.

Nunca antes un novio se había quedado a dormir en casa de mis abuelos, ya que la última vez que salí en serio con alguien, mi novio de la universidad, Jim, ellos todavía vivían en Brooklyn, en un piso reformado de dos habitaciones que compartía con ellos. Era apenas más grande que mi estudio actual y las paredes eran muy finas, así que Jim y yo íbamos a la casa de sus padres en Long Island para pasar el rato.

Es decir, no tengo ningún precedente para poder compararlo con esto. Aun así, la lógica dictaría que la mayoría de los abuelos, incluso los liberales, como los míos, no alentarían a su nieta a mantener relaciones sexuales prematrimoniales bajo su propio techo.

Por supuesto, mis abuelos nunca han sido como la mayoría, pero ¿es un poco de mojigatería demasiado pedir?

De verdad, de verdad, no quiero compartir una cama con Marcus.

O más bien, después de esos besos derritecerebros, lo deseo demasiado.

—Gracias, Mary. Todo está estupendo. Realmente apreciamos tu hospitalidad —dice Marcus, una vez más tomando la iniciativa antes de yo que pueda descubrir cómo lidiar con esta nueva coyuntura. ¿Y por qué se tratan de tú con mi abuela?

¿Se han hecho súper-amiguitos mientras esperaban que llegáramos el abu y yo?

Esquivándome al pasar, él entra en la habitación, con mi maleta en una mano y una bolsa de lona que debe de ser su equipaje en la otra. Probablemente los ha cogido de la sala de estar cuando yo no estaba mirando, aunque ¿cómo es que él tiene equipaje siquiera? Para llegar tan rápido, tuvo que haber saltado al avión justo después de que me fuera.

¿Tiene una bolsa de viaje en su jet privado por si se da el caso de que quiera perseguir a alguna mujer en cualquier momento?

Espera, ¿por qué me preocupo por su equipaje cuando estamos a punto de compartir una cama a la fuerza? Este no es un arreglo viable para dormir. En absoluto. Dado el intenso deseo sexual de Marcus y el hecho de que yo arderé en llamas solo con sentir su aliento, es casi un hecho que tan pronto como se cierre esa puerta, estaremos horizontales, y por el bien de mi cordura, eso no puede suceder. Definitivamente necesito pedirle a la abu habitaciones separadas. Solo que, ¿cómo lo hago sin destapar todo el engaño? Ella y el abu me han visto en albornoz en su casa, así que no puedo fingir que nuestra relación no ha progresado tanto.

Mientras me debato con este dilema, Marcus deja las dos bolsas y comienza a deshacer mi maleta, sacando mi ropa y colocándola en montones ordenados sobre la cama con la tranquilidad de un hombre que tiene todo el derecho a manejar mis cosas. En cualquier otro momento, estaría tan boquiabierta que me habría llegado la mandíbula hasta el suelo, pero después de todo lo que ha pasado esta noche, su temeridad apenas me sorprende.

Lo que me molesta es que mi abuela parece aún más contenta con esta exhibición arrogante. Para ella, debe ser señal de que ya estamos perfectamente cómodos el uno con el otro, algo así como una pareja que lleva tiempo casada. Probablemente piensa que Marcus me está ayudando, deshaciendo mi maleta, en lugar de ver sus acciones por lo que son: una invasión sin escrúpulos de mi vida. Puedo verla contándole al Abu lo buen hombre que es Marcus, tan domesticado, atento y organizado.

En este mismo momento, él está colgando mis camisetas. Colgándolas de verdad en armario de la habitación de invitados. Ah, y ordenándolas por colores, de claro a oscuro, igual que un asesino en serie.

Él debe ser el que tiene TOC, no su mayordomo.

—Buenas noches, cariño. Buenas noches, Marcus —dice la abuela antes de que pueda encontrar una solución al problema de la cama—. Que durmáis bien.

Con un abrazo rápido, se aleja rápidamente, y no hay ninguna otra opción.

Sintiendo que me estoy metiendo en la guarida del dragón, aprieto los puños y entro en la habitación.

5

Emma

Marcus cuelga la última de mis camisetas (solo me he traído cuatro, una para cada día del viaje) y se da la vuelta para mirarme. Su expresión es imperturbable, pero no es capaz de ocultar el calor salvaje de sus penetrantes ojos azules mientras me recorren de pies a cabeza. Trago saliva mientras mi cuerpo reacciona al instante, mis latidos se aceleran y mis pezones se tensan en los confines de mi sostén. Todavía tengo las bragas húmedas de cuando nos liamos en la calle, y esa mirada es todo lo que se necesita para que la excitación se desborde en mi interior.

Esto va a ser todavía más duro de lo que creía. Literalmente, porque puedo ver cómo crece el bulto en sus vaqueros. Un bulto grande y grueso que...

Puaj, basta, Emma. Apartando de mi mente de golpe las guarradas clasificadas X, invoco hasta la última brizna de mi furia y avanzo por la habitación.

—Has roto tu promesa. Dijiste que mantendrás la boca cerrada y...

—Yo nunca he dicho eso. —Sus ojos se estrechan—. Dije "entendido", o sea, que entendía lo que querías que hiciera. Sin embargo, nunca me comprometí a hacerlo.

Rechino las muelas tan fuerte que mañana me dolerá la boca.

—Deja de hilar tan fino. Sabías lo que yo opinaba y me la has jugado. Te dije lo que tenías que hacer para quedarte, e hiciste exactamente lo contrario. Les has mentido a mis abuelos...

—¿Ah, sí? —Cruza los brazos sobre el pecho, lo que hace que su camisa marque los músculos impresionantemente definidos de debajo—. ¿Qué he dicho que no sea cierto?

—¡Has dicho que voy a vivir contigo! —Casi grito las palabras, pero en el último momento, recuerdo dónde estamos y bajo la voz al nivel de un susurro—. Eso es una mentira total, y tú...

—Oh, pero vas a hacerlo. Simplemente no lo has reconocido aún.

Lo miro fijamente, sorprendida por la certeza inquebrantable de su voz. ¿Delira o es simplemente es que está así de acostumbrado a salirse con la suya? ¿Ninguna mujer le ha dicho nunca que no?

Espera un segundo.

¿Por eso está aquí?

¿Porque le he rechazado y he vuelto a convertirme en un desafío?

Le di vueltas a eso mismo cuando desapareció a principios de esta semana, a si ese era el atractivo que yo había tenido para él desde el principio. Dudo que muchas mujeres le hayan pedido que se fuera en los últimos años, pero eso fue exactamente lo que hice yo la noche en que derribó la puerta de mi apartamento. Por supuesto, menos de dos semanas después, cedí y pasamos ese increíble fin de semana juntos.

Un fin de semana durante el cual dejé de ser un desafío.

¿Es eso? ¿Es eso de lo que va todo esto?

¿De que le he vuelto a decir que no?

Si es así, no ha mentido acerca de desearme a mí en lugar de a Emmeline. Él me desea, y lo seguirá haciéndolo hasta yo que me rinda, y en ese preciso momento perderá todo interés, igual que le pasó este fin de semana.

Y esta vez, podría desaparecer para siempre.

Mi ira se desvanece, reemplazada por un dolor opresivo en el pecho, y me aparto de él, con un renovado escozor en los ojos.

No puedo hacer esto. Ni siquiera por mis abuelos.

Tengo que poner fin a esta farsa.

Armándome de valor, doy un paso hacia la puerta... solo para detenerme cuando unas manos grandes y cálidas se posan sobre mis hombros.

Suavemente, él me atrae para sí, acomodando mi espalda contra las duras líneas de su cuerpo.

—Ven a la cama, gatita —murmura en mi oído, y su voz profunda y aterciopelada me acaricia como si me tocara físicamente—. Es tarde, y los dos hemos tenido un día muy largo. Lo resolveremos todo mañana, te lo prometo.

Cierro los ojos con fuerza, intentando contener las punzantes lágrimas. Mi corazón traicionero late demasiado deprisa a causa de su cercanía, a mi cuerpo le fallan las fuerzas y se convierte en el de una marioneta. Su aroma masculino me rodea con una mezcla familiar de pino y brisa fresca, y noto su erección gruesa y dura contra la parte baja de mi espalda.

Me desea.

Decididamente, me desea.

Y que Dios me ayude, yo también lo deseo a él.

—Emma. —Su voz baja otra octava—. Mírame...

Podría darme la vuelta él mismo fácilmente, pero no lo hace. Sus poderosas manos descansan sobre mis hombros, inmóviles, y sé que me lo está dejando a mí.

Mira o no mires.

Quédate o vete.

Puedo salir de esta habitación, decirles a mis abuelos la verdad y terminar con esta locura ahora mismo.

Puedo salvar lo que queda de mi corazón.

Excepto... que él ha hecho todo el camino hasta aquí. ¿Haría un hombre eso solo porque una mujer en la que estaba perdiendo interés había decidido no verlo? Avión privado o no, es un vuelo de más de dos horas y no previsto en su apretada agenda. Incluso perseguirme hasta el aeropuerto parece ser un gran esfuerzo para algo que no es más que un desafío por diversión.

¿Es posible?

¿Podría realmente haber querido decir algunas de las cosas que dijo?

¿Quiere que me mude por algún motivo más relevante que el de la logística?

Mis pies parecen tomar una decisión antes de que mi cerebro lo haga, y me doy la vuelta, inclinando la cabeza hacia atrás para encontrarme con su mirada.

Durante un instante, solo nos miramos el uno al otro, con nuestros cuerpos tan cerca que casi se tocan. Sus manos todavía están sobre mis hombros, y el calor de sus palmas se filtra en mi interior, excitándome desde allí hasta los dedos de los pies. Puedo ver el hambre primitiva en sus ojos, pero por debajo hay algo más suave, más dulce.

Algo que hace que el pecho me duela de un modo totalmente distinto.

—Emma. —Me coge tiernamente por la barbilla—. Dale a esto, a lo nuestro, otra oportunidad.

Tomo una bocanada entrecortada y mi corazón late con fuerza en mi caja torácica.

Una oportunidad.

Él me está pidiendo una oportunidad.

Otra oportunidad para hacerme daño.

O tal vez, solo tal vez, para averiguar si esto podría ser real.

—Todavía no estoy… —Me humedezco los labios resecos—. Esto no significa vaya a vivir contigo.

Algo ardiente y oscuro se enciende en las frías profundidades de sus ojos antes que él pueda ocultarlo.

—Entendido —dice con brusquedad, y antes de que pueda aclarar lo que quiere decir, baja la cabeza y cubre mis labios con los suyos.

Mi boca se abre con un jadeo sobresaltado, y su lengua me invade con una ferocidad sin ambages mientras nos dirige a los dos hacia la cama, arrancándonos a ambos la ropa por el camino. No queda nada del hombre tierno que me habría dejado salir de la habitación, y me doy cuenta de que nunca había estado allí para empezar. Siempre se ha tratado de este conquistador despiadado, de este salvaje decidido a devorarme.

Del auténtico Marcus Carelli.

Para cuando nuestra ropa llega al suelo, sus manos se están deslizando sobre mis curvas con codicia posesiva, acariciando mi piel desnuda con sus palmas calientes y ásperas. Respondo con el mismo fervor oscuro, y mi dolor y mi furia se transforman en lujuria cegadora. Apenas percibo que hayan pasado unos segundos antes de que acabemos totalmente desnudos sobre la cama, con él encima de mí y mis muñecas sujetas junto a mis hombros, mientras él me come la boca, tragándose mi respiración jadeante. Siento su cuerpo grande, musculoso, cálido y pesado sobre mí, y su polla lisa y dura contra el interior de mi muslo mientras me mete las rodillas entre las piernas, abriéndolas del todo. Su boca se mueve para mordisquear el lóbulo de mi oreja; luego se desliza por mi cuello, chupando y mordiendo, y me siento arder, como si el mareante deseo pudiera haberme hecho estallar en llamas. Para cuando llega a mis senos, unos deliciosos escalofríos recorren todo mi cuerpo, y yo ya estoy tan excitada que noto cómo la humedad me resbala por los muslos.

—Por favor —gimo cuando su boca caliente y húmeda se cierra sobre mi pezón erecto, chupándolo intensamente—. Por favor, oh, por favor, Marcus, solo... Oh Dios, sí, justo ahí... —Mis ojos se cierran con fuerza, mis caderas se levantan de la cama mientras me suelta las muñecas y mueve una mano hacia mi ansioso clítoris, manipulándolo con infalible habilidad. Liberadas, mis manos caen a mis costados, solo para apretar espasmódicamente la manta cuando la tensión dentro de mí se enrosca insoportablemente, y el placer se dispara en un oscuro crescendo.

Casi estoy ahí, casi he llegado, cuando los dedos se retiran y sus labios regresan a los míos, sofocando mis gemidos. Besándome profundamente, guía su polla hacia mi vagina y lentamente, muy lentamente, empuja para meterse dentro.

Él la tiene grande, Dios, casi había olvidado lo grande que es, y a pesar de la abundante humedad, hay un estiramiento casi doloroso cuando se hunde en mí, penetrándome con exquisita gentileza. Mis manos vuelan hacia arriba para agarrarse a sus costados y mis músculos se tensan cuando el estiramiento amenaza con convertirse en escozor. Puedo sentir cada grueso centímetro de él, y mi cuerpo tiembla con el esfuerzo de dejarlo entrar. Al mismo tiempo, sus besos me están volviendo loca, su lengua se enreda con la mía con una ferocidad sensual que solo enfatiza el cuidado con el que está entrando en mí tan lentamente.

Por fin, está dentro del todo, con sus bolas presionando contra mi trasero, y mientras se levanta sobre sus codos para mirarme, veo que su rostro está cubierto de sudor, y su dura mandíbula en tensión.

—¿Estás bien? —pregunta con voz entrecortada, y yo asiento, incapaz de hablar. Lo tengo tan adentro que siento como si fuésemos uno, como si algo más que nuestros meros cuerpos se hubiera unido. Con su rostro a escasos centímetros de distancia y sus ojos azules fijos en los míos, la intimidad es casi insoportable.

Esto es más que buen sexo, y darme cuenta de ello me aterroriza.

—Bien. —Coge aire, y sosteniendo mi mirada, comienza a moverse dentro de mí.

Al principio, sus movimientos están cuidadosamente controlados, pero a medida que mi cuerpo se ajusta a él, los acelera, cada vez más profundo y más fuerte con cada arremetida. Sus poderosos músculos oblicuos se flexionan bajo mis dedos, y la tensión de la lujuria se enrosca en mí otra vez, con mi excitación aumentando en espiral con cada empentón. Con un grito, me corro, haciéndome añicos a su alrededor, pero él no baja la velocidad, no se detiene, y el segundo orgasmo se empieza a formar antes de que se desvanezcan las réplicas del primero. Ahora está martillando contra mí, con la mirada implacablemente centrada en mi rostro, y siento que puedo ver directamente en su alma, en lo más profundo de su despiadado interior.

El segundo orgasmo se estrella contra mí sin previo aviso y las sensaciones me golpean como un maremoto. Cada músculo, por dentro y por fuera, se tensa y se relaja, mis dedos se curvan sin control y mis uñas se clavan en sus costados al tiempo que yo grito. La cima del placer parece durar para siempre, las contracciones son tan prolongadas que parece que nunca se vayan a detener. Puedo sentirme apretando rítmicamente a su alrededor, una y otra vez, y veo el momento exacto en que eso lo lanza al vacío.

Con un gemido gutural, echa la cabeza hacia atrás, y los tendones en su cuello musculoso se tensan mientras empuja hacia mí y se detiene, con los ojos fuertemente cerrados y su gruesa polla latiendo profundamente dentro de mí, inundándome de calor líquido. La sensación es extrañamente fascinante, y me estremezco cuando mis músculos internos se contraen nuevamente, exprimiendo hasta la última gota de placer.

Respirando pesadamente, Marcus abre los ojos y me mira, con las pupilas aún dilatadas por su orgasmo. Por unos segundos, nos contemplamos el uno al otro, asombrados por la intensidad de lo que acabamos de experimentar. Luego sus ojos se abren y él se aparta de mí, saliendo con un movimiento repentino.

—¡Mierda! —Se sienta y mira mis muslos—. Mierda puta.

Dolida y desconcertada, me siento y sigo su mirada, solo para quedarme helada de terror al darme cuenta de lo que significaba esa sensación cálida y húmeda.

Marcus se ha corrido dentro de mí.

Sin condón.

La evidencia está sobre mis muslos.

6

Marcus

—Por favor, dime que estás tomando la píldora —digo con voz baja y tensa para encontrarme con la mirada horrorizada de Emma. La neblina post-sexo se está despejando de mi cabeza, y rápido. ¿Qué cojones me pasa? Nunca antes me había olvidado de usar condón. Jamás de los jamases. Ni cuando era un adolescente cachondo y por supuesto, nunca de adulto. ¿Cómo es posible siquiera no acordarse de una cosa así? Si eres un hombre soltero y sexualmente activo con un mínimo de cerebro, usar protección es un hábito, uno tan arraigado que a la vez que te desabrochas los pantalones ya estás echando mano del envoltorio de aluminio. Pero hoy, ni siquiera ha aparecido en mi radar.

La necesidad de entrar en ella había sido tan fuerte, tan abrumadora, que la precaución y el sentido común se cogieron de la mano y se tiraron por un puente.

Con aspecto de estar a punto de vomitar, Emma niega con la cabeza.

—No, yo... No había necesidad después de que Jim y yo, es decir, yo no he... Pero siempre está la píldora del día después. Iré a buscarla ahora... —Ella se mueve para salir de la cama, y yo instintivamente la agarro de la muñeca.

—Espera. Es casi la una de la mañana. ¿Hay alguna farmacia abierta siquiera por aquí?

Ella parpadea al mirarme, perpleja por la pregunta. Sus rizos forman un halo salvaje y encrespado alrededor de su rostro ruborizado, y tiene los labios rosados y turgentes a causa de mis besos. Con sus curvas desnudas a la vista y su pálida piel arañada en algunos lugares por mi barba, tiene aspecto de recién follada y está tan deliciosa que incluso a pesar del susto por mi cagada, mi polla comienza a ponerse tiesa otra vez.

Maldita sea. Esto no puede ser sano.

—Déjame que lo busque, ¿de acuerdo? —digo bruscamente, soltándola y levantándome de la cama para poder concentrarme. Al ver nuestra ropa en el suelo, la recojo y la doblo cuidadosamente sobre una cómoda y luego saco el teléfono del bolsillo de mis pantalones. Al hacerlo, pillo a Emma mirándome como si yo fuese un extraterrestre.

—¿Qué? —pregunto, y ella niega con la cabeza,

buscando un pañuelo para limpiar la humedad de su pierna.

—Nada. Solo estaba observando lo friki del orden que eres.

Frunzo el ceño cuando ella hace una bola con el pañuelo y lo deja caer descuidadamente sobre la mesita de noche. No soy un friki de del orden, aunque ahora mismo siento una fuerte necesidad de coger ese pañuelo y tirarlo a la basura como corresponde. En lugar de hacerlo, bajo la vista y escribo "farmacia 24 horas cerca de mí" en la barra del buscador de mi teléfono, y aparecen por lo menos tres sitios distintos, todos a pocos kilómetros.

Por alguna extraña razón, saber eso me molesta. Supongo que esperaba que este pueblo costero fuese mucho menos civilizado, sin lujos urbanos como las farmacias de veinticuatro horas. Ahora, sin embargo, no hay excusa para no ir a buscar la píldora.... y no es que estuviera buscando una. Me alegra que podamos resolverlo así de rápido.

De verdad que sí.

—¿Y bien? —pregunta Emma cuando levanto la vista—. ¿Alguna de las farmacias está abierta?

Asiento.

—Iré a comprar la píldora.

—Espera, voy contigo. Solo déjame limpiarme un poco. —Saltando de la cama, se dirige como una flecha al baño adjunto, y su cabello se aleja como una ráfaga de fuego mientras ella se desliza desnuda por la habitación.

Mi polla hace un saludo militar, y después de un segundo de deliberación, la sigo al baño. Siento como si mi sangre fuese melaza caliente en mis venas, y el corazón me late con fuerza en el pecho. Ella ya está metiendo la mano en la pequeña cabina de la ducha para abrir el grifo, y yo coloco las mías sobre sus deliciosas caderas mientras la empujo hacia adelante, poniéndonos a los dos bajo el agua que sale cada vez más caliente.

—Espera, Marcus. —Se vuelve para mirarme, con la cara sonrosada por un nuevo rubor—. ¿No deberíamos...?

—Rotundamente sí —murmuro, y deslizando mis manos en su cabello, inclino mis labios sobre los de ella en un beso profundo que enreda nuestras lenguas.

ELLA SIGUE RUBORIZADA MEDIA HORA DESPUÉS, MIENTRAS caminamos con cuidado por el salón, intentando no hacer ningún ruido. Sin embargo, no sé por qué nos estamos molestando. Si los abuelos de Emma tuvieran el sueño ligero, no habrían podido dormirse con todo el jaleo que hemos montado en la ducha. Mi gatita hizo mucho ruido cuando se corrió con mi polla, y aún más cuando le metí un dedo en su culito prieto, usando jabón como lubricante.

Ella debe de estar pensando en eso también, porque su rostro continúa de un rosa brillante cuando salimos de la casa de puntillas y ella cierra la puerta detrás de nosotros con un juego de llaves que agarró del cajón de la cocina. Ese sonrojo suyo es delicioso, y me entran ganas de tirármela de nuevo. Y luego otra vez. Y otra vez más.

Sí. Definitivamente esto no es sano... y aun así es otra razón por la que necesito que ella viva conmigo. En cuanto me la esté follando cada noche, esta necesidad ardiente y constante está destinada a reducirse hasta niveles más manejables.

Espero.

Colocando mi mano en la parte baja de su espalda, la llevo a mi coche de alquiler, y cuando le estoy abriendo la puerta, veo que suelta un enorme bostezo.

Es contagioso, e inmediatamente tengo que reprimir mi propio bostezo.

—Podríamos ir mañana por la mañana si estás cansada, ¿sabes? —le digo mientras se desliza en el asiento del pasajero—. Incluso el nombre lo dice, es "la píldora *del día después*". Si no me equivoco, se puede tomar con un margen de un par de días después de haber tenido sexo sin protección. —Pero claro, me he corrido dentro de ella dos veces, la segunda vez en la ducha. Me pregunto si eso aumenta las probabilidades de que la píldora no funcione. Ahora que lo pienso, ¿cómo es esa cosa de efectiva?

¿Es totalmente seguro que funcionará, o todavía cabrá alguna posibilidad de que Emma se quede embarazada?

Tapando otro bostezo con el dorso de la mano, niega con la cabeza.

—No, vayamos ahora. Ya estamos aquí fuera. Será mejor ir.

—Vale. —Joder, ¿qué me pasa? ¿Por qué he sugerido siquiera esperar hasta mañana por la mañana? Tendría que estar corriendo hacia la farmacia como si los beneficios de mi fondo dependieran de ello, y no buscar razones para no ir.

Me siento al volante, cierro la puerta detrás de mí y pongo el coche en marcha. Cuando salimos del camino de entrada, la ventana del salón se ilumina.

Los abuelos de Emma están despiertos y sin duda se preguntarán qué está pasando.

Efectivamente, un segundo después, el teléfono de Emma hace un ruidito.

—Mierda. La abuela me acaba de mandar un mensaje —dice, mirando la pantalla—. Quiere saber si todo va bien.

—¿Y qué vas a decirle?

Ella exhala un aliento frustrado.

—¿Qué *puedo* decirle? Tengo que encontrar alguna excusa de mierda, como un dolor de cabeza para el que necesitaba medicamentos con urgencia o una receta que olvidé en Nueva York. Por supuesto, entonces la abuela se preocupará y...

—¿Y qué tal si le dices que yo olvidé *mi* medicina en Nueva York? —le sugiero—. Digamos que estoy terminando un tratamiento con antibióticos. Entonces todo quedará bien explicado y ella no se preocupará. —Alternativamente, podríamos decirle a Mary Walsh la verdad, tengo la sensación de que la situación le causaría más diversión que disgusto, pero no se lo sugiero.

No creo que Emma quiera que sus abuelos sepan mucho sobre nuestra vida sexual.

—Esa es una buena idea —dice y rápidamente escribe una respuesta. Unos segundos más tarde, su teléfono vuelve a sonar y ella anuncia triunfante—: Funcionó. La abuela se ha quedado tranquila y se vuelve a la cama.

—Estupendo. Formamos un buen equipo. —Sonriendo, la miro y capto una rápida visión de sus hoyuelos cuando ella me sonríe.

—Claro que sí —dice, y cuando vuelvo mi atención a la carretera, con una mano apoyada en la rodilla, siento su manita posarse encima de la mía y sus dedos entrelazándose con los míos dándome un suave apretón.

SALGO DE MI PROFUNDO SUEÑO INCITADA POR LOS deliciosos aromas de las manzanas asadas y el pastel de calabaza... y por culpa de mi estómago, que ruge ruidosamente. Estoy tentada a ignorarlo todo y a meterme más adentro debajo de mi manta, pero una ronca voz masculina murmura:

—¿Estás despierta, gatita? —Y unos labios suaves y cálidos mordisquean el punto sensible donde se unen mi cuello y mi hombro, mientras una mano grande y fuerte me acaricia el costado hasta sostener mi seno en ademán posesivo.

La neblina somnolienta de mi cerebro se disipa en un instante.

Hostia puta.

Estoy en la cama con Marcus.

En Florida.

En casa de mis abuelos.

Con los ojos abiertos como platos, me siento y me vuelvo a mirar al multimillonario que tan implacablemente me ha perseguido hasta aquí. Él está tumbado de lado, apoyado sobre un codo, con su espeso cabello castaño enmarañado por el sueño y mirándome con los ojos entornados. Con su dura mandíbula ensombrecida por la barba matutina y su poderoso torso musculoso fuera de la manta, parece tan poderoso y deliciosamente masculino que mi piel se calienta y mis muslos se aprietan en un intento instintivo de aliviar el dolor creciente entre ellos.

—Buenos días —murmura, con la mirada clavada en mis senos que, acabo de darme cuenta, están al descubierto, con los pezones prietos y erguidos, como si estuviera excitada.

Lo cual sí estoy, pero tenía la esperanza de que él no fuera consciente de ello. Ya es bastante malo que volviésemos a hacerlo *otra vez*, la tercera, después de volver de la farmacia. No es así como se convence a un hombre de que no estás tan interesada en él, que es la estrategia que decidí seguir anoche, mientras le pedíamos a un farmacéutico de aspecto cansado el Plan B.

Decidí correr el riesgo y ver a dónde nos llevaba esto, pero sin dejar que Marcus se percatara de la profundidad de mis sentimientos. Ya me ha acorralado para que le deje quedarse aquí en Acción de Gracias. Si supiera que estoy enamorada de él, no habría quien lo parara.

Ya me habría hecho mudarme a su ático para la hora de cenar.

—Eh… buenos días. —Tratando de no sonrojarme, me subo la manta hasta que me tapa los pechos—. ¿Qué hora es?

Una sonrisa perezosa curva sus labios mientras su mirada vuelve a mi cara.

—Casi las diez.

—Oh, mierda. —Iba a ayudar a la abu con el desayuno y todos los preparativos de Acción de Gracias, pero a juzgar por los deliciosos olores que me han despertado, ya es demasiado tarde.

Conociendo a la abuela, lleva con ello desde que despuntó el día.

—Nos fuimos a dormir tarde —señala Marcus. Se sienta y arroja la manta a un lado para revelar una erección grande, gruesa y que hace que se me haga la boca agua. Una erección matutina, espero; de lo contrario el hombre está seriamente obsesionado con el sexo.

Gloriosamente despreocupado por su desnudez, se levanta y se estira, flexionando todos los músculos de su cuerpo largo y fibrado al hacerlo, y luego se dirige hacia el baño diciendo despreocupadamente:

—Vuelvo en seguida.

Me trago mis babas y salto de la cama también. Me voy directa al armario, cojo una camiseta y un par de pantalones cortos, además de la ropa interior y me apresuro a vestirme.

Tengo la sensación de que si todavía sigo desnuda cuando él regrese, no saldremos de esta habitación hasta el mediodía.

Mientras espero a que salga Marcus, cojo el teléfono para revisar mi correo electrónico. Para mi sorpresa, hay un mensaje de voz de mi mejor amiga, Kendall, y toda una ristra de mensajes de texto suyos.

Preocupada, voy primero a por los textos.

El primero es un enlace a un artículo en *The New York Herald*, seguido de: *ODM, Emi, ¿eres tú la que está con Míster Wall Street en la página siete???*

Entonces: *¡Sí que eres tú! ¡Hostia puta, soy amiga de una celebridad!*

Te están llamando "pelirroja misteriosa", ¿lo has visto? Y joder, ese beso parece calentorro. Te está abrazando como si quisiera hacértelo allí mismo. No es de extrañar que te callaras la boca sobre el tema de los orgasmos. Te da un montón, ¿verdad? Se puede ver.

Espera un segundo. ¿Es eso el JFK? ¿Por qué estabais juntos en el aeropuerto?

¿Está él en Florida contigo???

¡Tú, zorrita pícara! Ha ido a conocer a tus abuelos, ¿no? ¿Por qué no me lo habías dicho????

Los siguientes dos mensajes son imágenes de vestidos de fiesta, seguidos de: *Planeo usar uno de estos cuando sea tu dama de honor. Que lo sepas. Y por descontado ni pensar en lo de ponerme orejas de ratón Mickey. Me niego.*

Horrorizada y confusa a partes iguales, hago click en el enlace al artículo del primer mensaje. Efectivamente, hay una foto de Marcus besándome en mi puerta de embarque anoche. El titular reza:

¿Han pescado en Disneylandia a uno de los solteros más codiciados de Nueva York?

¿Qué demonios?

Con el corazón palpitante, echo un vistazo rápido al texto principal:

El multimillonario de los fondos de cobertura Marcus Carelli fue visto anoche en el JFK, morreándose con una pelirroja misteriosa. El reservado jefe del fondo de 92 mil millones de dólares, Carelli Capital Management, no es conocido por prodigarse en demostraciones públicas de afecto, lo que nos lleva a especular con que la relación podría ser seria. Según nuestras fuentes, la joven estaba en la cola de la clase turista para embarcar en un vuelo a Orlando, hogar de Mickey Mouse, cuando Carelli la llevó a un lado para mantener una discusión aparentemente intensa que culminó con una apasionada sesión de besos (ver foto de arriba). Después, la mujer subió a su vuelo, dejando a Carelli en la puerta. Pero la historia no termina allí, ya que según un plan de vuelo presentado unos quince minutos después, el avión privado de Carelli voló a Orlando esa misma noche.

¿Está uno de los solteros más ricos de Nueva York a punto ser pescado en Disneylandia por una novia que vuela en clase turista?

Podríamos estar asistiendo a un cuento de la Cenicienta en la vida real.

¿Cuento de la Cenicienta? ¿Disneylandia? ¿Pescado?

¿Pero qué se han fumado?

Mi mirada regresa a la segunda frase y la vuelvo a leer con incredulidad.

Sí, no ha sido cosa de mi imaginación. Pone "92 mil millones de dólares". Kendall me dijo que el fondo de Marcus administra una cantidad increíble de dinero, pero esto debe de ser igual al el PIB de un país pequeño. ¿O de un país de tamaño mediano, tal vez?

Joder, tendría que haber prestado más atención en el único curso de Economía que hice en la universidad.

Todavía estoy hiperventilando cuando Marcus sale del baño. Su mirada penetrante cae sobre mí, y él atraviesa rápidamente la habitación hasta ponerse frente a mí.

—¿Qué sucede? —exige, agarrándome por los hombros—. ¿Ha pasado algo?

Él sigue desnudo, lo cual es malo para mi equilibrio ya inestable, así que le entrego el teléfono sin decir palabra y me apresuro meterme en el baño. Cierro la puerta a mis espaldas, me apoyo contra ella y trato de convencer a mis pulmones de que hay mucho aire por ahí suelto... y a mi cerebro de que este artículo no es para asustarse.

Oh, ¿a quién pretendo engañar?

Tienen una foto mía morreándome con Marcus.

Una foto y un artículo en la página siete.

Como si yo fuera una Kardashian o algo así.

Ah, y Marcus aparentemente maneja casi cien mil millones de dólares y es considerado uno de los solteros más codiciados de Nueva York.

Si eso no es razón para asustarse, no sé qué podría serlo.

De alguna manera, me las arreglo para llegar hasta el lavabo y seguir mi rutina matutina habitual de cepillarme los dientes, lavarme la cara, etc. Me calma lo suficiente como para no seguir al borde de un ataque de pánico. Como último paso, me aplico una gruesa capa de protector solar (el sol de Florida es criminal para la complexión de los pelirrojos) y decido que estoy tan preparada para enfrentarme al mundo como soy capaz de estarlo.

Y con "al mundo" quiero decir a Marcus quien, afortunadamente, lleva puestos un par de vaqueros y un polo cuando salgo. Está sentado en la cama, que ahora está completamente hecha, noto con la parte de mi cerebro que ha empezado a tomar nota de sus manías acerca del orden y la limpieza, y teclea algo en su teléfono. Al oírme, levanta la vista, se mete el teléfono en el bolsillo y se pone de pie.

—Perdón por eso —dice antes de que yo pueda soltar una palabra—. Mi equipo de relaciones públicas tendría que haber estado al tanto. O más bien, *yo* tendría que haberlo estado. Ellos podrían haberlo atajado de raíz si les hubiera hecho saber que ayer vi un par de teléfonos apuntándonos.

—Ellos... ¿los viste? —Toda mi tranquilidad se va a la porra—. ¿Es esto algo que te sucede mucho? Quiero decir, la foto y el artículo y...

—No, porque mi equipo está encima. Por lo general.

—Aja, vale. ¿Y necesitas un equipo de relaciones públicas porque...?

Él suspira.

—Porque, por desgracia, la prensa no siempre se contenta con centrarse únicamente en mi fondo y en nuestras inversiones. Tengo un perfil bastante conocido en el mundo de los negocios, y de vez en cuando, algún periodista desesperado por conseguir atención intenta convertirme en una figura que pueda ser de interés para el público en general.

—¿Como en uno de los solteros más codiciados de Nueva York?

—Sí, exacto. —Él hace una mueca—. Ese artículo no es más que especulación, puro clickbait, y ellos lo saben. Ni siquiera se han molestado en mencionar que cambiamos el plan de vuelo para volar a Daytona Beach en lugar de a Orlando. Disneylandia, mis cojones. —Se ve tan disgustado que, a pesar que sigo con el susto en el cuerpo, mis labios se curvan divertidos.

—¿Entonces nada de orejas de Mickey para nuestra boda? —pregunto con el rostro más serio que soy capaz de mantener—. Porque Kendall *realmente* esperaba llevarlas cuando fuera nuestra dama de honor.

Él no deja pasar ni una.

—En ese caso, lo retiro. Disney y Mickey serán. ¿Le contarás tú la buena nueva o debería hacerlo yo?

—Creo que deberíamos dejar que *The New York Herald* lo haga. Tienen la primicia en exclusiva —digo, y mientras él se ríe, sus bien cinceladas mejillas se arrugan con esos surcos tan sexys que tiene, y no puedo evitar unirme a él, con lo peor de mi pánico desapareciendo.

¿Y qué si mi foto aparece en el periódico y yo estoy saliendo con "uno de los solteros más codiciados de Nueva York"?

No es que yo no supiera ya que Marcus está fuera de mi alcance. Lo está, siempre lo ha estado y este artículo de clickbait no cambia nada.

Además, solo Kendall sabe quién es la "pelirroja misteriosa".

$\mathcal{E}$mma

—Así que, ¿cómo está nuestra pelirroja misteriosa? —dice el abu, entrando en la cocina, y casi escupo el café que estaba saboreando. En vez de eso, me lo trago en el último segundo, e inmediatamente me pongo a toser porque el líquido caliente se ha ido por el camino equivocado.

—¡Abu! —exclamo con voz entrecortada cuando consigo recuperar el habla—. ¿Desde cuándo lees el *New York Herald*?

Estaba segura, totalmente convencida, de que mis abuelos no verían esa muestra de sagaz periodismo. Porque, ¿por qué iban a hacerlo? *El Herald* es básicamente un periodicucho dedicado a los cotilleos locales, lleno de artículos de clickbait que intentan aparentar que historias como lo de "ser pescado en Disneylandia" parezcan hechos ampliamente contrastados.

—Desde que supe que el hombre con el que está saliendo mi nieta favorita aparece en los titulares, y configuré las alertas de Google para que me llegue un aviso cada vez que aparece su nombre —dice el abu, tan imperturbable como siempre—. ¿Qué pasa, crees que internet es solo dominio de los jóvenes?

—Me lo leyó esta mañana a primera hora —interrumpe la abu desde la isla de la cocina, donde está cortando verduras con la precisión de un procesador de alimentos—. Le dije que no te tomara el pelo, pero no ha podido resistirse.

—¿No ha podido resistirse a qué? —pregunta Marcus, entrando en la cocina. Ha tenido que atender una llamada de trabajo hace unos minutos y, por lo tanto, se ha perdido toda la diversión.

—A mencionar el artículo —explica la abu mientras Marcus se acerca para sentarse en un taburete a mi lado—. Le dije a Ted que mantuviera la boca cerrada y no fastidiara a Emma, pero no me escuchó.

Marcus sonríe.

—No puedo culparle. Mira que rubor más bonito tiene. ¿Quién podría resistirse? —Inclinándose, me pasa el brazo por los hombros y me besa en la frente.

Mi cara se calienta de inmediato. Estaba roja por mi ataque de tos, no por las burlas del abu, pero ahora que mis dos abuelos nos están mirando sonrientes, me estoy ruborizando de verdad.

Mataré a Marcus antes de que este viaje haya terminado. De verdad que sí.

—¿Te apetecería un café? —pregunta la abuela a Marcus, saliendo gentilmente en mi rescate—. No tenemos nada sofisticado, pero...

—Lo que sea que tengas estará genial, gracias —dice él—. Necesito urgentemente una dosis de cafeína y no soy exigente.

La abuela se limpia las manos con un trapo de cocina y se acerca a la cafetera para servirle una taza del mismo café java que yo estoy bebiendo, y que en realidad sí es un producto sofisticado. Es algún tipo de mezcla especial que envían a la abu directamente desde Colombia. Normalmente, está muy orgullosa de eso, contando a propios y extraños cómo y dónde se cultivan los granos, así que no sé por qué acaba de intentar...

Oh, por supuesto.

Desde que mis abuelos han leído el artículo, saben que Marcus es multimillonario. Y no cualquier multimillonario, sino un titán de Wall Street cuyo fondo administra casi cien mil millones.

En realidad, deben de haberlo sabido incluso antes del artículo, desde que el abu configuró esas alertas de Google. Probablemente buscó a Marcus en algún momento después de nuestra sesión de Skype, y este es el resultado.

Es posible que mis abuelos no lo demuestren, pero están algo intimidados por la riqueza de su invitado.

¿Por qué si no iba la abuela a minimizar la genialidad de su elixir colombiano?

—Aquí tienes —dice ella, entregándole una taza a Marcus, y él le da las gracias antes de tomar un gran sorbo.

Inmediatamente, sus ojos se agrandan y se dirigen primero hacia la taza, y luego hacia mi abuela.

—Mary, este café es increíble. ¿De dónde demonios lo has sacado?

La abuela se ilumina como un árbol de Navidad.

—¿Te gusta? Lo encargo en una pequeña granja en Colombia, cerca de la selva amazónica... —Ella se lanza a su discurso habitual sobre las prácticas de comercio justo de los cultivadores, y yo desconecto para estudiar a mi nuevo novio, o lo que sea que ahora es Marcus para mí.

No hace falta decir que mi plan de fingir estar juntos por el bien de mis abuelos mientras lo mantenía a distancia ha fracasado miserablemente. Todavía no tengo intención de mudarme con él, pero no puedo negar que estamos, al menos, saliendo juntos de nuevo.

O más bien, durmiendo juntos y pasando el Día de Acción de Gracias con mi familia.

Hablando de lo cual, Marcus parece encontrarse extremadamente cómodo con mis abuelos. Supongo que no tendría que sorprenderme después de la forma en que aprovechó la oportunidad de conocerlos por Skype, pero aun así me resulta bastante impresionante. Mi ex de la universidad siempre había estado tan acartonado con ellos, tan asustado de decir o hacer algo incorrecto... Para Jim, mis abuelos habían sido dinosaurios, tan viejos y raros que nunca se había molestado en conocerlos como individuos, ni en prestarles mucha atención. Marcus, sin embargo, no solo escucha a mi abuela con total concentración, sino que hace preguntas sobre lo que le cuenta e interactúa con ella igual que lo haría conmigo.

Para él, mi familia no es un equipaje no deseado que hay que soportar por salir conmigo; son personas. Y a juzgar por su comportamiento, personas que le gustan y a las que respeta.

Los abus ya han desayunado. A pesar de haberse ido tarde a la cama, se han levantado temprano, como siempre, pero nos acompañan mientras devoramos las sobras: tortitas de calabaza y calabacín con yogur casero y miel local. Mientras comemos, la abu le cuenta todo a Marcus sobre los tomates que está cultivando en su jardín, y el abu le hace a Marcus un millón de preguntas sobre el mercado y en qué acciones invertir.

—Abu, él no puede decirte eso —le reprendo cuando mi abuelo comienza a abordar el tema—. Es como abuso de información privilegiada o "frontrunning" o algo así.

—Solo si estoy revelando información material no pública o hablándole de una transacción que mi fondo va a hacer —dice Marcus, con una cálida sonrisa—. No hay nada de malo en que tu abuelo me pida mi opinión sobre varias inversiones.

—Oh, vale. No estaba segura —murmuro,

metiéndome una tortita en la boca—. En ese caso, continúa.

Y eso hacen los dos. Para cuando termina el desayuno, siento que he estado viendo una hora de CNBC, solo que con cabezas parlantes muchísimo más inteligentes. Mi abuelo debe de haberse metido aún más en el mundo de las inversiones durante el último año, porque parece saber hacer todas las preguntas correctas. O tal vez me lo parezca a mí, porque Marcus responde a todas sus preguntas sin el menor indicio de condescendencia. De cualquier manera, toda esa charla sobre la bolsa deja al abu tan entusiasmado que en cuanto nos levantamos y le agradecemos a la abu las deliciosas tortitas, sale corriendo hacia su portátil, presumiblemente para comprar algunos de los valores que él y Marcus han estado comentando.

—Gracias por eso —le digo a Marcus mientras caminamos de regreso a nuestra habitación—. Lo has hecho tan feliz...

—¿Ah, sí? —Me mira de soslayo—. ¿Y qué hay de ti, gatita?

—¿De mí?

—¿Te he aburrido con toda esa charla sobre inversiones?

—Oh, no. En absoluto. —Y para mi sorpresa, es verdad. Aunque el tema no es algo que me interese, observar a Marcus en su elemento había sido fascinante. No solo posee conocimientos inagotables acerca del mercado de valores y de las muchas empresas que cotizan en bolsa, sino que tiene una forma de transmitirlo que hace que ese tema, normalmente tan tedioso para mí, cobre vida. En parte, es por su forma de hablar, con una especie de autoridad silenciosa que reclama tu atención. Pero principalmente, es por cómo intercala el elemento humano entre los números, hablando de la psicología de los inversores y de las personalidades de los CEO al mismo tiempo que de los márgenes de ganancias y los parámetros de los valores.

Al escucharlo, he entendido por qué mi abuelo y tantos otros convierten invertir en acciones en su hobby, y por qué el propio Marcus se apasiona tanto por lo que hace.

Él sonríe cálidamente.

—Me alegro. No parecías aburrida, pero estabas muy callada.

—Pues no, no estaba aburrida en absoluto. —Entro en la habitación, me detengo y me vuelvo para mirarle —. ¿Así que, cuáles son tus planes para hoy? Quiero decir, ¿tienes alguna idea sobre qué quieres hacer antes de nuestra cena de Acción de Gracias? —La mirada de Marcus se desvía instantáneamente hacia la cama, y aclaro—: aparte de *eso*.

Me sonríe, con sus azules ojos chispeantes.

—Bueno, esto es Florida, así que estaba pensando que podríamos ir a la playa. ¿A menos que tú tengas otras sugerencias? Estoy abierto a lo que sea.

—¿No tienes más llamadas de trabajo pendientes ni nada por el estilo? —Antes de que él apareciera, planeaba pasar la mayor parte de mis vacaciones en el porche cubierto de mis abuelos con el portátil, adelantando trabajo de edición, y tal vez incluso trabajando en el primer capítulo de mi propia historia súper secreta. Ahora, sin embargo, todo eso se ha ido al garete... a menos que Marcus también tenga planes de trabajar parte del día.

Él arquea las cejas.

—Suenas decepcionada. *¿Quieres* que trabaje?

—No, por supuesto que no, a menos que tengas que hacerlo. Lo entenderé perfectamente si tienes que... —Y sí, tal vez una parte de mí quiera que esté ocupado con algo que no sea yo, para que pueda recuperar el aliento y tratar de mantener una cierta ecuanimidad. Había sido la única receptora de su atención durante la mayor parte del último fin de semana, y eso había sido más que embriagador, tanto que cuando después se fue y desapareció durante tres días, yo casi me había hundido. Si va a estar aquí hasta el domingo, y sospecho que lo estará, ya que a pesar de mi ultimátum de anoche, no les ha dicho nada a mis abuelos acerca de volar de regreso a Nueva York esta noche, necesito encontrar una manera de protegerme, para mantener al menos una parte de mi corazón blindada en caso de que su interruptor cambie de caliente a frío de nuevo.

Sus labios se curvan con ironía y su mirada brilla al entenderlo.

—¿Qué tal si nos llevamos unas sillas plegables y nuestros portátiles a la playa? Podemos nadar si el agua está lo bastante caliente, y si no, podemos disfrutar de la brisa del océano mientras nos ponemos un poco al día con el trabajo. Sospecho que hay algo que necesitas hacer, en cuanto a edición, ¿verdad?

—Bueno, más o menos —admito tímidamente—. No es nada urgente, pero...

—No digas más. Si hay algo que comprendo es el deseo de pasar unas vacaciones productivas.

Levanto la vista y le sonrío.

—Vale, genial. Solo déjame coger mis cosas y...

—Espera. —Me agarra del brazo—. Antes de que lo hagas, hay algo que yo he querido hacer toda la mañana.

—¿Sí? —digo sin aliento, y mi cabeza se inclina hacia atrás cuando él me sujeta por las caderas y me atrae contra su cuerpo alto y musculoso—. ¿Y qué es?

Su voz se vuelve ronca.

—Esto. —Y bajando la cabeza para besarme, nos dirige a los dos hacia la cama.

9

Marcus

Es oficial.

Soy un animal cuando se trata de Emma.

Nos hemos acostado hace menos de media hora, pero cuando mi mano se desliza sobre la piel suave de su espalda, cubriéndola con protector solar antes de salir del coche, solo puedo pensar en cuánto deseo pasar la lengua por la hendidura de su columna vertebral, y en lo mucho que me encanta ver las marcas rojas de chupetones en la unión entre su cuello y hombro, donde chupé y mordisqueé su carne tierna un poco demasiado fuerte ayer por la noche.

Está mal y es totalmente neandertal por mi parte, pero quiero que todo el que la vea hoy en la playa sepa que es mía.

—Por favor, no olvides extenderlo por debajo de las tiras del bikini y la cintura de los pantalones cortos —murmura, mirándome por encima del hombro. Sus ojos grises brillan a la luz del sol que entra por las ventanillas del coche, y sus mejillas pecosas están suavemente enrojecidas bajo el ala ancha de su sombrero—. Las quemaduras solares más terribles siempre las sufro alrededor de los bordes de mi traje de baño.

—No te preocupes. —Mi voz sale más ronca de lo que pretendía—. Te tengo.

Termino de cubrirle la espalda y los hombros con una gruesa capa de protector solar, asegurándome de pasar por debajo de las tiras de su bikini amarillo y de meterme en los shorts vaqueros que cubren la parte inferior de su bikini. Luego le doy el tubo—. Hecho.

—¿Y tú? —me pregunta mientras alcanzo la manilla de la puerta—. ¿Quieres que te lo ponga en la espalda?

—Quizá más tarde. —Entre verla sin camisa y untar la loción sobre su piel deliciosamente suave, ya estoy luchando contra una erección del todo inapropiada para la playa. Si ella comienza a tocarme, es posible que no salgamos del coche, y también es posible que deba darles explicaciones a sus abuelos por los cargos de escándalo público cuando vengan a pagar nuestra fianza para sacarnos de la cárcel.

A pesar de todos mis consejos sobre el mercado de acciones, a Ted Walsh yo no le caería demasiado bien después de algo así.

Al salir del coche, inhalo profundamente, haciendo

que el aire cálido y húmedo entre en mis pulmones. Huele a sal, a sol y a arena. Según marca el salpicadero, hay veintiocho grados de temperatura fuera... un día inusualmente caluroso para el final de noviembre en el norte de Florida. Lo que probablemente explica por qué el paseo marítimo y la playa frente a nosotros están atestados, tanto de turistas como de gente local.

Afortunadamente, nadie se fija en el bulto de mis pantalones cortos cuando voy hacia el maletero para sacar las hamacas de playa que les hemos pedido prestadas a sus abuelos. Sujetándolas debajo de un brazo, busco en el asiento trasero y cojo la bolsa de mi portátil, que contiene nuestros dos ordenadores.

—Yo me encargo del resto —dice Emma, abriendo la puerta opuesta para sacar la bolsa con nuestras toallas y unas botellas de agua. Mientras se estira para agarrarla desde donde está hasta el centro del asiento trasero, la parte superior de su sujetador del bikini se abre, dejándome ver un pezón rosado.

Joder.

Eso no está siendo de ayuda en absoluto para aliviar lo de mi bulto. Además, ahora estoy cabreado porque si yo he podido verlo, algún transeúnte también podría haberlo hecho, y esos dulces pezones son solo para mis ojos. Igual que ese delicioso culito embutido en sus shorts demasiado cortos.

Apretando los dientes, me enderezo y respiro hondo mientras cierro el coche.

Quizás la playa no haya sido tan buena idea. Emma

semidesnuda en público no es algo que yo lleve bien, al parecer.

—Por aquí —dice ella, dirigiéndose hacia los escalones que conducen a la playa, y después de otra bocanada de aire tranquilizador, la sigo, asegurándome de sostener la bolsa frente a mí mientras camino.

Ella va directamente a la zona de sombra bajo el muelle, y yo coloco nuestras sillas a tres o cuatro metros de la línea de humedad en la arena, para mantener nuestros portátiles a salvo de las olas que dan agresivos lametazos contra la orilla. Aquí abajo, junto al agua, hace mucho menos calor que en el paseo marítimo, y la brisa es fresca y salada, tan estimulante como solo el aire del océano puede serlo.

—Disculpe, señora —le dice Emma a una mujer de mediana edad estirada sobre una toalla cerca de nosotros—. ¿Le importaría vigilar nuestras cosas mientras nadamos?

—Claro, encantada de hacerlo —dice ella con un toque de acento sureño—. Vayan ustedes.

—Gracias —dice Emma, y quitándose el sombrero, se recoge el pelo en un moño grueso y desordenado en lo alto de la cabeza. Luego, se desabrocha sus pantalones cortos y los empuja hacia abajo por sus piernas, revelando la parte inferior de bikini amarillo que cubre aún menos su trasero que esos diminutos shorts. *Su culo redondo, suave y perfectamente manoseable.* Si estuviésemos solos, ya tendría mis manos sobre él. Lo exprimiría, lo lamería, lo mordería...

Maldición, realmente necesito ayuda. Tal vez habría

de ver a un psiquiatra cuando volvamos a Nueva York, preferiblemente a uno que se especialice en la adicción al sexo con las pequeñas pelirrojas con curvas. Tiene que existir tal cosa, ¿verdad?

Entretanto, solo veo una forma de lidiar con esta tortura.

—Ven aquí —gruño. Doy un paso hacia Emma e ignorando sus grititos, la cojo en mis brazos y me la llevo al agua, sin parar hasta que nos llega hasta el pecho.

Bueno, hasta que me cubre a *mí* hasta el pecho, y ella se cuelga de mi cuello para evitar que las olas le golpeen la cara.

—¡Tú, monstruo! —chilla, trepando por mi cuerpo como un monito cuando una ola especialmente grande amenaza con sumergirla a pesar de sus esfuerzos—. ¡Esta agua está tremendamente fría!

Sonrío hacia su rostro indignado.

—Lo sé. Refrescante, ¿no es así? —Y lo que es más importante, útil para reducir las erecciones.

—¡No! —Se limpia las salpicaduras saladas de la cara—. ¡Eres un asqueroso!

—Tú habías planeado nadar, ¿no?

—¡Pero no así! Iba a ir metiéndome poco a poco en el agua, ajustándome a este... a esta... piscina de cubitos... —Parece tan ultrajada porque el agua esté a veintidós grados que no puedo evitar echarme a reír.

—No está *tan* fría gatita. Además, a veces es mejor simplemente entrar de golpe. Sumergirse primero y luego preocuparse por lo de hacerse a ello...

Ella se humedece sus labios de capullo de rosa.

—¿Qué pasa si... qué pasa si nunca te haces a ello? —Su mirada gris se vuelve sombría—. ¿Qué pasa si simplemente no puedes?

—¿Y qué pasa si puedes? —contraargumento, sabiendo que ya no estamos hablando de la temperatura del agua. Sosteniéndola contra mí con un brazo, enmarco su bonito rostro con la palma de mi mano—. ¿Qué pasa si es la única manera?

Ella parpadea, con sus pestañas color cobrizo moviéndose como abanicos hacia abajo y hacia arriba.

—¿De verdad piensas eso?

—Eso pienso —digo con firmeza—. De verdad que sí. —Y al tiempo que otra ola rompe contra mi espalda, presiono mis labios contra los de ella, saboreando la sal del agua marina y la dulzura adictiva de ella.

10

NUESTRO DESAYUNO HABÍA SIDO CASI UN BRUNCH Y A LA abu le gusta cenar temprano, así que nos saltamos el almuerzo y nos pasamos toda la tarde en la playa, alternando descansar las hamacas y nadar. Fiel a su palabra, Marcus me deja trabajar en mi portátil entre baños, y me las arreglo para editar una buena parte de una novela romántica con hombres lobo que tengo que entregar el viernes. Después, llamo a mi casera para saber cómo están mis gatos, y averiguo que mientras que Bolita de algodón y Reina Isabel se comportan tan bien como siempre, el Sr. Bufidos ha decidido que mi almohada favorita es un fantástico rascador.

No hace falta decir que hay jirones de espuma viscoelástica por toda la cama y el suelo.

—Iba a recogerlo, pero él ha empezado a bufarme —dice la señora Metz con tono inquieto—. Tendrás que encargarte tú misma. Te juro que ese gato tuyo tiene una parte de demonio.

¿Una parte de demonio? Está siendo generosa. Es más bien como el noventa por ciento.

—Lo siento mucho. Probablemente solo es que me echa de menos —le miento. No hay necesidad alguna de asustar a la buena mujer admitiendo que el Sr. Bufidos siempre es así—. Y desde luego, ni se le ocurra preocuparse por limpiar. Me encargaré de eso cuando regrese el domingo. Gracias de nuevo por echarles un ojo por mí.

—Oh, no es problema, querida. Estoy encantada de ayudarte siempre que quieras. Ah, y casi me olvido de preguntarte... ¿Tu novio se puso en contacto contigo? Vino por aquí justo después de que salieras hacia el aeropuerto, te estaba buscando.

—Oh. —No sabía que Marcus había pasado por mi apartamento antes de conducir al aeropuerto para interceptarme. ¿Es así como supo cuándo era mi vuelo? Porque ahora que lo pienso, nunca le dije mi número de vuelo ni a qué hora se suponía que salía. Lo único que le dije fue que iba a volar a Florida el miércoles.

Hago una nota mental para preguntarle a Marcus por ello, y le digo a la Sra. Metz:

—Sí, me alcanzó. Todo está bien. Gracias.

—Oh, vale, bien. —Ella carraspea—. Espera, ¿has dicho que te alcanzó? ¿Está él allí contigo ahora?

—Eh... sí. Sí, aquí está. —De hecho, en este mismo

momento, me está mirando fijamente mientras yo camino arriba y abajo por la orilla del agua con mi teléfono, con una mirada tan ardiente como el sol que tuesta mis hombros. Me alejé para hacer esta llamada y no molestarle, pero parece que de todos modos le estoy distrayendo de su trabajo.

Lo que es de justicia, ya que a mí, tener esos pectorales esculpidos y esa tableta de chocolate a mi lado mientras intentaba editar, me ha distraído bastante. Hasta el punto en que le imaginaba constantemente a *él* en lugar de al hombre lobo protagonista de la novela en cada una de las tórridas escenas.

Espero que la heroína no se haya quedado con tres brazos o con un par de zapatos de más por su culpa.

—¿Entonces estáis yendo en serio? —presiona la Señora. Metz—. Ni siquiera sabía que estuvieras saliendo con alguien.

—Bueno, es... —Pierdo el hilo de mis pensamientos cuando Marcus se pone de pie para colocar las hamacas más a la sombra, y los músculos de su poderoso cuerpo se flexionan con el movimiento. Apartando la mirada de esa visión que me hace la boca agua, me las arreglo para decir—: todavía no estoy segura.

—Bueno, está bien, si vosotros dos decidís iros a vivir juntos, por favor, dímelo. Estoy pensando en poner el edificio a la venta, así que si quieres que te libere anticipadamente del contrato de arrendamiento... —lo deja en puntos suspensivos, pero entiendo la indirecta y mi estómago se tensa con una oleada de pánico.

Quiere que me vaya del estudio del sótano, pero es demasiado amable para echarme antes de que termine mi actual contrato.

O sea, en ocho meses.

Contaba con que me permitiera renovarlo con solo un pequeño aumento en el alquiler, igual que en años anteriores, pero eso claramente no va a suceder. Además, ahora que sé que ella quiere vender, sería una imbécil si me quedara hasta que se cumplieran esos ocho meses del todo.

La Sra. Metz siempre ha sido muy amable, tanto que me dejaba pagarle más tarde cuando tenía facturas veterinarias inesperadas u otras emergencias.

—Empezaré a buscar otro sitio en cuanto regresemos a Nueva York —le prometo, aunque la cabeza me da vueltas con un pánico cada vez mayor. ¿Dónde voy a encontrar otro apartamento dentro de mi presupuesto? Los valores de las propiedades y los alquileres en Brooklyn se han disparado en los últimos años, y la única razón por la que he estado pagando tan poco es porque mi apartamento no ha sido renovado en años. ¿Y qué hay de los gastos de la mudanza? ¿Serán mis muebles baratos capaces de sobrevivir al traslado siquiera?

—Eso es maravilloso. Gracias, querida. —La Señora. Metz suena aliviada; de verdad debe de querer que me vaya—. Yo te daré buenas referencias, y estoy segura de que tu nuevo novio puede echarte una mano. Parece que le va muy bien.

—Oh, él es... sí. Sí, así es. —¿Sabrá que Marcus es multimillonario, o simplemente quedó impresionada por su ropa y su coche? De cualquier manera, creer que tengo un novio rico en quien apoyarme parece ser un bálsamo para su conciencia, por lo que me abstengo de decirle que no tengo intención de aceptar la ayuda de Marcus en la mudanza, especialmente del tipo monetario.

Si él quiere llevar algunas cajas por mí, eso sí que podría permitirlo... aunque solo sea porque quiero ver esos bíceps en acción.

—Eso está muy bien. ¡Me alegro tanto por ti, querida! Ahora debo apresurarme. Hablamos pronto. —La Sra. Metz cuelga y bajo mi teléfono para mirar fijamente la pantalla. Todavía la estoy mirando cuando unos fuertes brazos me rodean la cintura, y un cuerpo grande y templado por el sol presiona contra mi espalda.

—¿Pasa algo malo? —murmura Marcus, bajando la cabeza para mordisquearme la oreja—. Llevas un rato aquí de pie.

—Oh, no, todo va bien. —Aunque todavía me estoy recuperando de la conversación con la señora Metz, mi cuerpo reacciona a su cercanía igual que siempre, mi corazón late más rápido y mi piel se enrojece con un calor que no tiene nada que ver con el del sol. Liberándome de su abrazo, me vuelvo y me las compongo para sonreír—. Solo es que echo de menos a mis bebés peludos, eso es todo.

De ninguna manera pienso decirle a Marcus que estoy a punto de quedarme sin hogar.

Conociéndolo, el lunes me despertaría con todas mis cosas ya en su ático.

Sus labios se curvan en una sonrisa.

—Ya veo. Bueno, dentro de nada estarás de vuelta. Tu vuelo es el domingo por la tarde, ¿verdad?

—Pues sí. Hablando de lo cual... —Entorno los ojos para protegerme del brillo del sol—. ¿Cómo sabías a qué hora era mi vuelo ayer? ¿Te lo dijo mi casera?

Un gesto extraño cruza su rostro. Ha sido algo tan fugaz, sin embargo, que puede que me lo haya imaginado.

—Sí —dice sin perder comba—. Fui a tu apartamento para hablar contigo y ella me dijo que habías salido para el aeropuerto.

—Oh, vale. Tiene sentido. —Le sonrío—. ¿Listo para otro baño?

arcus

Le doy a Emma una docena de oportunidades de confesar durante el resto del tiempo que pasamos en la playa y en el trayecto en coche hasta casa de sus abuelos, pero no me cuenta nada sobre las noticias que acaba de recibir. O que al menos espero que haya recibido; es posible que Clara Metz no mordiera el anzuelo, aunque el agente inmobiliario que he enviado a hablar con ella esta mañana me ha dicho que la casera de Emma parecía genuinamente intrigada.

Pero no.

Mi pequeña pelirroja tenía gesto de disgusto al colgar el teléfono, mucho más que lo que estaría justificado por la breve separación de sus gatos.

Me siento mal por causarle esa angustia, pero no

veo otra opción. Tengo que conseguir que Emma se mude conmigo, y ¿qué mejor manera que hacer que se mude, y punto? Además, incluso aunque yo no hubiese enviado al agente para informar a la casera de Emma sobre el aumento del precio de las propiedades en su vecindario, Metz finalmente se habría enterado y le habría dicho a Emma que se mudara para poder arreglar el lugar y aprovecharse de la creciente demanda del mercado.

Simplemente estoy acelerando lo inevitable.

La idea se me ocurrió esta mañana, mientras Emma dormía, y no perdí un segundo en implementarla. Cuando le pedí que se mudara conmigo en el JFK, le dije que podía quedarse con su estudio si quería, pero desde entonces he cambiado de opinión. Mi gatita no solo necesita un gran empujón para superar sus dudas sobre nosotros, sino que una vez que la lleve a mi casa, no quiero que pueda irse cuando se le antoje. Así que esta es la estrategia que he decidido: conseguir que un agente inmobiliario hable con Clara Metz y le anime a poner el edificio a la venta, para que Emma no tenga más remedio que mudarse. Si es necesario, puedo ir más allá y comprar la casa yo mismo, pero de esta manera es mejor... más sutil. No quiero que Emma descubra mi participación en esto, al igual que no quiero que sepa lo del detective privado que contraté para conseguir toda mi información sobre ella, incluyendo su número de vuelo.

Es mejor que se mantenga ignorante en lo que a esto respecta.

La asustaría darse cuenta de hasta donde soy capaz de llegar para hacerla mía.

Cuando volvemos a la casa, nos duchamos para quitarnos la arena y nos cambiamos. Como todavía tenemos media hora antes de la cena, estoy tentado de agarrar a Emma para un rapidito, pero ella se escapa de la habitación para ayudar a su abuela antes de que yo tenga ocasión.

Decido aprovechar ese rato para enviar algunos correos electrónicos de trabajo: durante mi ducha, tuve algunas ideas sobre cómo podemos aprovechar la volatilidad del mercado de valores inducida por aranceles, y para cuando termino, son las cinco y la mesa del comedor está toda lista. Hay un pavo regordete y de piel dorada sobre una fuente de plata, y a su alrededor, un millón de guarniciones, cada una con un aroma todavía más delicioso que la anterior.

Aspirando con gusto, le digo a Mary lo emocionado que estoy por probarlo todo, y Emma me mira mientras su abuela se sonroja de placer y su abuelo se hincha de orgullo, probablemente porque haber tenido tiempo atrás la sensatez de elegir a una esposa tan genial.

Nos sentamos a comer y, a medida que avanza la comida, me doy cuenta de que esta cena de Acción de Gracias es del tipo que he visto en la televisión pero que nunca he experimentado. Todo lo que la envuelve, desde la comida casera hasta la genuina calidez entre Emma y sus abuelos, me hace sentir como si me hubieran metido en una película de Hallmark, llena de escenas de postal. Cada receta parece tener una historia detrás, y muchas de ellas fueron transmitidas a la abuela de Emma por su abuela, y la conversación en la mesa gira en torno a eso, así como sobre los últimos acontecimientos en la vida de Emma y de sus abuelos.

No se parece en nada a las comidas tensas e incómodas de los días festivos de mi infancia, en las pocas ocasiones en que mi madre estaba lo suficientemente sobria como para recordar en qué época del año estábamos y tenía bastante dinero a mano para comprar comida china para llevar, claro está.

Como si percibiera mis amargos recuerdos, Mary deja su tenedor y dirige su atención hacia mí.

—Marcus, mencionaste que tus padres fallecieron cuando eras joven —dice, con su mirada cálida y comprensiva clavada en mi cara—. ¿Qué edad tenías cuando pasó?

—Mi padre murió cuando yo tenía dos años y mi madre falleció cuando yo tenía dieciocho —digo con despreocupación bien ensayada, aunque mi pecho me oprime desagradablemente—. Enfermedad hepática.

Ted interrumpe el movimiento de una cucharada de salsa de arándanos a medio camino de su plato.

—¿Los dos?

—No, solo mi madre. A mi padre lo mataron en pelea. —Una pelea en la cárcel, para ser más exactos, pero no hace falta que ellos lo sepan. Esto ya es más de lo que le he revelado a nadie en años, bueno, a nadie excepto a Emma. Me sentí obligado a compartir toda la horrible verdad con ella, y ahora parece que el mismo impulso me anima con sus abuelos.

Una parte irracional e ilógica de mí desea que estas personas amables y auténticas conozcan todas mis partes más oscuras y jodidas... que las conozcan, y que aun así yo les guste. Que me dejen formar parte de su cálida y unida familia a pesar del negro pozo del que provengo.

Disgustado por ese patético impulso, abro la boca para cambiar de tema, pero Mary no ha terminado.

—¿Entonces cómo te las apañaste? —me pregunta suavemente—. ¿Cómo terminaste la universidad completamente por tu cuenta?

Encogiéndome de hombros, pincho un trozo de pavo con mi tenedor.

—Igual que la mayoría de los estudiantes: con becas, préstamos y trabajos a tiempo parcial. —Muchos trabajos a tiempo parcial, tantos que mis horas totales de trabajo sobrepasaban las de dos trabajos a tiempo completo algunas semanas. Sin embargo, no les cuento eso: los abuelos de Emma ya parecen bastante preocupados por mi yo de la época universitaria.

—La mayoría de los estudiantes tienen una familia en la que pueden apoyarse para gastos imprevistos y todo eso —dice Ted, frunciendo el ceño—. Debe de haber sido increíblemente difícil, el no tener esa red de seguridad. ¿Te graduaste con muchas deudas, como nuestra Emma? Tampoco quiso ni un centavo nuestro después del instituto.

La miro y ella aparta la vista, con su rostro enrojeciendo como por vergüenza. ¿Tiene esto que ver con sus problemillas sobre los temas de dinero?

¿No quiere que nadie sepa nada de sus préstamos estudiantiles?

—Tenía algo de deuda, sí —le digo a Ted. Muy poco y nada que no lograse pagar en un mes después de la graduación, gracias al éxito de mis primeras inversiones, pero también cierro la boca al respecto.

No quiero que mi gatita sienta que sus ajustadas finanzas sean algo que necesita esconder.

Mary debe de notar la incomodidad de su nieta, porque sonríe y dice:

—Bueno, está claro que estás a años luz de aquellos días, así que bien está lo que bien acaba. —Estirando el brazo, coge uno de los platos y nos mira—. ¿Más relleno?

Acepto encantado, y la conversación vuelve a temas menos serios. Ted comienza a contármelo todo sobre cuando Emma era un bebé, lo que la hace reír y sonrojarse terriblemente, y Mary sigue instando a todos a probar este plato y aquel, a coger un poquito más de aquí y otro pedacito de allá.

Mañana no podré abrocharme los pantalones, pero vale totalmente la pena por ver la sonrisa en la cara de la anciana cada vez que acepto su ofrecimiento y la inundo de cumplidos.

Ya casi hemos terminado con el postre, un pastel de

calabaza preparado por ella desde cero, cuando Ted pisa inocentemente una mina terrestre.

Pregunta cuándo planeamos exactamente que Emma se mude a mi casa.

Ella se pone tensa de inmediato, me dispara una mirada como de Estrella de la Muerte y su mano aprieta mi rodilla a modo de advertencia silenciosa. Sé lo que quiere: que yo me quede callado mientras ella dice algunas tonterías sobre cómo aún no estamos seguros, bla, bla, bla, pero no voy a dejar pasar esta oportunidad.

—A finales de la semana que viene —digo antes de que ella pueda intervenir—. Comenzaremos a empaquetar las cosas de Emma en cuanto regresemos a Nueva York.

—¡Oh, eso es tan maravilloso! —La sonrisa de Mary es más brillante que una llamarada solar—. Cuanto antes, mejor, ¿o no es así?

—Así es. —Sonrío, ignorando los dedos de Emma que se hincan en mi pierna por debajo de la mesa—. No puedo esperar para tenerla conmigo todo el tiempo.

Sus abuelos están como gatos lamiendo un plato de nata, mientras que la mano de Emma en mi pierna se convierte en una garra cruel y la mirada de sus ojos entornados me transmite que le gustaría asesinarme. Lentamente. Después de haberme asado sobre una hoguera, como si fuera un malvavisco.

—Todavía hay unos cuantos asuntos logísticos que necesitamos aclarar —dice ella, apretando los dientes—. Así que no creo que sea posible esta semana.

Le lanzo mi mirada más inocente.

—¿Estás hablando de los de las mudanzas? Porque ya te lo dije, yo me ocuparé de eso. Además, no necesitas traer ninguno de tus muebles; en mi casa hay todo lo que necesitamos.

—Emma, cariño… —Mary pone una mano gentilmente en el antebrazo de su nieta—. No tienes que tener miedo de esto. Sé que los cambios te resultan incómodos, pero este es de los de la clase buena… de los de avanzar. Tu abuelo y yo creíamos que compartíamos intimidad cuando salíamos, pero eso no fue nada comparado con cómo nos sentimos una vez que nos casamos y comenzamos a vivir juntos. Esto supone un riesgo para ti, lo sé, pero es uno que no puedes evitar. No si quieres que construyáis una vida juntos.

Mientras ella habla, la cara de Emma va pasando del rosa al blanco, a un tono bicolor intermedio.

—Abu, por favor. Nosotros no…

—Mary, deja en paz a la pobre chica —la interrumpe Ted—. La estás avergonzando delante de Marcus, ¿no lo ves? Son adultos; estoy seguro de que lo resolverán todo por su cuenta.

—Lo haremos —digo, sonriendo a la pareja de ancianos. Cogiendo a Emma por su rígida mano, traslado nuestras manos unidas desde mi pierna al hueco libre entre nuestros platos—. Lo prometo, lo solucionaremos todo.

E ignorando la tensión en el brazo de Emma, levanto nuestras manos unidas y planto un beso en sus nudillos apretados.

mma

—¡ESTO ES RIDÍCULO! —LAS PALABRAS ME SALEN disparadas en cuanto Marcus y yo nos quedamos solos en nuestra habitación—. ¡No puedes seguir haciendo esto!

Él arquea una ceja oscura.

—Puedo y lo haré... todo el tiempo que sea necesario para que aceptes lo inevitable.

—¿Con "lo inevitable" te refieres a que nos vayamos a vivir juntos?

Su sonrisa es pura arrogancia.

—Correcto.

¡Grrrr! Tengo tantas ganas de abofetearlo que me pica la palma de la mano. Habíamos pasado juntos un día tan bueno, y él había sido tan dulce con mi abuela durante la cena que casi me había olvidado de cómo es en realidad.

Un bastardo despiadado y manipulador que no se detendrá ante nada para obtener lo que quiere.

Lo cual, por alguna insólita razón, parezco ser yo.

Estoy tan jodida... y no solo literalmente.

Apretando los dientes, me concentro en el tema en cuestión.

—No voy a mudarme a tu casa. —Enuncio cada palabra como si estuviera hablando con un niño—. Métetelo en tu dura cabezota. Eso no va a ocurrir.

—Oh, pero sí que va a ocurrir. —Un destello peligroso aparece en su mirada mientras avanza hacia mí—. ¿Te apuestas algo?

Cautelosamente, retrocedo.

—No puedes usar el sexo para convencerme. Aunque...

—¿Aunque qué? —Me atrapa junto a la cama y sus grandes manos descienden sobre mis hombros mientras la parte de atrás de mis rodillas toca el colchón. Hay una sonrisa malvada en sus labios, como si me tuviera exactamente donde me quería.

Lo cual es verdad.

¿Por qué me he apartado en dirección a la cama?

¿Subconscientemente *quiero* que él use el sexo para que yo ceda?

—¿Aunque qué? —repite él con voz ronca mientras su mirada desciende hasta mis labios. Suavemente, empuja mis hombros, y me encuentro hundiéndome en la cama mientras mis piernas se doblan por debajo de mí. Un aturdido abrir y cerrar de ojos después, estoy tendida sobre la espalda, con Marcus inclinado sobre mí, y su mano bajándome la cremallera de mis shorts vaqueros mientras su mirada azul me perfora—. ¿Aunque qué, gatita?

Tragando saliva, trato de recordar de qué estábamos hablando.

—Aunque… —Las palabras se esfuman de mi garganta cuando él baja la cabeza para besarme en el cuello, con su aliento caliente sobre mi piel, mientras su mano se mete en mis pantalones desabrochados, invadiendo mis bragas, que se humedecen rápidamente. Sus labios son suaves como la seda y su lengua es húmeda y cálida cuando lame el punto debajo de mi oreja, haciéndome temblar con un escalofrío sensual. Luchando contra la bruma, lo intento de nuevo —. Aunque… —Su pulgar me roza el clítoris, y él muerde en un tendón sensible de mi cuello, convirtiéndome en una confusa ameba. Con un esfuerzo heroico, localizo una brizna de claridad mental, y exclamo—: Aunque el sexo sea bueno de verdad. —Y entonces mi mente se apaga por completo cuando él me penetra con dos dedos grandes, abriéndose paso con deliciosa rudeza.

—¿Es eso cierto? —murmura él, mordisqueando el lóbulo de mi oreja mientras sus dedos se curvan dentro de mí. Solo que ya no puedo procesar lo que está diciendo, con todo mi ser centrado en la tensión palpitante de mi interior mientras él comienza a follarme con sus dedos, con un ritmo duro y rápido.

Todavía llevo puestos los shorts y las bragas, lo que limita su rango de movimientos, pero su índice choca contra mi punto G cada vez que lo mete hacia dentro, y la palma de su mano me frota el clítoris, haciendo que yo apriete sus dedos sin poder evitarlo.

Jadeando, lo agarro por los hombros, mis ojos se cierran y mis dedos se clavan en sus músculos duros mientras mi corazón se dispara. Está mordiéndome el cuello otra vez, y yo estoy cerca, tan cerca... y entonces, con una explosión de candente sensación, llego al clímax, y el orgasmo explota a través de mis terminaciones nerviosas igual que fuegos artificiales empapados en gasolina. Grito y me arqueo contra sus dedos, con mis músculos internos contrayéndose y soltándose, los dedos de los pies curvándose y mi visión invadida por puntitos luminosos. Me corro durante lo que parecen ser minutos, con un éxtasis tan potente que es casi doloroso, y cuando disminuye, por fin, siento que podría no volver a querer moverme nunca más.

Con un esfuerzo, me obligo a abrir los pesados párpados... y me lo encuentro escudriñándome con fieros propósitos, y con los azules ojos oscurecidos por la excitación. Sosteniéndome la mirada, saca los dedos con un movimiento lento y deliberado, y yo me estremezco con una ondulante réplica cuando la palma de su mano se arrastra sobre mi clítoris tumefacto.

Moviéndose con la misma lenta deliberación, se lleva los dedos, los que acaban de estar dentro de mí, hasta la boca y los chupa.

Mi respiración se detiene en mis pulmones, mi cuerpo se tensa con un resurgimiento de doloroso deseo. No dice que esté disfrutando de mi sabor, pero no necesita hacerlo. Está escrito en su rostro, en la forma en que sus párpados se vuelven pesados y un toque de color oscurece sus pómulos altos.

Con una succión final, saca los dedos ahora limpios de su boca y curva su palma sobre mi mandíbula. Su contacto es tierno, pero la salvaje intención de posesión de su mirada mientras se acerca a mí es inconfundible, y me acaricia el labio inferior con el filo del pulgar.

—Eres mía, Emma. —Su voz suena baja y ronca, imbuida con una certeza inquebrantable—. Y esto, tú y yo, está sucediendo. Puedes luchar contra ello todo lo que quieras, pero al final, te rendirás. Porque tú también lo sientes, esta atracción entre nosotros... esta compulsión. No importa lo diferentes que creas que somos ni cuánto te asuste esto. Esta realidad sigue existiendo, y resistirte solo la hará más fuerte. —Sus labios se tuercen—. Créeme, lo sé.

Trago saliva, con el corazón golpeteándome dolorosamente.

—¿Y qué pasa si me rindo? Entonces, ¿qué?

¿Me romperás el corazón otra vez... te alejarás y me dejarás hecha pedazos?

Las palabras me bailan en la punta de la lengua, pero las contengo. No puedo dejar que Marcus sepa cuánto daño me ha hecho ya... porque entonces sabría la verdad.

Se daría cuenta de que estoy perdidamente enamorada de él, de la cabeza a los pies.

Sus ojos azules se oscurecen, y me pregunto si de todos modos me he delatado, si ha entendido mi patético, "Entonces, ¿qué?" como la súplica desesperada y enferma de amor que realmente ha sido.

No me hagas daño. No me abandones. Ámame.

Lentamente, con exquisito cuidado, presiona sus labios contra los míos, con un beso tan tierno que me dan ganas de llorar.

—Entonces, gatita —murmura, apartándose para mirarme—, te daré el mundo... todo aquello con lo que hayas podido soñar.

Y dejándome el corazón en un puño, preso de una sofocante esperanza, él me besa de nuevo y comienza a quitarme la ropa.

13

mma

—Será mejor que tu multimillonario sea un extraterrestre que te ha abducido en su nave —dice Kendall a modo de saludo cuando acepta mi videollamada a la mañana siguiente—. En serio, Emi, ¿qué cojones...? Te he llamado como cincuenta veces desde el domingo.

—Tres veces —la corrijo haciendo una mueca interna—. Y lo siento mucho, de verdad. Te iba a devolver las llamadas, pero ha sido... Bueno, han pasado muchas cosas.

Se pasa los dedos por el pelo, evitando mágicamente que sus elegantes mechones oscuros se alboroten.

—Sí, no me digas, Señorita Obvia. ¿Tú y Míster

Milmillones morreándoos en la página siete? Espero escuchar todos los detalles escabrosos.

—Vale, pues... —Apoyo el teléfono contra una maceta en la mesa del porche cubierto de mis abuelos y miro a mi alrededor, asegurándome de que todavía estoy sola en el porche cerrado. No parece que haya moros en la costa. Mis abuelos han salido para su clase matutina de salsa y Marcus todavía debe de estar dormido. Por una vez, me he despertado antes que él y me he escabullido para hacer esta llamada. Cogiendo aire, me vuelvo hacia la cámara del teléfono—. Es una historia muy larga.

Kendall pone los ojos en blanco.

—Sí, claro. Empieza ya. No tengo toda la mañana. Bueno, sí que la tengo, que este viernes es fiesta, pero ya sabes lo que quiero decir.

—Vale. —Sin más preámbulos, empiezo mi historia y le cuento todo lo que ha sucedido desde la última vez que hablé con ella... desde el increíble fin de semana que Marcus y yo compartimos, hasta su desaparición el domingo y la forma en que me persiguió hasta el aeropuerto con su propuesta de irme a vivir con él.

—Espera, ¿qué? —Kendall parece tan aturdida como yo me sentí en aquel momento—. ¿Te ha pedido que te *mudes con él*? ¿Tan pronto? ¿Y después de hacerte *ghosting* desde el domingo?

—¡Lo sé! —Me vuelve a hervir la sangre—. Es absolutamente demencial, ¿verdad? Y cuando me negué y le dije que todo había terminado, se vino detrás de mí hasta Florida.

Kendall está tan boquiabierta que me temo que su mandíbula pueda desprenderse y caérsele.

—¿Y él está allí contigo ahora?

—Pues sí. —Vuelvo a mirar a mi alrededor, pero el porche sigue vacío así que le cuento el resto: cómo Marcus prácticamente me obligó a fingir que es mi novio, la habitación de invitados compartida, nuestra salida a la playa de ayer, sus infames afirmaciones sobre cuando iba a ser mi mudanza, y todo lo demás.

Lo único que me callo es la promesa que me hizo anoche... y la tenue llama de esperanza que ha prendido en mi pobre corazón.

Aun así, para cuando termino, los ojos color avellana de Kendall están lo bastante abiertos como para que pueda atravesarlos un camión.

—Hostia puta, Emma —jadea—. Mierda, hostia puta. Yo solo estaba bromeando sobre lo de la boda, pero va a ocurrir, ¿verdad? Vas a irte a vivir con él, y antes de que nos demos cuenta serás la señora de Don Multimillonario de Wall Street.

—¿Qué? ¡No! ¿Estás loca? No pienso mudarme a su casa. Y definitivamente no voy a...

—Sí, claro. —Su nariz perfectamente formada aumenta de tamaño cuando ella se inclina hacia la cámara—. Vamos a ser realistas con todo esto, ¿de acuerdo? Hecho número uno: le dijiste que se largara, pero cuando te siguió hasta Florida, te echaste para atrás. Al instante.

—Solo porque no quería decepcionar a mis abuelos —protesto, pero Kendall no me está escuchando.

—Hecho número dos: dejas que se quede contigo con la condición de que se vaya después de la cena de Acción de Gracias, pero todavía sigue allí, ¿no?

—Bueno, sí, pero...

—Hecho número tres: el hombre ha construido un imperio partiendo de cero, por lo que claramente sabe cómo conseguir lo que quiere. Y lo que quiere eres *tú*. Y muchísimo.

—Oh, por favor...

—No, escúchame, Emi. ¿Qué tenemos cuando sumas un multimillonario resuelto y una chica que es como plastilina en sus manos? —Ante mi mirada deliberadamente en blanco, chasquea la lengua con fingida decepción—. Puede que no seas un genio de las finanzas, pero incluso tú deberías poder sacar esa cuenta. Una pareja viviendo juntos y casándose, ¡eso es!

Es mi turno de poner los ojos en blanco.

—Sí, claro, lo que tú digas. No voy a mudarme con Marcus. Y decididamente no voy a casarme con él... y no es como si él fuera a pedírmelo. Ya te conté lo de Emmeline y la casamentera, y toda su lista de requisitos, ¿verdad?

—¿Y qué? Él está allí *contigo*, no con ella, ¿verdad? En Acción de Gracias. En casa de tus abuelos. Si eso no es una declaración de intenciones, no sé qué otra cosa puede ser.

—Un intento de follarme, tal vez —murmuro... solo para sonrojarme cuando Kendall arquea las cejas, intrigada.

—Cuéntame. ¿Es él...?

—No voy a entrar en eso —digo con firmeza—. Y no voy a irme a vivir con él. Es demasiado pronto. Además, hay todo tipo de problemas en torno a esa idea.

Kendall frunce el ceño.

—¿Cómo cuáles?

Suspiro.

—Como el hecho de que nunca, ni en un millón de años, podría cubrir algo cercano a mi parte proporcional de los gastos de vivir en su casa. Aunque él sea el dueño de su ático, solo los impuestos de la propiedad deben de ser astronómicos. Y también están su chef, y los que se encargan de sus plantas, y... —paro de hablar porque Kendall me está mirando como si *de verdad* yo hubiese sido abducida por unos extraterrestres, y hubiese vuelto con tentáculos y escamas verdes.

—Emi —empieza a decir, solo para quedarse en silencio, abriendo mucho los ojos y mirando algo que hay detrás de mí.

Con un respingo, me vuelvo y veo a Marcus.

A un Marcus descalzo y sin camisa, que se acerca hacia mí con el paso elegante de una pantera.

Todavía no debe de haberse duchado ni afeitado, porque su espeso cabello castaño está revuelto y su cara cubierta con barba matutina. Lleva unos pantalones vaqueros con la cintura baja sobre sus estrechas caderas, dejando a la vista esa V tan apetecible que los tíos con tableta de chocolate suelen tener, y su pecho musculoso y salpicado de vello es como el de una de esas fotos que aparecen en portada de las revistas de fitness para hombres.

En la edición "rey de Wall Street convertido en pirata sexy".

—Buenos días, gatita —dice con una voz profunda y enronquecida por el sueño y con sus ojos azules entornados al recorrerme con fogosa posesividad.

Se me seca la garganta, aunque mi boca se haya inundado de saliva.

Si Marcus vestido con un traje es jodidamente sexy, esta versión de él, todo masculinidad potente y primitiva, es carne de fantasías femeninas. De esas oscuras y políticamente incorrectas que se supone que no debemos admitir tener.

Tragando saliva, suelto, tartamudeando:

—Bu-buenos días —Y entonces recuerdo que no estamos solos. Apartando mis ojos de todo ese músculo peligrosamente excitante, vuelvo a la pantalla del teléfono, donde Kendall parece que está a punto de atragantarse con sus propias babas.

—Este es Marcus —digo innecesariamente, y ella parpadea, tan deslumbrada que me dan ganas de meter la mano por el teléfono y zarandearla. Tal vez después de arrancarle algún mechón de su pelo liso y brillante.

Mejor amiga o no, es mejor que mantenga sus manos, y su expresión de caérsele la baba, alejadas de mi hombre.

—¡Hola, Marcus! —dice entrecortadamente, recobrando con esfuerzo la compostura—. Soy Kendall, la amiga de Emma. Tú, eh... hablaste conmigo por teléfono el otro día.

Él sonríe, mostrando sus dientes blancos y esas arruguitas tan sexys de sus mejillas. Totalmente despreocupado ante el hecho de que está exhibiendo sus pectorales perfectamente esculpidos frente a la cámara, se sienta a mi lado, y coloca un brazo musculoso sobre el respaldo de mi silla.

—Sí, por supuesto, ya me acuerdo. ¿Cómo estás, Kendall?

—Estoy genial, gracias —dice ella, poniéndose su máscara alegre y coqueta, la que engaña a todos los chicos para que piensen que es la morena equivalente a una rubia tonta en lugar del tiburón inteligente y pragmático que en realidad es—. ¿Y tú? ¿Lo estáis pasando bien los dos en Florida?

—Decididamente, *yo* sí. —Marcus se vuelve hacia mí y su mirada de párpados entornados lo dice todo, y yo maldigo mi piel propensa a ruborizarse cuando mis mejillas reaccionan a eso poniéndose como un tomate.

Kendall parece estar a punto de desmayarse.

—Oh, qué romántico. Emma me contó cómo os conocisteis, con todo ese lío de confundir los nombres... y aquí estáis hoy en día. ¿Qué probabilidades había, verdad?

—En efecto —dice Marcus con voz ronca, sin apartar sus ojos de mí—. Un cisne negro total.

Mis mejillas arden con más fuerza. Debo de estar *tan* roja ahora mismo... Tratando de fingir que Marcus no me está devorando con su mirada, compongo una alegre sonrisa y digo con una voz que es solo un puntito demasiado chillona:

—¿Entonces cómo va todo por la Gran Manzana? ¿Se ha derretido la nieve de la tormenta? —Es un cliché total, pero hablar del tiempo parece ser la elección más segura.

Kendall hace una mueca.

—En parte. Ahora es casi todo nieve sucia a medio derretir. Estoy tan celosa de vosotros, chicos... Parece que tenéis un sol increíble.

—Pues sí. Hoy llegaremos a los veintisiete grados —me jacto, sin tratar siquiera de restarle importancia a lo maravilloso que es llevar shorts a finales de Noviembre—. Probablemente vayamos a la playa otra vez después de desayunar. ¿No? —Miro a Marcus... y vuelvo a ruborizarme al ver que sigue mirándome igual que un niño a un cono de helado... del de caramelo con sal que saboreas con cada lametazo.

¿Es que este hombre no tiene ningún pudor? Kendall no podrá más que pensar que follamos como conejos colocados con Viagra, lo cual, pensándolo bien, no está tan lejos de la verdad.

—En realidad estaba pensando que podríamos visitar San Agustín —dice Marcus, parpadeando lentamente—. Pero si tú prefieres la playa...

—No, no, San Agustín es genial. La ciudad más antigua de los Estados Unidos y todo eso. Es muy bonita, de verdad toda histórica y esas cosas. Hay un fuerte y una granja de cocodrilos y varios museos... —Me detengo al darme cuenta de que estoy balbuceando e ignorando totalmente a Kendall. Volviéndome hacia la cámara, le ofrezco a mi amiga una sonrisa de disculpa—. Perdona. Ya nos organizaremos más tarde. Cuéntame cómo ha sido tu Día de Acción de Gracias. ¿Visitaste a tus padres al final?

Kendall sonríe y se lanza a la historia siempre entretenida de las bromas y anécdotas de su cena familiar. Marcus escucha atentamente, riéndose en todos los lugares apropiados, pero en cuanto ella termina, se excusa para ducharse y afeitarse.

—No quería entrometerme en vuestra conversación —solo he salido para asegurarme de que Emma no se había fugado —le explica a mi amiga con una sonrisa de disculpa—. Ha sido un placer charlar contigo. Espero verte pronto en persona.

Diciendo adiós con la mano hacia la cámara, me besa en los labios, provocándome un nuevo sonrojo, y vuelve a entrar.

Kendall espera exactamente cinco segundos después de que la puerta corredera se haya cerrado tras de su musculosa espalda antes de sisear.

—Oh. Dios. Mío. Emma, Dios mío, joder.

Yo parpadeo.

—¿Qué?

—Ese hombre está verdaderamente loco por ti, ¡eso es!

—¿Qué? No, es solo...

—Nooooo. Ni se te ocurra. Tengo ojos en la cara, ¿sabes?

—Lo sé, pero... —Miro a mi alrededor para asegurarme de que mis abuelos no hayan vuelto y que Marcus no está dentro de una distancia donde sea capaz de oírme. No hay nadie cerca, pero aun así me inclino más hacia la cámara para decir en un susurro—: Es puramente físico, ¿vale? La atracción está ahí, seguro, pero eso no cambia nada. No soy lo que él necesita, y él tampoco es mi tipo.

—Chorradas.

Me aparto, irracionalmente ofendida.

—No, no lo son. El hombre es multimillonario... un *multimillonario*, Kendall... y yo apenas puedo pagar el alquiler. E incluso si ese no fuera el caso, él es como la personalidad de tipo A definitiva: ambicioso, atlético, centrado en su carrera... todo lo que yo no soy. Quiero decir, tendrías que haberle escuchado hablar con mi abuelo sobre acciones. Conoce personalmente a todos los CEO de la lista Fortune 500.

—¿Y qué? —dice Kendall—. Tú también los conocerás si sigues saliendo con él. Son solo personas, ¿sabes? Ricos y poderosos, claro está, pero personas, al fin y al cabo. En cuanto a lo de ser ambicioso y estar obsesionado con su carrera, ¿cuándo fue la última vez que faltaste tú al trabajo? ¿O que no cumpliste con un plazo de entrega editando?

—Bueno, nunca, obviamente —digo con el ceño fruncido—. Pero eso no quiere decir...

—¿No? Entonces, ¿qué hay del hecho de que estés

llevando prácticamente dos carreras en paralelo: tus ediciones y tu trabajo a tiempo completo en la librería?

—En la que soy *cajera* —le digo enfáticamente, pero Kendall ni se inmuta.

—Sobre el papel, tal vez. Por lo que me has dicho, tu jefe confía en ti para más o menos llevar el local. ¿No has estado decidiendo tú qué libros pedir últimamente? ¿Aceptando las entregas? ¿Abriendo y cerrando la tienda cuando el Sr. Smithson está de vacaciones?

Suspiro.

—Kendall, por favor. Marcus dirige un fondo de cobertura de cien mil millones de dólares. No hay punto de comparación, ¿de acuerdo?

Ella exhala un suspiro.

—Vale, está bien. Así que él es más ambicioso que tú. Eso no significa que no podáis estar juntos. ¿Quién dice que él necesite otra personalidad del tipo A? Tal vez su propio tipo A sea suficiente para él. De hecho, tal vez él...

—¿Emma? ¿Emma, cariño?

La voz de la abuela me llega en la distancia, y miro por encima del hombro para verla acercarse a las puertas correderas de la cocina. Ella y el abu deben de haber vuelto de su clase de salsa, lo que significa que es hora de desayunar.

—Lo siento, tengo que marcharme corriendo —le digo a Kendall, y ella asiente, mientras se recoge su brillante cabello en una elegante coleta.

—Está bien, pero no vuelvas a hacerme lo de esfumarte, ¿vale? A menos que Marcus te secuestre y te lleve a una isla privada, quiero un informe diario sobre lo que está pasando contigo y con Míster Personalidad tipo A. ¿Lo has entendido?

—Lo he entendido —le prometo con una sonrisa; cuelgo, y me giro para mirar a mi abuela.

arcus

Desayunamos con los abuelos de Emma y luego nos dirigimos a explorar las zonas históricas de San Agustín. Tal como Emma prometió, el sitio es muy bonito, con su arquitectura colonial española y un antiguo fuerte que hace de telón de fondo para los cientos de lindos restaurantes y tiendas de suvenires. Paseamos por las calles empedradas durante un rato y después compramos un par de porciones de pizza y nos las comemos junto a una casucha que dice ser: "La cárcel más antigua de los Estados Unidos". Naturalmente, Emma insiste en pagar su porción, y yo la dejo, aunque va en contra de cada instinto que poseo.

Si me saliera con la mía, ella nunca volvería a pagar por nada. Yo me ocuparía de ella, le proporcionaría todo lo que necesita. Pero todavía está empeñada en no utilizar a la gente como hacía su madre, así que me reprimo y le dejo contar cuidadosamente las monedas que vale su pizza.

Más tarde, paseamos por el paseo marítimo y hacemos algunas fotos al lado del fuerte y del Puente de los Leones. Hace un clima perfecto, unos veinticinco grados y soleado, con una ligera brisa, y sugiero que alquilemos un barco en un puerto deportivo cercano, como veo que hacen algunos turistas.

—Oh, eh... puedes alquilarlo para ti si quieres. Me temo que me marearé —dice Emma, desviando la mirada—. Yo te espero aquí. No me importa.

¿Mareada? ¿En el Canal Intracostero? Estoy a punto de señalar lo tranquilas que están las aguas cuando me doy cuenta de que detrás de ello puede haber algo más que el miedo a un estómago revuelto.

—¿Qué tal si en vez de eso alquilamos una moto de agua? —pregunto, comprobando mi teoría—. Con eso no te marearás.

Emma aparenta estar aún más incómoda.

—No, gracias. Estoy bien aquí. Pero tú deberías hacerlo; he oído que es muy divertido. Y yo puedo esperarte. No es ningún problema, de verdad.

Vale, entonces. O le tiene miedo al agua, lo que es improbable, dadas nuestras aventuras natatorias de ayer, o vuelve a tratarse del tema del dinero. Probablemente piense que si participamos en una actividad juntos, tenemos que dividir el coste, igual que con la pizza, y tanto el alquiler del barco como el de las motos acuáticas son caros.

Es ridículo, pero estoy a punto de dejarlo pasar, tal como lo hice con la pizza... no es como si yo nunca hubiera ido en barco o montado en una moto de agua antes, excepto porque caigo en la cuenta de que esto va a ser un problema recurrente. He sido pobre como una rata, y ahora que no lo soy, me gusta disfrutar de todas las cosas y experiencias que mi dinero puede comprar, como volar en mi avión privado, hospedarme en hoteles de lujo y alquilar barcos cuando me apetece. Y quiero tener a Emma a mi lado cuando lo haga.

—¿Estás segura de que no te importa esperar aquí? —le pregunto—. Porque hace un día realmente estupendo, y me encantaría estar en el mar un rato.

Emma parpadea. Supongo que no esperaba que yo fuese tan gilipollas como para aceptar su oferta. Sin embargo, se recompone rápidamente y asiente.

—Sí, por supuesto, ve. Voy a quedarme por aquí, y a disfrutar de la vista—. Y para ilustrar cómo pretende hacer justamente eso, se sienta en un banco frente al agua.

—Vale, entonces.

Dejándola allí, camino hacia el puerto deportivo y alquilo el barco más bonito que tienen. No hay forma de que me vaya sin Emma, pero necesito que ella crea que sí, que esta embarcación es solo para mí. Es una apuesta, pero no veo ninguna otra manera.

Tengo que hacer que Emma deje de estar empeñada en la idea equivocada de que necesitamos dividir todo al cincuenta por ciento, y voy a empezar a solucionarlo hoy mismo.

Ella sigue sentada en el banco cuando salgo del puerto deportivo, con la llave del barco colgando de mi mano.

—¿Estás segura de que no quieres venir? —pregunto acercándome a ella. Mantengo un tono despreocupado, como si me diese igual que lo haga o no—. No creo que vayas a marearte, y sin ti no será tan divertido.

Ella vacila, y su mirada salta de mí a las aguas azules que centellean bajo el sol.

—Bueno…

—Venga. Solo inténtalo por mí, por favor. Si sientes el más mínimo atisbo de náuseas, te traeré aquí de vuelta de inmediato.

Ella se muerde el labio inferior, la viva imagen de la incertidumbre, y yo me lanzo a matar.

—Por favor. De verdad que necesito tu compañía. Me estarías haciendo un gran favor.

Y como yo esperaba, ella cede.

Suspirando, se levanta y caminamos juntos hacia el barco.

Emma

ME SIENTO MAL POR ESTAR VIAJANDO GRATIS, PERO NO tan mal como para dejar que eso arruine el placer que obtengo de la experiencia. Absolutamente todo, desde la forma en que el sol brilla en la superficie del agua hasta la brisa salada en mi cara y el hombre peligrosamente guapo al timón de nuestra lancha motora, es mi idea del paraíso. Antes mentí: no me mareo; y estoy secretamente encantada de que Marcus me haya metido en esto al alquilar el barco para él.

Recolocándome la gorra, lo miro de reojo. Vestido con un polo blanco y pantalones cortos color caqui y con unas elegantes gafas de diseño que cubren sus intensos ojos azules, es la viva imagen de una elegancia fresca e informal, y está tan guapo que hace que mi interior palpite. Su piel de color aceitunado brilla con el sol, y su espeso cabello castaño se agita con la brisa mientras maniobra hábilmente el barco alrededor de una boya. Al captar mi mirada, sonríe de oreja a oreja, y mi pecho se expande con una explosión de felicidad ante el calor que irradian sus marcados rasgos.

—¿Quieres llevar el timón? —me pregunta—. Te enseñaré cómo hacerlo si no lo has hecho nunca.

Sonrío y niego con la cabeza.

—No, gracias. Estoy bien aquí. —Estoy disfrutando demasiado de la vista para moverme y, además, no quiero arriesgarme a dañar el barco de ninguna manera. Ya es bastante malo que no ponga nada del alquiler; si además estrellara el trasto, me sentiría fatal.

¿Aceptaría mi dinero si le ofreciera pagar una parte de los gastos ahora? Técnicamente, es el alquiler de *su* barco... después de todo, iba a hacer esto solo, me uniera o no, pero me *estoy* beneficiando. Para ser justos, debería contribuir, si no pagar la mitad completa.

Por otra parte, tengo que mudarme pronto, lo que significa que necesito cada centavo de mis escasos ahorros. De lo contrario, tendré que sobrecargar mis tarjetas de crédito, y entonces sí que estaré metida en problemas. Por lo vivido con mi madre, sé lo rápido que pueden escalar las deudas de las tarjetas de crédito, con recargos e intereses que fácilmente pueden duplicar o triplicar el saldo negativo. Ella, por supuesto, se enfrentó a ello de la misma manera en que se ocupaba de todo: engañando a un desventurado novio para que pagara la mayor parte de su deuda.

Desafortunadamente para ella, y para mí, ya que vivía con ella en aquel momento, el novio la reconoció por la cazafortunas sin escrúpulos que era y la echó a patadas a la calle sin pagar el remanente de la deuda. Y ese remanente pendió sobre nuestras cabezas durante meses, con agencias de morosos que nos acosaban a diario, hasta que mi madre encontró a otra víctima sobre la que descargar su lastre financiero: otro desafortunado novio.

—¿Estás bien? —pregunta Marcus, y me doy cuenta de que me había quedado ensimismada, mirando fijamente el agua.

—Sí, por supuesto. —Le sonrío, puede que un poco demasiado alegremente—. Todo bien, solo disfrutando del sol.

—¿Estás segura? —Su mirada tras las gafas de sol parece enigmática—. ¿Nada de mareos?

—No —respondo, y vuelvo a centrarme en el placer de este día perfecto. Pero la alegría pura que había sentido antes se ha desvanecido, contaminada por los viejos recuerdos... y por darme cuenta de que si no tengo cuidado, podría seguir los pasos de mi madre.

Podría terminar utilizando a Marcus igual que ella utilizaba a los hombres.

Volvemos a casa de mis abuelos al final de la tarde, y Marcus se excusa para ponerse al día con temas de trabajo antes de cenar. Lo cual es perfecto para mí, ya que tengo que terminar de editar la novela de los hombres lobo y llamar a la Sra. Metz para ver qué tal están mis gatos.

Para mi alivio, el statu quo sigue estable con mis bebés peludos: Reina Isabel y Bolita de algodón se están portando bien, mientras que el Sr. Bufidos ha trasladado sus ansias destructivas de mi almohada a mi manta. Sin embargo, hablar con mi casera me recuerda que tengo que tomarme en serio la búsqueda de un sitio nuevo en el que vivir, así que en lugar de trabajar en la novela, estoy dándome una vuelta por Craiglist cuando mi abuela sale a reunirse conmigo en el porche.

—¿Qué es eso? —pregunta, desde detrás de mí, y yo doy un respingo, sobresaltada, antes de cerrar de golpe mi portátil.

—Nada, abu. —Mi voz es una octava demasiado alta al volverme a mirarla, así que lo intento de nuevo, esta vez con una gran sonrisa—. Solo estoy buscando una nueva lamparita de noche. La mía se rompió hace un tiempo. —Lo cual es cierto. El Sr. Bufidos la tiró hace meses, y llevo siglos queriendo buscar una sustituta. Eso no es lo que estaba haciendo en este momento en particular, pero en lo que a mentiras se refiere, solo es una a medias.

—¿Una lámpara? —La abuela parece confundida, pero luego sacude la cabeza—. No me hagas caso, pues. Debe de estar fallándome la vista, porque he creído verte mirando los anuncios de alquiler de apartamentos.

—Oh, eh… no. No, no es así. Yo… Marcus y yo vamos a vivir juntos, ¿recuerdas?

La cara de la abuela se ilumina y yo me doy un puñetazo mental. ¿Por qué acabo de decir eso? Ya es bastante malo que Marcus esté diciendo todas esas cosas en un esfuerzo por manipularme, pero ahora me estoy uniendo a su juego igual que una marioneta.

Su marioneta obediente y enloquecida por el sexo.

—Por supuesto que lo recuerdo, cariño. —La abuela acerca una silla para sentarse a mi lado—. Entonces, cuéntame… ¿Estás emocionada? Este es un gran paso para los dos.

Ay. ¿Por qué me habré metido en esto? En serio, ¿por qué? Lo único que tenía que hacer era decir que estaba buscando una lámpara y dejarlo ahí. Pero no. He tenido que irme de la lengua, y este es el resultado.

Mirándome las manos, murmuro:

—Sí, claro. —Me doy cuenta de que mis cutículas no están en la mejor forma, y que tengo un repelo en el pulgar. Qué feo. Apuesto que a Emmeline nunca le pasa algo así; sus uñas perfectas no se atreverían a tener repelos bajo ninguna circunstancia.

—¿Qué significa eso? —pregunta la abuela, y levanto la vista de mis cutículas irregulares para verla mirándome con gentil curiosidad y algo más de una pizca de preocupación—. ¿Te sientes insegura al respecto? —prosigue—. ¿Incómoda de alguna manera?

—Es solo que… todo está sucediendo muy rápido. —Eso es. Eso no es mentira. Todo *está* sucediendo demasiado rápido. Aunque Marcus fuera el tipo de chico con el que normalmente salgo, un poco rarito a la par que dulce, me asustaría la idea de mudarme con él en algún momento del futuro cercano. Pero Marcus es tan diferente de los tipos con los que he salido antes como un huracán de categoría 5 de una suave brisa, y yo estoy absolutamente petrificada ante la posibilidad de que pueda empujarme a hacer esto.

Lo cual no hará. No pienso permitírselo.

Da igual lo que ni Kendall ni nadie opinen.

—Sí, ese joven tuyo sabe exactamente lo que quiere y va a por ello, ¿no? —dice la abuela, sonriendo con gesto de comprensión, y asiento, aliviada por poder compartir al menos una parte de mi confusión con ella.

—Así es. Y es abrumador a veces. —O sea, casi *todas* las veces—. Marcus supone... mucho que manejar. —Especialmente cuando una parte de mí todavía se pregunta si todo es un juego para él, si se aburrirá conmigo y pasará de mí por alguien que se ajuste mejor a sus necesidades.

La expresión de la abuela se vuelve seria.

—Sabes que no tienes que hacer nada que tú no quieras, ¿verdad, cariño? Lo siento si te ha parecido que tu abuelo y yo te estábamos presionando antes. Obviamente, queremos que estés asentada y feliz con un buen hombre, y Marcus parece un hombre muy bueno, pero si no estás lista, no estás lista. Vivir juntos es un paso serio, y debes tomarte el tiempo que necesites para tomar una decisión. Su apartamento no va salir corriendo.

—Lo sé, pero no es solo eso. —Respiro hondo—. Ya

has leído el artículo; ya sabes lo rico que es. Todo en su vida es caro. Solo las gafas de sol que llevaba hoy probablemente cuesten más que mi alquiler mensual. Y tiene un jet privado y un mayordomo que cocina y un servicio de limpieza y una empresa que cuida sus plantas. ¿Cómo puedo yo mantener ese ritmo? ¿Cómo consigo...? —se me rompe la voz—. ¿Cómo estar con él sin convertirme en *ella*?

La abuela inclina la cabeza.

—Ah. Así que de eso va todo esto. —Ella suspira—. Supongo que tendría que haberlo sabido. Cariño —me cubre la mano con su cálida palma—, tú no podrías ser como Brianne aunque lo intentaras. Tu madre... tenía algo roto dentro de ella. Algo que le faltaba. No fue por nada que hiciéramos nosotros; ya nació así. Me costó mucho tiempo aceptarlo, y hay noches en que todavía me despierto con sudores fríos, pensando en ello, preguntándome si fue por mi culpa después de todo. Pero ella *siempre* fue de esa manera. Incluso cuando era un bebé, robaba los juguetes de los demás niños sin una pizca de remordimientos. —El antiguo dolor brilla en los ojos de mi abuela—. No sabíamos qué hacer. Daba igual cuánto tratásemos de inculcarle la empatía, a ella solo le importaba lo que *ella* quería, solo hacía lo que *la* hacía sentir bien.

Siento una dolorosa opresión en el pecho.

—Lo siento, abu. Eso debe de haber sido tan horrible para ti y el abuelo. —Solo puedo imaginar el tormento por el que pasaron mis amables y generosos abuelos, viendo a su única hija haciéndoles daño alegremente a los demás toda su vida.

Una sonrisa agridulce curva los labios de la abuela.

—¿Horrible para nosotros? Oh, Emma, cariño... tú eres la que fue criada por ella. ¿Y tú lo sientes por nosotros? Querida, si hicieran falta más pruebas de que tú no te pareces en nada a tu madre, solo con eso las tendría, a montones. Tienes más empatía en un solo pelo de tu nariz que Brianne en toda su alma.

Reprimo una risita sorprendida.

—¿Un pelo de la nariz?

—Un pelo de la nariz —dice la abuela con firmeza—. Y si hablamos de la nariz entera... bueno, ya no habría ni punto de comparación. En cuanto a la disparidad financiera entre tú y Marcus, déjame preguntarte esto... ¿A ti él te importa?

Parpadeo, y mi hilaridad desaparece por completo.

—Sí, me importa. —De hecho, estoy enamorada de él, pero no estoy lista para que mi abuela lo sepa.

Ella sonríe, apretando mi mano.

—Ya me lo imaginaba. Vosotros dos me recordáis a tu abuelo y a mí de jóvenes. La forma en que lo miras y la forma en que él te mira a ti... —Por un segundo, ella parece perdida en sus buenos recuerdos, pero luego vuelve a centrarse en mí, y su mirada gris se agudiza al tiempo que la sonrisa se desvanece de sus labios—. Cariño, escúchame —dice en tono pausado—. Para nada eres como Brianne. Nunca lo has sido, y nunca lo serás. El problema de tu madre no era que ella sacara dinero de los hombres con los que salía, sino que no se preocupaba por ellos como personas. Para ella, no eran más que billeteras con patas. Mientras tú no veas a Marcus de esa manera, siempre y cuando lo que vosotros tengáis sea genuino, no hay vergüenza alguna en dejar que te mime y te consienta... que cuide de ti de cualquier forma que desee. El dinero es un obstáculo solo si tú permites que lo sea... así que no lo permitas. No dejes que Brianne envenene tu vida desde más allá de su tumba.

mma

Reflexiono sobre las palabras de la abu durante todo el resto de nuestra estancia en Florida. Es extraño, pero jamás había considerado que al luchar tanto para no ser como mi madre, conservara su influencia tóxica en mi vida. Por otra parte, la abuela ha estado implicada en este tema mío de una forma u otra durante años. Primero, ella y el abu querían pedir préstamos para ayudarme a ir a la universidad, una idea que veté con vehemencia consiguiendo los préstamos por mí misma. Más recientemente, han tenido la intención de obtener una segunda hipoteca para poder ayudarme con dichos préstamos. Es a la vez conmovedor y enloquecedor, porque lo último que deseo es arruinar su jubilación con el estrés de las finanzas.

Para eso está lo de tener veinte años.

Afortunadamente, no tengo tiempo de darle demasiadas vueltas, ya que Marcus y yo pasamos casi cada minuto de nuestras vacaciones juntos, tanto con mis abuelos como solos. El viernes por la noche vamos al cine después de la cena; a la mañana siguiente, regresamos a la playa y nos quedamos allí hasta el almuerzo, nadando, paseando por el agua y trabajando en nuestros portátiles. Durante ese tiempo, termino de editar las novelas y empiezo a juguetear con las primeras líneas de mi proyecto súper-secreto mientras Marcus hace zoom en unas hojas de cálculo de Excel que aparentan tener cientos de pestañas: modelos financieros de sus analistas, me explica.

Es agradable trabajar codo a codo con él, siendo productiva y a la vez disfrutando de la compañía del otro. En cierto modo, Kendall tenía razón. Por diferentes que seamos en cuanto a la ambición, compartimos el respeto por los plazos y las obligaciones, y consideramos el trabajo como una parte importante de nuestras vidas en lugar de verlo como algo desagradable que hay que evitar.

Después de la playa, Marcus invita a mis abuelos a almorzar en un restaurante italiano local, "para agradecerles su hospitalidad", explica, y por mucho que me duela dejar que pague lo de todos, mantengo el monedero en el bolso para evitar otra charla de esas de la abuela. Me consuelo con la promesa de que le devolveré el dinero, y acallo todavía más mi conciencia pidiendo lo más barato del menú.

Una vez terminamos de comer, los cuatro salimos a dar un paseo por uno de los parques locales, y de nuevo me maravillo por lo bien que Marcus se está llevando con mi familia. Mientras paseamos por la orilla del Canal Intracostero, él charla con mis abuelos como si los conociese de toda la vida, cogiéndome de la mano a la vez con una fuerza inconfundiblemente posesiva.

Mía, proclama su gesto a todos los que me miran. *Esta mujer es mía*. Y en caso de que ellos no capten el mensaje, le echa una mirada a cualquier corredor o ciclista que me sonría, lo que muchos hacen, ya que la gente es bastante sociable por aquí. Ha estado haciendo lo mismo cuando estábamos en la playa, pero allí era algo más comprensible, ya que yo solo llevaba un bikini. Aquí, sin embargo, estoy vestida con un atuendo muy básico: una camiseta y unos shorts vaqueros; y sus no disimulados celos son a la par halagadores y ridículos. Actúa como si yo fuera tan hermosa que él tuviera que vencer a otros hombres con un garrote, cuando en realidad, *él* es el que atrae todas las miradas femeninas.

Con su cuerpo alto y musculoso, sus marcados rasgos masculinos y el aire de poder que se pega a él como una colonia carísima, es el tipo de hombre con el que sueñan las mujeres de todas las edades y con el que se masturban en secreto.

Mi abuela también lo nota, tanto su posesividad

como la forma en que otras mujeres lo miran como si fuese un caramelo.

—Tengo que decirte que tu novio está completamente obsesionado contigo —me comenta esa noche mientras la ayudo a poner la mesa para la cena—. Hasta mientras hablaba con nosotros, seguía vigilándote como si temiera que alguien pudiera robarte. Y *toda* su atención estaba centrada en ti. Cero atención a esa rubia desvergonzada del banco del parque frente a nosotros, que hizo de todo menos desnudarse. Sin embargo, el corredor que te saludó... —Ella suelta un suave silbido—. El pobre tipo tiene suerte de que Marcus no le pegase.

—Abu, por favor. —Siento el rubor escalando por mi cara otra vez—. Estás exagerando. —Estoy razonablemente segura de que Marcus no golpearía a un chico solo por saludarme. Él no es *tan* territorial.

¿O sí?

—No, te lo digo en serio, cariño. ¿Cómo lo decís vosotros, los jóvenes? ¿Tiene un calentón contigo? No, no es así exactamente... aunque está claro que eso también es cierto. —Dejando el salero, me guiña un ojo y casi me muero de mortificación porque solo hay una cosa a la que se podría estar refiriendo: los sonidos que vienen de nuestro dormitorio por la noche.

Hago lo que puedo para ser silenciosa, pero Marcus me lo pone imposible. Para el cuarto o quinto orgasmo, pierdo toda noción del tiempo y el espacio y mis abuelos deben de haberlo notado.

La abuela se echa a reír.

—Oh, tendrías que verte la cara ahora mismo. ¿Crees que tu abuelo y yo no hemos pasado nuestros buenos ratos? Estoy feliz por ti, cariño... por los dos. Pero especialmente por ti, ya que siempre es más difícil para una mujer.

Oh Dios mío. Mátame ahora mismo. O sea, literalmente ahora mismo. No quiero imaginarme a mis abuelos pasando "buenos ratos", y definitivamente no quiero hablar con mi abuela de mi vida sexual con Marcus. Una cosa es que ella me diera la charla de las abejas, los pájaros y los anticonceptivos cuando me llegó el periodo al cumplir los doce, ¿pero esto? Mi capacidad orgásmica no es tema para la conversación previa a la cena, ni aunque dicha capacidad haya crecido enormemente desde que conocí a Marcus.

—De acuerdo, de acuerdo, cerraré el pico —dice la abuela cuando intento ocultar mi cara roja como un tomate frotando diligentemente una mancha del mantel que apenas se ve con una toalla de papel húmeda—. Puedes...

—¿Cerrar el pico sobre qué? —pregunta el abu al entrar, con Marcus a su lado. Marcus le había estado mostrando algún tipo de software de negocios durante los últimos veinte minutos, y los dos parecen uña y carne.

—Nada —responde la abu con una sonrisa furtiva. Volviéndose hacia los hombres, les ordena—: A sentarse, y a comer.

arcus

NUNCA PENSÉ QUE LO DIRÍA, PERO ESTOY ENAMORADO DE los abuelos de Emma. Tal vez sea porque nunca he tenido abuelos propios, ni para el caso padres normales, pero este largo fin de semana con Emma y su familia se cuenta entre los mejores días de mi vida. Tal vez incluso sean *los mejores* porque no recuerdo la última vez que tuve una sensación de bienestar tan prolongada.

Principalmente, por supuesto, se debe a la propia Emma. Todas las noches desde mi llegada aquí, me he atiborrado de su dulce y exuberante cuerpo, deleitándome con ella sin freno. La he poseído en nuestra cama, dentro de la ducha, contra una pared, e incluso en el suelo, una noche en que no llegamos ni a la cama. Pero a pesar de lo maravilloso que ha sido, he disfrutado casi al mismo nivel del simple placer de quedarme dormido con Emma entre mis brazos, y de despertar sosteniéndola todavía, aspirando su cálido y delicioso aroma. La satisfacción profunda hasta los huesos que experimenté aquella primera noche con Emma no fue por casualidad; está presente cada vez que la abrazo.

Y la familia de Emma ha agregado otra capa a ese sentimiento, un sentido de pertenencia que no me había dado cuenta que me había estado perdiendo. Hasta de niño, sabía que no debía confiar en nadie más que en mí mismo, y aunque nunca tuve problemas para hacer amigos, la mayoría de esas amistades habían sido casuales e informales, apenas superficiales. Lo mismo con mis relaciones en la edad adulta. Incluso el Sr. Bond, el maestro de segundo que se había convertido en mi mentor, no había llegado a ver en realidad mucho más allá de la seguridad en mí mismo y la coraza de ambición que yo había usado como escudos.

Pero de alguna manera, los abuelos de Emma sí. Mary no vuelve a mencionar mi pasado, pero cada vez que su mirada se posa en mí, es suave y cálida, con una gran carga de dulce comprensión. Ella me mima al igual que lo hace con su esposo y su nieta, alimentándome constantemente, preocupándose por si tengo frío o calor, o por si el café que tomé en la cena me mantendrá despierto por la noche. Y Ted, a su manera ruda, es igual de amable, haciendo que yo me pregunte cómo habría sido tener un hombre mayor en mi vida que no fuera solo un mentor sino un amigo, alguien con quien hablar tanto de temas importantes como de minucias.

Alguien como un padre... o un abuelo.

—Ojalá vosotros dos no tuvieseis que marcharos ya —me dice Ted mientras desayunamos el domingo por la mañana, y yo sonrío con pesar, deseando justo lo mismo. Este fin de semana vacacional ha sido un paréntesis dentro del tiempo normal, una pausa de la realidad sin descansos de mi vida llena de estrés, un oasis bañado por el sol. Los parques, la playa, el aire cálido y húmedo: me siento rejuvenecido por todo eso, refrescado de una manera que no había experimentado en años. Y no es porque no haya trabajado este fin de semana. Lo he hecho. A pesar de todas las salidas y el tiempo en familia, en los últimos días he terminado casi tanto trabajo como normalmente termino los fines de semana. La diferencia es que fue principalmente con Emma a mi lado. Y ella estaba allí cuando me iba a la cama y me despertaba, con su sonrisa con hoyuelos saludándome y sus suaves brazos abrazándome cada vez que yo me acercaba a ella.

Con sus abuelos ejerciendo de amortiguadores, la tensión residual entre nosotros se ha disipado, su resistencia a mí ha desaparecido hasta que es como si mi estúpido error de alejarme de ella nunca hubiera sucedido. Ni siquiera se opuso cuando pagué el almuerzo de todos en el restaurante italiano, aunque encontré un billete de veinte en mi billetera más tarde esa misma noche.

Una vez volvamos a Nueva York, todo será diferente, puedo preverlo. La próxima gran batalla, lograr que Emma se mude, ya se está gestando. Cuando salí del baño esta mañana, vi por un segundo las listas de alquiler de apartamentos en la pantalla de su portátil antes de que ella lo cerrara, lo que significa que mi estratagema con su casera está funcionando en parte.

Mi gatita planea mudarse, pero sola. A pesar de nuestra creciente cercanía en los últimos cuatro días, todavía tiene miedo de confiar en mí, de dejarme entrar plenamente en su vida.

—Marcus, ¿a qué hora sale tu vuelo? —pregunta Mary, volviendo a llenar mi taza con un poco más de su exclusiva infusión colombiana: un café tan bueno que ya he hecho que mi mayordomo lo ha encargara para mí—. ¿Sales de Daytona otra vez, supongo?

—Así es. —Le sonrío—. Le dije a mi piloto que tuviera el avión listo a las tres de la tarde, para que Emma y yo pudiésemos quedarnos a almorzar.

—Espera, ¿qué? —Emma levanta la vista de su tortilla—. Querrás decir para que *tú* puedas quedarte a almorzar. Mi vuelo es a las 12:45, así que el abu y yo tenemos que salir hacia Orlando en una hora.

Me la quedo mirando.

—¿Orlando? Gatita, tengo un avión entero solo para nosotros dos. ¿Por qué harías que tu abuelo te llevara hasta Orlando cuando Daytona está a media hora de distancia y podemos volar juntos a casa?

—Eso es lo que *yo* le dije a Emma ayer —exclama él,

mirándonos a los dos—. Pero ella me dijo que ya estaba decidido.

La mandíbula de Emma se tensa y me doy cuenta de que estaba equivocado. La próxima gran batalla no es su mudanza; es esto. Por alguna razón, había supuesto que ella volaría a casa conmigo, que sería como con el barco, que entendería la sensatez de unirse a mí, ya que yo voy a usar el avión igualmente.

—Puedo coger un Uber hasta Orlando —dice ella con gesto adusto—. Si llevarme hasta allí supone un problema.

Ted suspira.

—No seas tonta. Estaré encantado de llevarte, por supuesto. Es solo que...

—Es solo que tengo un avión en perfecto estado aquí cerca y un coche aparcado ahí fuera que podemos usar para llegar allí, ahorrándole así a tu abuelo cualquier conducción innecesaria —intervengo, y mi determinación se hace más fuerte.

Esto no es como los veinte dólares que ella puso en mi cartera, y que metí sin aspavientos en su bolso cuando ella no me miraba. Es más grande, más importante. Digno de una pelea. Mañana, volveremos a nuestras vidas normales, de regreso al trabajo y a apartamentos (por ahora) separados. Esta es nuestra oportunidad de pasar unas horas más juntos, y no voy a dejarla escapar por su terquedad.

Los ojos grises de Emma se nublan.

—Tengo un vuelo, todo reservado y pagado. Hasta hice el embarque por internet anoche.

—¿Y qué? Haré que te lo reembolsen.

Ella sonríe triunfante.

—No podrás. Es demasiado tarde y, además, es un billete no reembolsable.

Mi pobre gatita... No tiene ni idea de lo que puedo o no puedo hacer. La sonrisa que le devuelvo haría sentirse orgulloso a un tiburón.

—¿Y si pudiera? ¿Y si te consiguiera un reembolso ahora mismo? ¿Volarías a casa conmigo entonces?

Mary y Ted la miran expectantes, y ella frunce el ceño al darse cuenta de que la he arrinconado. El billete no reembolsable ha sido una buena excusa; sin ella, todo lo que queda es su irracional obstinación, puesta de manifiesto delante de sus abuelos.

—Mira, Marcus... —empieza, pero yo levanto la palma de la mano.

—Déjame intentar conseguirte ese reembolso, ¿de acuerdo? Tal vez no funcione después de todo. —Funcionará, por supuesto, pero quiero que ella crea que todavía existe alguna posibilidad de pueda salirse con la suya.

—Sí, que lo intente, cariño —Mary ruega suavemente—. ¿No sería agradable que volarais juntos en vez de separados?

Emma duda durante dos largos segundos, pero luego asiente a regañadientes.

—Está bien. Puedes intentarlo. Pero te digo que lo máximo que podrán hacer es cambiar mi vuelo a otro día después de cobrarte un tremendo recargo.

—Ya veremos. Dame unos minutos. —Dejo mi taza

de café, me levanto y salgo a la terraza, donde llamo directamente al CEO de United Airlines. Tengo su número de móvil desde nuestra conversación del miércoles, cuando tuve que retrasar una hora el vuelo de Emma.

Diez minutos después, regreso a la mesa y encuentro a Emma mirando su teléfono con incredulidad.

—¿Cómo lo has hecho? —exige, girando la pantalla hacia mí para mostrarme un correo electrónico con una confirmación del reembolso—. ¿Y así de rápido? La última vez que tuve que llamar a esta compañía por algo, me tuvieron más de dos horas en espera. ¡Y ni siquiera me han cobrado un recargo!

Me encojo de hombros inocentemente.

—Tal vez su servicio al cliente haya mejorado.

—Sí, claro —murmura ella, mirándome malhumorada—. Supongo que el dinero mueve todo tipo de hilos.

Oh, no tiene ni idea... pero la tendrá.

Pretendo que mi dinero mueva todos los hilos que sean necesarios para conquistarla.

TENDRÍA QUE ESTAR MUY ENFADADA, MOLESTA POR HABER sido manipulada tan hábilmente, pero al subir al jet privado de Marcus, no puedo evitar sentirme agradecida por haber disfrutado de esas horas extra con mis abuelos, y por no tener que separarme de Marcus todavía. Por emocionada que esté por ver a mis bebés peludos esta noche, me aterra tener que dormir sola en mi cama fría y llena de bultos.

Y luego, por supuesto, está el hecho de que estoy volando en un maldito *jet privado*. Por mucho que me gustase fingir que tales lujos exagerados tienen poco interés para mí, no puedo engañarme a mí misma.

Los aviones privados son alucinantes.

En primer lugar, vamos en coche directamente

hasta el avión. Sin colas de controles de seguridad ni nada. Salimos del coche y embarcamos de inmediato. Supongo que la idea detrás de eso es que no es probable que el propietario haga estallar su propio avión.

Luego, en cuanto subimos al avión, despegamos, solo cinco minutos después de solicitar la autorización del control aéreo. No hay que esperar a que los otros pasajeros se instalen, no hay que meter las bolsas en un pequeño compartimento superior. Simplemente nos subimos y empezamos a volar, igual que cuando uno se monta en un coche y se va conduciendo.

Como colofón, está el avión en sí. Había visto aviones privados en las películas, pero el lujo obsceno de este medio de transporte no se había quedado grabado por completo en mi mente hasta que lo he visto en la vida real.

El avión de Marcus es enorme. Más pequeño que un avión comercial, obviamente, pero lo bastante grande como para acomodar una docena de lujosos asientos de cuero, un sofá con una larga mesa de café frente a él y un dormitorio en la parte posterior. *Sí, un maldito dormitorio dentro de un avión.* Todo está decorado en tonos de crema y tostado, con toques de madera natural, y se ve tan cómodo que me dejo caer en el sofá tan pronto como termina el ascenso inicial, solo para probarlo.

—¿Te gusta? —Marcus levanta la vista desde su asiento, donde está trabajando en su portátil, y yo me quito las chanclas para estirarme sobre la suave superficie de cuero. Dentro de nada, tendré que ponerme la ropa de invierno, pero por ahora, sigo en modo Florida.

—No está mal —admito, poniéndome de lado para mirarle—. Quiero decir, no es tan agradable como el asiento del medio de la clase turista, pero tiene su encanto.

Marcus sonríe.

—Me alegra oír eso. Estaba empezando a sentirme mal por privarte de esa maravillosa experiencia del asiento central.

Suspiro y me tumbo sobre la espalda para mirar al techo, mientras una parte de mi euforia se esfuma.

—*Deberías* sentirte mal. No puedo pagarte por esto, ya lo sabes. —Todos mis ahorros juntos no serán suficientes para cubrir este vuelo privado.

—¿Pagarme por qué? Tenerte aquí no me está costando ni un centavo extra. Habría volado de igual forma a casa; en todo caso, me estás haciendo un favor al hacerme compañía.

Es el mismo razonamiento que utilizó para subirme al barco, y aunque ahora lo reconozco como el truco manipulador que fue, no puedo evitar querer creerlo, aceptar lo tremendamente razonable de sus palabras. Kendall tenía razón cuando me acusó de ser plastilina en sus manos. Lo soy... porque en el fondo, anhelo las mismas cosas que él.

Estoy perdiendo estas batallas porque cuando lucho contra él, también lucho contra mí misma.

—Emma, gatita. —Lo oigo levantarse, y un instante después, el sofá se hunde junto a mí cuando él se sienta, colocando una mano en el respaldo para enjaularme con su poderoso brazo. A pesar de la postura dominante, su expresión al mirarme es cálida y tierna —. Escúchame —dice suavemente—. Soy rico, ¿vale? Asquerosamente rico. De esa clase de ricos con los que se ceban en las noticias. He llegado hasta aquí mediante noches sin dormir y semanas de trabajo de cien horas, asumiendo riesgos masivos y viviendo con las consecuencias, buenas o malas. Sí, algo de suerte hubo, siempre la hay, pero sobre todo, esto se ha debido al trabajo incesante. Y ahora quiero disfrutar de la riqueza que me he ganado, cosechar las recompensas de mi arduo trabajo. Pero no puedo si la mujer con la que estoy se niega a participar de ellas conmigo. —Suavemente, me aparta un rizo rebelde de la cara—. Sé que es difícil para ti, gatita. Entiendo de dónde vienes, créeme. Pero por favor, ¿puedes intentarlo? ¿Por mí? Deja que yo me preocupe por lo que cuestan las cosas cuando estamos juntos. Déjame pagar por los lujos de los que disfruto.

Me muerdo el labio.

—Marcus, yo...

—Por favor, Emma —me pone la mano sobre el brazo—. Consiénteme solo esta cosilla. No te estoy pidiendo que olvides tus principios. Si deseas pagar tu parte cuando salgamos a un restaurante de tu elección, hazlo, por supuesto. Pero también déjame llevarte a los restaurantes que tú no elegirías, esos en los que el chef te presenta una baya solitaria de postre.

Una sonrisa involuntaria tira de mis labios hacia arriba.

—¿Una baya solitaria?

—Oh, sí. Es ridículo lo que esos chefs de postín pueden llegar a considerar el summum del arte culinario. —A pesar de sus palabras despreocupadas, su expresión sigue siendo seria, sus ojos están clavados en los míos, y sé que no cederá en esto. Puedo sentir su determinación de acero golpeándome, como un huracán que azota la costa, y puedo notar cómo me doblego bajo su fuerza. Esto es importante para él, y por mucho que yo quisiera fingir que podemos continuar como hasta ahora, tengo dos dedos de frente.

Me guste o no, estoy saliendo con un multimillonario y no puedo esperar que él viva de acuerdo con mi presupuesto.

Me impulso hacia la punta del sofá y me siento, para no sentirme en tanta desventaja estando tumbada. No es que tenga menos desventaja frente a Marcus por el hecho de estar vertical, pero es mi sensación la que cuenta.

—Tienes razón —le digo, enderezando los hombros —. No es justo por mi parte pedirte que comas en Papa Mario's todo el tiempo, o esperar que te alojes en un Holiday Inn si vamos de vacaciones solo porque sea lo que yo puedo pagar. Te has ganado tu dinero y deberías poder disfrutarlo, tanto estando solo como conmigo. Pero si vamos a hacer esto, necesitamos establecer algunas reglas básicas.

El brillo de sus ojos se intensifica.

—Adelante.

—Primero, tú no me comprarás cosas. Nada de ropa, zapatos, bolsos, joyas, equipos electrónicos, primeras ediciones, ni regalos caros de ningún tipo. Obviamente, los obsequios pequeños están bien, pero nada que una persona normal, por ejemplo, una cajera de una librería, no pueda pagar.

Frunce los labios, pero asiente.

—Está bien. Puedo vivir con eso.

—Segundo, si te invito a un lugar de mi elección, pagaré por *los dos*. —Levanto una mano, adelantándome a sus objeciones—. Eso no ocurrirá muy a menudo, ya que mi presupuesto para salir es limitado, pero si tienes intención de pagar tú en tus restaurantes de una sola baya, yo pagaré en Papa Mario's y demás.

Él suspira.

—Vale. ¿Algo más?

Lo sopeso.

—Creo que eso lo cubre todo más o menos.

—Déjame asegurarme de que estamos en la misma página. —Se inclina con los ojos entrecerrados—. Si te dejo pagar cuando vayamos a donde *tú* quieras, puedo llevarte a donde *yo* quiera, ¿correcto? Y si no te hago regalos caros, volarás en mi avión conmigo, te quedarás conmigo en cualquier hotel que yo reserve y harás cualquier actividad que yo disfrute sin hacer mención alguna de pagar tu parte, ¿verdad?

Asiento, aunque tengo un nudo enorme en el estómago. Por muy necesario que sea este compromiso, se parece tanto a todo eso contra lo que he luchado, a todo lo que no quiero ser… Hace cuatro días, no podría haberme imaginado dando este paso, pero ahora, no puedo imaginarme alejándome de Marcus, que sería la única alternativa posible. Una alternativa impensable porque, si estaba enamorada de él antes, pasar este largo fin de semana juntos y verlo con mi familia me ha hecho irremediablemente adicta.

No puedo soportar la idea de irme sola a casa esta noche, y mucho menos la de romper con él.

—Bien. —La intensidad en su mirada no disminuye —. Estamos de acuerdo entonces. Haremos esto de acuerdo con tus normas básicas.

—Correcto —digo con cautela. ¿Por qué siento que quiere llegar a alguna parte con esto, y que no me va a gustar donde sea que esa parte esté?

—En tal caso, haré que los de la mudanza vayan a tu estudio esta noche. —Una sonrisa malvada curva sus labios—. Piensa en mi casa como en un hotel que he reservado a largo plazo.

Marcus

—Esto no significa que me esté yendo a vivir contigo —enfatiza Emma por quinta vez cuando nos acercamos a su puerta. Solo me voy a quedar a dormir en tu casa *esta noche*.

—Vale. Con tus gatos. —Mantengo mi voz neutra y tranquilizadora. No hay necesidad de asustarla regodeándome con esta victoria—. Solo como una prueba piloto.

—*No* es ninguna prueba piloto. Es solo por una noche... y solo porque tienes esa reunión mañana temprano y tú no puedes quedarte hoy en mi casa.

—Por supuesto. Lo que tú digas. —Le lanzo la sonrisa más inocente que puedo improvisar—. Pero no te olvides de sus cajas de arena, su comida ni del resto de cosas que necesitan.

Ella me fulmina con la mirada.

—Obviamente. Sin embargo, prepárate: van a causar estragos en tu casa. El Sr. Bufidos especialmente.

—No me importa. —Eso es mentira: no me hace especial ilusión que haya animales correteando por mi apartamento meticulosamente limpio... pero Emma se aferrará a cualquier muestra de vacilación por mi parte, y no voy a dejar que se sirva de sus mascotas como excusa para cancelar esto.

Si la quiero en mi casa, tendré que soportar a esas bestias peludas. Yo vengo con dinero, ella viene con gatos, ese es el trato.

Ambos tendremos que transigir.

—Vale, está bien. Pero va a ser tu funeral —murmura ella, abriendo la puerta—. O más bien, el funeral de tus cosas elegantes.

No tengo ocasión de responderle porque en el mismo momento en que la puerta se abre, Emma es asaltada por sus gatos. Maullando ruidosamente, tres persas blancos y peludos se le echan encima como si ella fuese su comida favorita. Uno trepa por sus vaqueros, al estilo Ninja, mientras que los otros dos dibujan infinitos bucles entre sus piernas en un intento sincronizado de hacerla tropezar.

De tratarse de mí, estaría corriendo como un conejo, pero Emma parece irradiar felicidad como una lámpara incandescente. Con una enorme sonrisa, estruja con un brazo al gato que está usando su cuerpo para trepar como si fuese un árbol; es el de tamaño mediano, Bolita de algodón. Al mismo tiempo, se inclina para acariciar a los otros dos. La más pequeña y delicada, Reina Isabel, comienza a ronronear de inmediato, mientras que el gigantón, el llamado de forma incongruente "Sr." Bufidos, sisea, con los ojos verdes entornados, y golpea su mano con una garra peluda.

—Oh, no te enfades, Bufi —dice ella, estirándose valientemente hacia él otra vez—. Lamento haberte dejado tanto tiempo, de verdad, pero ahora todo va bien. Mami ha vuelto.

La malvada criatura vuelve a bufarle, pero esta vez mantiene sus garras enfundadas, permitiendo magnánimamente que ella le rasque la parte superior de la cabeza y debajo de su barbilla.

Por fin, los tres gatos se tranquilizan, están todos de vuelta en el suelo, y Emma es capaz de adentrarse más en su diminuto apartamento a pesar del peligro de tropezarse que suponen sus mascotas. Entro tras ella, arrastrando su maleta con ruedas, y examino el destartalado lugar.

Está tal como yo lo recordaba. Casi todo lo que hay aquí es basura, con la posible excepción del laberinto para gatos que decora una pared de suelo a techo. Tendré que buscar un sitio para eso en mi ático o algo, en cuanto Emma dé luz verde para que los de la mudanza hagan lo suyo.

Con suerte, los gatos estarán bien sin el laberinto

por el tiempo que dure esta prueba, y es una prueba, me da igual lo que ella diga.

Los gatos no vendrían con ella de no ser así.

Fue sorprendentemente fácil convencerla de que se quedara conmigo esta noche, una vez que le sugerí que las bestias peludas la acompañaran, claro. Antes de eso, había sido una batalla campal, con ella negándose en redondo a ser razonable. Para mí, es más que simple: si está de acuerdo con alojarse en un hotel que yo haya reservado, entonces debería estar bien quedándose en mi casa. Permanentemente. Empezando por esta noche. Pero Emma no lo ve así.

Para ella, vivir juntos es algo muy serio, y se niega a dar ese paso tan pronto.

Es frustrante, pero me contentaré con las victorias que pueda obtener, comenzando por convencerla de que pase la noche en mi casa. Inicialmente, los gatos supusieron un obstáculo para eso, no quería dejarlos solos después de estar lejos durante tanto tiempo, pero un hombre inteligente sabe cómo sortear obstáculos y usarlos para que le impulsen hacia su objetivo. De ahí mi idea de decirle que se trajera a los gatos con ella.

Por tener a Emma, soportaría que acamparan en mi casa una horda de seres demoníacos; lo cual, por lo que yo sé, podría ser que fuesen sus gatos.

Por supuesto, reunión temprano o no, podría haberme quedado con Emma en su casa, pero eso no me habría acercado más a que ella se mudara conmigo. Y, francamente, no tengo demasiadas ganas de pasar otra noche en su cama estrecha y llena de bultos.

Que me llamen niño mimado, pero prefiero mi cómodo colchón extra grande.

—De acuerdo, muchachos, vamos a daros de comer antes de irnos —dice Emma, entrando en su pequeña cocina, y la observo mientras abre latas de comida para gatos y pone cada una en un plato distinto. Tomo nota de qué gato recibe qué marca/sabor, por si alguna vez tengo que hacerlo yo, y luego me concentro en la razón por la que he venido.

Hacer que Emma recoja sus cosas para venirse esta noche a casa conmigo.

Comienzo bajando la cremallera de su maleta y sacando toda la ropa que se llevó a Florida. Se la ha puesto toda, así que va directa al cesto de la ropa sucia. Luego organizo lo que queda dentro: sus artículos de tocador, sus chanclas, su portátil y un antiguo y destartalado Kindle. Ella necesitará todo eso en mi casa, así que lo vuelvo a empaquetar ordenadamente y voy a su armario para ver qué más coger.

—¿Qué estás haciendo? —me pregunta ella, acercándose a mí mientras saco tres suéteres harapientos, dos pares de vaqueros y algunas de sus blusas más decentes. Daría mi pulgar izquierdo para que me permitiera comprarle ropa más bonita, pero eso no forma parte del trato que hemos hecho.

Al menos, no por ahora.

—Te estoy ayudando a recoger tus cosas —le digo, volviendo a la maleta. Agachándome sobre una rodilla, coloco la ropa en la tapa y empiezo a doblarla—. Tal vez quieras seleccionar algo de ropa interior, calcetines, pijamas y ese tipo de cosas.

Como respuesta recibo un silencio absoluto, y al levantar la vista, me encuentro a Emma mirándome con los ojos entornados.

—Eso es más de lo que necesito para una noche. —Su tono es peligrosamente neutro—. Y no me hacen falta instrucciones sobre qué coger.

Percibiendo una nueva escaramuza, me pongo de pie.

—No he dicho que te hicieran falta instrucciones. En cuanto a la cantidad de ropa, ¿por qué no llevarte más de lo que necesitas? Por si acaso.

—Porque no. —Cruza los brazos sobre el pecho con su bonito rostro dibujando un gesto obstinado.

Levanto las cejas, esperando que se explique más, pero no me llega explicación alguna. Lo que sí llega hasta mí es su gato. En concreto, el grandullón, el Sr. Bufidos.

Tiene los ojos verdes entrecerrados en perfecta imitación de la expresión de su dueña, y camina hacia mí, con la peluda cola en alto.

—¡Bufi! —Emma intenta atraparlo, pero él la evita hábilmente, decidido a alcanzar su objetivo, que no soy yo sino la maleta.

Saltando dentro, se estira sobre la ropa parcialmente doblada y me mira con aire de suficiencia. "Así es", me dice su cara chata y peluda, "Puede que tú te la folles, pero acabo de marcar mi territorio con pelo blanco de gato... y de eso tengo un montón. Muchísimo más que tú".

—Ay, Bufi, ¿pero qué has hecho? Ahora hay pelos tuyos por todas partes —gime Emma, inclinándose sobre la maleta para sacar al gato—. Venga, vamos a meterte en tu transportín antes de que causes más problemas.

Ella se lleva a la bestia, y yo doblo rápidamente el resto de la ropa, quitando pelos de gato lo mejor que puedo, lo cual es muy poco. Las hebras blancas deben de tener ventosas, o algún superpegamento, porque se enganchan a la ropa de Emma con tanta fuerza como si las hubiesen pintado en ella.

Para cuando termino, el Sr. Bufidos está instalado a salvo dentro de una bolsa rígida y cuadrada con los laterales de malla que apenas parece ser lo bastante grande para acomodar su cuerpo peludo. Mirándome a través de la malla delantera, intenta agitar la cola, pero como no tiene sitio, maúlla amenazante.

—Todo va bien, bonito —le arrulla Emma, acariciando el costado de la bolsa mientras la lleva hacia la puerta—. Solo vamos a tener una pequeña aventura de una noche. No voy a llevarte al veterinario, te lo prometo.

—Trae, por favor. —Le cojo el transportín, que parece pesado. Pero es más ligero de lo que me esperaba. Supongo que parte del tamaño del gato es todo ese pelo esponjoso. Ignorando su aullido indignado por el traspaso, le pregunto—: ¿Quieres que me lo lleve al coche?

—Todavía no. Se preocupará si se ve solo allí. Ponlo por allá. —Señala un lugar junto a la puerta—. Si quieres ser de ayuda, tal vez ¿podrías sacar lo de las cajas de arena y luego llevarlas al automóvil?

Me la quedo mirando con recelo.

—¿Sacar lo de las cajas de arena? —¿Quiere decir que las vacíe o...?

—Ya sabes, si hay algún grumo o algo... —Ante mi gesto horrorizado, pone los ojos en blanco y dice—: déjalo estar. Puedes terminar de empaquetar mis cosas, ya que pareces saber lo que necesito. Prepararé a los gatos y sus trastos para llevárnoslos.

Soltando un suspiro de alivio, dejo al Sr. Bufidos y me acerco hasta la cómoda para coger ropa interior y calcetines para Emma. Por mucho que la quiera en mi casa, no estoy seguro de que pueda prestarme a recoger caca de gato o lo que sea, que "sacar lo de la arena" implique. No soy un maniático de la limpieza, al menos no me considero uno, pero definitivamente me gusta que las cosas estén limpias y aseadas.

Gracias a la historia de amor de mi madre con el alcohol, ya fregué suficiente vómito y orina en mis primeros años para bastarme toda una vida.

Emma desaparece en el baño, y rápidamente empaqueto lo que creo que podría necesitar durante la próxima semana. Más tarde podremos disputar la batalla sobre si se queda una noche o más. Luego llamo a Wilson, mi conductor, para que entre a buscar la maleta.

Ya está en la puerta cuando Emma sale del baño,

llevando una caja de plástico llena de arena gruesa, que afortunadamente no tiene grumos.

—Dame eso. —Le cojo la caja de arena. El trasto es sorprendentemente pesado y se lo entrego a Wilson; luego agarro la maleta y sigo a mi conductor hasta el coche, que está aparcado junto a la acera. Lo cargamos todo en el maletero, y regreso para recoger lo que falta. Que resultan ser dos cajas más de arena (aparentemente, cada gato requiere la suya propia) y dos trasportines de gatos, uno con el Sr. Bufidos y el otro, uno más grande de plástico, con los dos gatos más pequeños juntos dentro.

—No los he sacado a los tres a la vez desde que eran gatitos —explica Emma mientras le cojo los dos trasportines después de ocuparme de las cajas de arena —. Por lo general, solo necesito llevar uno o dos al veterinario al mismo tiempo. Afortunadamente, Reina Isabel y Bolita de algodón todavía caben en ese. —Señala con la cabeza hacia el contenedor de plástico—. Normalmente, es el que utilizo para llevar al Sr. Bufidos, como él es tan grande...

—Vale. —Llevo a los gatos al coche mientras ella cierra la puerta, y Wilson se inclina para colocarlos en el asiento trasero.

—Gracias —le digo cuando vuelve a erguirse, y su rostro normalmente inexpresivo esboza una sonrisa.

—El placer ha sido mío, señor. Hermosos gatos, si puedo tomarme la libertad de decirlo. Yo también tengo un persa, pero es gris, no blanco.

Parpadeo. No tenía idea de que mi conductor

reservado y aparentemente carente de emociones tuviese ningún tipo de mascota.

—¡Qué bien! ¿Cuánto hace que lo tienes?

—Oh, casi quince años. Se está haciendo mayor mi gato. Duerme casi todo el día, ya sabe.

No sé, nunca había estado con gatos, pero asiento como si pudiera entender de qué me habla.

Después de todo, estoy a punto de convertirme en un propietario de mascotas.

—Todo listo —dice Emma, acercándose al coche. Lleva una bolsa de plástico transparente con unas latas de comida para gato y algunos juguetes—. Podemos irnos.

—Bien. Vayámonos, pues. —Y tras echarle un último vistazo a Wilson, que nos está mirando con una calidez inusual, meto a Emma dentro del coche.

Emma

No tengo ni idea de lo que estoy haciendo. Ninguna. En realidad, tendría que estar en casa, volviendo a la vida normal, y recuperándome de mi intenso fin de semana de Acción de Gracias con Marcus. En cambio, he dejado que él me convenza para pasar la noche en su ático ridículamente elegante, y ahora me está entrando el pánico porque estoy a punto de dejar salir a mis gatos de sus trasportines.

Mis gatos, que no han estado en ningún otro lugar que no sea mi apartamento y la consulta del veterinario en años.

¿En qué diablos estaba pensando?

Esto va a ser un desastre.

—No pueden caerse a la piscina, ¿verdad? —

confirmo por segunda vez, mirando la gruesa pared de vidrio detrás de las plantas altas que protegen la piscina rectangular de doce metros de largo del resto del apartamento—. Porque no creo que sepan nadar y...

—Geoffrey se ha asegurado de que la puerta del recinto de la piscina estuviese cerrada —dice Marcus, acercándose a mí con los ojos brillantes de hilaridad—. Le llamé cuando estábamos de camino, ¿recuerdas?

—Sí, es verdad. —Respiro hondo—. ¿Qué pasa con las cosas frágiles y caras? Porque *van* a tirar cosas y...

—Pues que lo hagan. Las reemplazaré con cosas menos frágiles.

—Pero...

Él me besa. Así, sin previo aviso, desliza una mano grande en mi cabello, levanta mi cabeza y baja la suya para estampar su boca sobre la mía.

Sus labios son suaves y cálidos, su aliento débilmente mentolado por los caramelos que ambos chupamos durante nuestro descenso al JFK. El beso es dulce y tranquilo al principio, agradablemente lento. Colocando una mano gentil en la parte baja de mi espalda, roza con su lengua la apertura de mis labios, tanteando y acariciando hasta que mis brazos se envuelven alrededor de su cuello y mis labios se separan en un suspiro sin aliento para dejarlo entrar. Inmediatamente, él profundiza el beso y su mano baja hacia mi trasero, amasándolo por encima de mis vaqueros, mientras me presiona contra su poderoso cuerpo. Poco antes de aterrizar, tuvimos un rapidito en el avión, porque... *¡es que había un dormitorio!*, pero él ya la tiene tan dura como si ese interludio nunca hubiese tenido lugar. El grueso bulto de su erección presiona contra mi vientre, encendiendo un conocido fuego por debajo de mi piel, me descubro poniéndome de puntillas y la dulzura perezosa se desvanece cuando mi lengua se enreda con la suya y mi cuerpo se tensa con una oleada de ganas.

Lo deseo. Un montón. Quiero que su musculoso trasero se flexione mientras él entra dentro de mí, con sus manos sujetándome por las muñecas y sus ojos llenos de ese oscuro e intenso...

Un fuerte maullido atraviesa la niebla sexual de mi cerebro, y me congelo en el sitio, dándome cuenta de que otra vez estamos enrollándonos dónde alguien, en este caso el mayordomo de Marcus, puede pillarnos en cualquier momento. Jadeante, empujo a Marcus, y él me deja ir, aunque su pecho sube y baja al mismo ritmo rápido que el mío, y su rostro ligeramente bronceado se oscurece con un rubor de excitación.

—Los gatos. Tengo que... —Tomo una bocanada de aire y me obligo a dar un paso atrás, lejos de la tentación—. Tengo que dejarlos salir.

Su mirada me sigue con intensidad depredadora, y sus dedos se retuercen a los costados, como si estuviera luchando contra el impulso de agarrarme.

—Por supuesto. Adelante. —Su voz es ronca y yo prudentemente doy otro paso atrás—. Geoffrey tiene sus cajas de arena preparadas y listas.

Vale. Cajas de arena. Eso no es sexy en absoluto.

Entonces, ¿por qué sigo pensando en cómo se sentían sus labios sobre los míos, y en lo dura y gruesa...?

Basta, Emma. Gatos, cajas de arena. Piensa en tus bebés peludos y céntrate.

Haciendo un esfuerzo, aparto la mirada del calor abrasador de los ojos de Marcus y me arrodillo frente a los dos trasportines. Dentro del más grande, Reina Isabel y Bolita de algodón están sentados juntos con calma, mirándome con expresiones ligeramente inquisitivas. Sin embargo, el Sr. Bufidos está agitado metido en su bolsa más pequeña, alternando entre maullidos y bufidos, con su lindo pelaje revuelto de rozar contra los lados de la malla.

No sabe dónde está, y eso no le gusta, lo cual no es un buen augurio para el lujoso piso de Marcus.

—Por favor, compórtate —le suplico al gato mientras abro la cremallera para dejarlo salir—. Por favor, por favor.

Él se escurre de un salto con un aullido sibilante antes de que yo abra ni media cremallera. En cuanto sus patas tocan el suave suelo de madera, se lanza un metro y medio en el aire y aterriza con la espalda arqueada y el pelaje erizado. Luego bufa y se mete velozmente debajo del súper moderno sofá de cuero gris de Marcus.

Observo con tristeza el suave cuero. Una vez que el Sr. Bufidos se oriente, ese sofá será historia.

Suspirando, dirijo mi atención a sus hermanos. Su transportín de plástico se abre por delante, y tan pronto como abro la puerta, Bolita de algodón le da con una pata y sale. Sus bigotes se retuercen de curiosidad mientras observa a su alrededor. Reina Isabel, sin embargo, se queda en el transportín, sintiéndose insegura en un lugar desconocido.

—¿Lo ves? Por el momento, todo va bien —me dice Marcus, agachándose a mi lado. Bolita de algodón lo mira fijamente y luego decide marcar su territorio frotando su cuerpo peludo contra la pierna de Marcus.

Para mi sorpresa, Marcus se estira cautelosamente y rasca a Bolita de algodón detrás de la oreja.

—Se hace así, ¿verdad? —me pregunta. Asiento, y mis entrañas se derriten ante la expresión de asombro en sus rasgos duros mientras mi gato más dulce comienza a ronronear audiblemente a causa de sus caricias.

Tal vez estaba equivocada.

Quizás esto no sea un desastre total.

Alcanzando el transportín, saco a Reina Isabel y la abrazo contra mi pecho, acariciando su suave pelaje para tranquilizarla. Marcus me mira, luego mira al gato ronroneante al que está tocando, y observo, asombrada, como levanta con cuidado a Bolita de algodón y lo acuna contra su pecho, igual que yo estoy haciendo con Reina Isabel.

El gato parece ridículamente pequeño en los poderosos brazos de Marcus y ridículamente complacido de estar allí. Con los ojos cerrados con dicha felina, comienza a ronronear tan fuerte que le vibra todo el cuerpo. Y lo mejor es que Marcus tiene una gran sonrisa en el rostro, y cuando se incorpora, en sus delgadas mejillas se marcan esos surcos tan sexis.

—Le gusto de verdad, ¿no? —dice, mirando al gato que está sosteniendo, y me río del no disimulado orgullo en su voz.

—Así es. Bolita de algodón es cariñoso por naturaleza, pero vosotros dos parecéis tener un vínculo especial. No creo haberlo visto nunca tan feliz.

Y es cierto. Mi gato está disfrutando *de verdad* ser acariciado por esas manos grandes y fuertes. Por otra parte, ¿y quién no? Sé que cada vez que me toca *a mí*, me convierto en un amasijo blando y pegajoso. Como aquella mañana del otro fin de semana, cuando me masajeó de pies a cabeza usando su lengua para...

—Discúlpenme. Señor Carelli, señorita Walsh, la cena está lista.

La voz con acento británico me sobresalta, sacándome de mi sucia ensoñación, y cuando me pongo de pie para ver al mayordomo de Marcus, con Reina Isabel apretada contra mi pecho, maldigo mi herencia irlandesa por darme una tez tan propensa al rubor.

Mis mejillas están ardiendo tanto que deben de ser color rojo fresa.

—Gracias, Geoffrey —dice Marcus sin soltar a Bolita de algodón—. Vamos enseguida.

Si el mayordomo de Marcus se sorprende al ver a su jefe con un gato blanco y peludo en sus brazos y una pelirroja ruborizada a su lado, no lo demuestra: su expresión es tan neutra como de costumbre. Aun así, me echo a Reina Isabel sobre el hombro para ocultar algo del color revelador de mi cuello mientras le sonrío y digo:

—Sí, gracias, Geoffrey. Y muchísimas gracias por colocar las cosas de mis gatos.

La expresión del mayordomo muestra un atisbo de calidez.

—Es un placer, señorita Walsh. Por favor, avíseme si usted o sus mascotas —Mira a los gatos que sostenemos—… necesitan algo durante su estancia con nosotros.

—Oh, estaremos bien, gracias. Es solo por una noche —digo y mi sonrisa se ensancha. A pesar de su postura rígida y sus modales formales, el enjuto británico parece ser realmente amable.

—O más —dice Marcus, acercándose a mi lado—. Geoffrey, si tienes ocasión, deshaz la maleta de Emma mientras comemos. La he dejado junto a la entrada. También asegúrate por favor de que los gatos pueden encontrar sus cajas de arena, su comida y sus juguetes.

—Sí, señor Carelli —dice Geoffrey y se aleja antes de que pueda protestar diciendo que *no* me quedaré más tiempo y que no necesito que me deshagan la maleta.

Girándome, fulmino con la mirada a Marcus, pero él no me está mirando. Está mirando al ronroneante Bolita de algodón, que se ha acomodado en la curva de su brazo, y la fascinación silenciosa en su rostro de facciones fuertes me hace tragarme mis combativas palabras.

No sé qué tiene ver a este hombre indomable desmontado por una bola de pelusa, pero siento que mi corazón está brillando y derritiéndose a la vez.

—¿Qué tal si *yo* les muestro la ubicación de las cajas de arena? —Sugiero suavemente—. Por si acaso las necesitan mientras comemos.

Marcus me mira sonriente.

—Sin problemas. Iré contigo.

Y con Bolita de algodón en sus brazos y Reina Isabel en los míos, caminamos uno al lado del otro hacia el baño que ha asignado a mis gatos.

mma

—NUNCA HAS MENCIONADO A TU PADRE, ¿SABES? —DICE Marcus cuando nos sentamos a cenar, por fin sin gatos. Bolita de algodón se ha adaptado como un campeón a estar en un lugar nuevo, pero convencer a Reina Isabel de que bajara de mi hombro costó casi veinte minutos, al igual que conseguir sacar al Sr. Bufidos de debajo del sofá y llevarlo hasta su caja de arena. Ahora, sin embargo, los tres gatos están relativamente tranquilos y merodeando por el ático, con Geoffrey haciendo todo lo posible para evitar que se metan en líos.

Le dije que era inútil, pero está decidido a intentarlo.

Pinchando un trozo de espárrago, pondero las palabras de Marcus.

—Sí, supongo que es verdad. No sé quién es mi padre, así que nunca pienso en él.

—¿No te lo dijo nunca tu madre?

—No lo sabía ni ella. Fui concebida durante una de las épocas menos selectivas de su historial de citas. —Lo cual es quedarse corto. Mis abuelos nunca lo dijeron abiertamente, pero por lo que deduje, puede que en aquellos tiempos mi madre fuera, o bien acompañante o bien, directamente, prostituta.

El frío azul de la mirada de Marcus se tiñe de cálida simpatía.

—Ya veo.

Le sonrío.

—No te preocupes. No me importa. Dudo que fuera un ciudadano honrado, así que realmente es lo mejor.

—Puede que tengas razón. —Marcus parte en dos una vieira perfectamente sazonada y se mete la mitad en la boca—. Puede que sea mejor que te lo imagines como tú quieras —dice después de masticar y tragar.

—Sí, exacto. Cuando era pequeña, fantaseaba con que él era un príncipe o un diplomático de algún país lejano. Más adelante, al hacerme mayor, decidí que bastaría con que fuese un tipo normal, nada extraordinario, pero amable. Empecé a imaginarme a un camionero con barriguita que pasaba por la ciudad la noche que se lio con mi madre. Un tipo robusto del medio oeste al que le gusta tomarse un par de cervezas los fines de semana y que tiene algún perro grande. Y tal vez un gato o dos. Porque, ¿sabes?, tiene que ser genético.

Marcus sonríe.

—Vale. Entonces, ¿por qué no un veterinario? ¿O un cuidador del zoológico?

—Oh, eso sería increíble. —Suspiro con un anhelo exagerado y mojo mi vieira en la deliciosa salsa que hay encima del artísticamente colocado montículo de puré de batata. La cocina de Geoffrey es tan buena como la de un restaurante de lujo... aunque no es que yo haya estado en muchos restaurantes de lujo. Durante el siguiente minuto, tengo la boca demasiado llena para hablar, pero finalmente, me las arreglo para preguntarle—: ¿Y qué hay de ti? ¿Alguna vez has imaginado algo en ese sentido?

En cuanto las palabras salen por mi boca, quiero darme una bofetada a mí misma. La cara de Marcus se tensa y su sonrisa desaparece sin dejar rastro.

—No —dice con tono neutral—. Siempre he sabido de dónde vengo, así que no tenía sentido fantasear.

Maldita sea. Soy tan estúpida. Me ha hablado de su padre, de cómo lo habían matado en la prisión donde estaba cumpliendo condena por asalto y robo a mano armada. Me acordaba de ello, por supuesto, pero de alguna manera no lo había procesado del todo. En mi cabeza, la infancia de Marcus había sido más o menos un calco de la mía, con una madre de mierda y un padre inexistente. Pero su padre había sido algo peor que inexistente; había sido un criminal.

O al menos, un tipo al que habían condenado por asalto y robo a mano armada.

—¿Crees que tu padre podría haber sido inocente?

—pregunto con cautela—. Porque eso sucede todo el tiempo, ¿verdad? ¿Casos de condenas injustas?

Marcus tuerce los labios.

—Oh, decididamente era culpable. Si no de eso en particular, de una docena de otros delitos. Ya había cumplido condena antes, más de una vez. Robo de coches, allanamiento de morada, incendio provocado... lo habían condenado por casi todo menos por secuestro, violación y asesinato. Y no me sorprendería que también hubiese hecho alguna de esas cosas, pero sin que lo pillaran.

Me lo quedo mirando, con un dolor en el pecho.

—Lo siento. Eso ha de ser muy duro para ti. ¿Siempre has sabido el tipo de hombre que era, o lo descubriste después, ya de adulto?

—Siempre lo he sabido. A mi madre le encantaba hablarme de sus hazañas en detalle, así que crecí con las historias de sus atracos igual que otros niños crecen con cuentos para dormir. —Una chispa de amargo regocijo brilla en la mirada de Marcus—. Lo que más le gustaba era decirme cuánto me parecía *yo* a mi padre, y cómo estaba destinado a ser exactamente como él cuando creciera.

—Bueno, estaba claramente equivocada —digo con fiereza. Puedo notar el dolor que yace bajo sus palabras pronunciadas con ligereza, y eso hace que yo sienta como si mi corazón se estuviera rompiendo en pedazos —. No te pareces en nada a él, y si ella pudiera verte ahora mismo, lo sabría.

—¿Seguro que no? —Una sombra pasa por la cara de Marcus—. Porque a veces, me lo pregunto.

—No —digo con firmeza—. Ni por un segundo. Eso no se lleva en la sangre, ¿recuerdas? Son las elecciones que hacemos las que determinan quiénes somos. —Puede que el hombre sentado frente a mí sea extremadamente decidido, y francamente despiadado a veces, pero nunca haría daño a personas inocentes. Sé eso de él, puedo percibirlo. La intensa ambición que arde dentro de él *podría* haberlo llevado por un camino más oscuro, pero no fue así, porque desde una época temprana, él eligió no ser como el hombre que lo había engendrado, al igual que yo elegí no ser como la mujer que me dio a luz.

La mirada de Marcus se suaviza, y la comisura de sus labios esboza una media sonrisa.

—Elecciones, ¿eh? Eso suena como una de esos eslóganes antidrogas para adolescentes.

Le sonrío.

—Sí, ¿verdad? Probablemente tendría que ocurrírseme algo más creativo.

—Estoy seguro de que se te ocurriría si te lo propusieras. Eres una gran escritora —dice Marcus, y yo pestañeo ante la seriedad de su tono.

¿Cuándo habría visto mis escritos?

—Una gran editora, quiero decir —se corrige, y exhalo de alivio. Por un instante, me había temido que de alguna manera hubiera visto algún retazo de la historia en la que he empezado a trabajar este fin de semana.

En este punto, no estoy preparada para reconocerme ni a mí misma que estoy intentando algo así, y mucho menos para hablar de ello con nadie. Como licenciada en literatura, me he encontrado con demasiadas personas que comenzaron una novela y nunca la terminaron, y como editora independiente, he visto lo difícil que es crear una historia convincente. Es posible que conozca la gramática adecuada y pueda juntar unas cuantas frases, pero las probabilidades de que pase de los primeros capítulos, y mucho menos de que termine un libro completo, son escasas. Cuando era una adolescente obsesionada por los libros, lo intenté y fracasé miserablemente, quedándome atascada cuando llevaba menos de dos mil palabras. Más tarde, en la universidad, fui capaz de escribir algunos relatos breves para mi clase de escritura creativa, pero una novela completa es harina de otro costal. Requiere dedicación y persistencia, y un cierto algo que no estoy segura de poseer; por eso decidí aprovechar mi amor por los libros y dedicarme a una carrera dentro de la industria editorial en lugar de tratar de convertirme en autora.

Editar historias puede ser tan divertido como escribirlas, especialmente si son de algún género que me gusta.

Estoy a punto de bromear con Marcus sobre lo difícil que es ser consciente de tus propios clichés, haciendo que por lo tanto, los editores sean una necesidad, cuando un fuerte estruendo que proveniente de la sala de estar me hace levantarme de la silla.

—¡Bufi! —grito, corriendo hacia el sonido… y efectivamente, el desastre que estaba esperando ha sucedido.

Una de las esculturas de arte moderno que había al lado del sofá yace hecha pedazos en el suelo.

22

Marcus

—Deja ya de disculparte —le digo a Emma mientras la llevo al dormitorio, con mi mano apoyada en la parte baja de su espalda—. Fui yo el que insistió en que los trajeras contigo.

—Sí, pero sabía que no tendría que haberte escuchado. Nunca has vivido con el Sr. Bufidos; no sabes lo destructivo que puede llegar a ser. Ese gato es todo un peligro. —Suena tan disgustada que no puedo evitar reírme... aunque en realidad no tenga ni pizca de gracia perder una obra de arte que me costó dos millones y medio de dólares.

—No pasa nada —la tranquilizo, y para mi sorpresa, lo digo en serio. La escultura rota fue uno de los primeros objetos de colección que adquirí cuando comencé a ganar mucho dinero, y cada vez que la miraba, sentía una sensación de satisfacción por la certidumbre de lo lejos que había llegado. Y durante años, esa satisfacción, ese sentimiento de orgullo adquisitivo, había sido suficiente. Pero ya no.

Después de conocer a Emma, quiero más.

Quiero disfrutar de su calidez dulce y seductora, para experimentar el afecto que le da tan sencillamente a su familia y sus mascotas. Y si eso significa que tengo que soportar algunas esculturas rotas, que así sea.

Quiero que Emma me ame, sin importar lo que me cueste.

Darme cuenta de eso produce una detonación en mi mente como la de una bomba de hidrógeno, acelerándome el corazón, y haciendo que mi mano apriete más fuerte los dedos de Emma antes de que pueda contenerme.

—¿Qué sucede? —me pregunta, levantando la vista cuando nos detenemos a unos metros de la cama.

Le suelto la mano y doy un paso atrás.

—Nada. —Pero incluso para mis propios oídos, mi voz suena apagada, toda ronca y conmocionada.

Y me siento conmocionado, destrozado por el estallido de comprensión que invade mi mente.

¿Cómo no lo he visto antes?

¿Cómo he podido estar tan ciego?

"Amor", me dijo aquel fin de semana cuando le pregunté qué más necesitaban sus gatos después de haberlos alimentado, cambiado su arena y jugado con ellos. En lo que a mí respectaba, todas sus necesidades habían sido cubiertas, pero Emma sabía más que yo. Sabía que necesitaban lo que solo ella podía proporcionarles: calidez, cariño, afecto...

Amor.

—En serio, ¿estás enfadado conmigo? —Un ceño de preocupación arruga su frente lisa—. Puedo llevarme a los gatos a casa ahora mismo, antes de que consigan causar más daños. Y te pagaré lo que valga la escultura. Sé que probablemente sea carísima, una locura, pero puedo hacerte pagos mensuales hasta...

—Que se joda la escultura. —Mi voz es ronca y salvaje mientras me acerco hasta ella. Mi cara también debe reflejar el caos de mi interior, porque sus ojos se agrandan y ella comienza a retroceder. Solo que es demasiado tarde. Cogiéndola férreamente por los antebrazos, la arrastro contra mí e inclinando la cabeza, reclamo la posesión de su boca del mismo modo que necesito reclamar la posesión de su corazón.

De forma absoluta. Por completo. Sin dejarle elección alguna al respecto.

Sus labios se abren con un jadeo, su cabeza cae hacia atrás, y yo me alimento de su boca, deleitándome con su sabor, su sensación, el dulce y adictivo calor que me ha obsesionado desde el principio. Inhalo su aliento en mis pulmones, codiciándolo, codiciándola. *A toda* ella. Su cuerpo pequeño y delicioso y su mente inteligente, su sentido de la moda sacado del Ejército de Salvación y su obstinada independencia. Su compasión, su genio de pelirroja, su amor por los animales... todas las deliciosas y desordenadas piezas que la hacen tan poco adecuada para mí, pero sin embargo tan perversamente correcta.

Sus manos se levantan para agarrarme por los costados, y su cuerpo se derrite contra mí mientras me devuelve mi beso voraz, con su lengua empujando contra la mía, invadiendo mi boca tan codiciosamente como yo he invadido la suya. Me besa como si nada fuera suficiente, como si yo fuese el único hombre en el mundo para ella, y a medida que más sangre fluye hacia mi entrepierna, pierdo los últimos retazos de mi autocontrol, convirtiéndome en el más primitivo de todos los seres.

Un hombre muriéndose por poseer a su mujer.

Y ella es mía. Toda mía. Cada exuberante y delicioso centímetro de ella. Se lo digo con cada ardiente beso que deposito sobre su pálida garganta, con cada codiciosa caricia de mis manos sobre sus curvas flexibles. La marco con mi boca, mis dientes y mi lengua, dejando sellos rosados en su piel sensible. Su ropa se hace jirones bajo mis manos impacientes, igual que la mía un instante después, y entonces estamos en la cama, y yo estoy sumergiéndome dentro de ella, tomándola con una violencia que no sabía que llevaba dentro.

Una violencia que debería aterrorizarla, pero que en vez de eso ella decide abrazar.

Mía le digo con cada brutal empentón, y ella responde con un espasmo de sus músculos internos, con un calor húmedo y una suavidad sedosa, con sus labios sobre los míos y sus brazos alrededor de mi cuello. Sus piernas se doblan alrededor de mi trasero, sus caderas se levantan para llevarme más adentro, y es lo más parecido al paraíso que puedo imaginarme en este mundo. Tengo la mente en blanco y la visión borrosa mientras entro y salgo de ella, una y otra vez, impulsado por un deseo que no conoce límites ni restricciones.

No sé si ella alcanza el clímax primero o si lo hago yo, si son sus espasmos orgásmicos los que provocan el mío o son mis convulsiones contra su pelvis las que desencadenan el suyo. Lo único que sé es que ambos nos encontramos en el ojo de la misma tormenta, atrapados en un huracán sensual tan intenso que cuando termina, los dos quedamos completamente agotados, con nuestros pechos agitándose al unísono mientras yacemos enredados, con nuestros corazones latiendo fuertemente pero en sincronía.

—¿Estás bien? —Encuentro por fin la fuerza para preguntar, levantando la cabeza, y ella asiente en silencio, con pinta de estar aturdida y agitada mientras me quito de encima de ella.

La cama es un caos de sábanas retorcidas y el suelo está cubierto con nuestra ropa destrozada, pero por una vez en la vida, no me importa una mierda. Con suavidad, cojo en brazos a Emma y la llevo hasta la ducha, donde nos lavo a los dos, dándome cuenta al hacerlo de que he vuelto a olvidarme de ponerme un condón. Tendremos que comprar otra píldora del día después esta noche, o mañana a más tardar, pero en este momento, un embarazo no deseado es la menor de mis preocupaciones.

Toda mi vida, la ambición es lo que me ha impulsado a buscar riqueza y poder porque pensaba que eso era lo que necesitaba. Me enorgullecía de mis posesiones, de mi estatus social, de todo lo que había logrado... y todo ese tiempo, me había estado perdiendo la única cosa que realmente quería.

Igual que los gatos de Emma aquella noche, me había ocupado de cubrir todas mis necesidades salvo una. Y al igual que sus mascotas, no puedo obtenerlo de nadie ni de nada más que de ella.

Amor.

Eso es lo que quiero de ella. Lo necesito.

Tengo que tenerlo porque ya no estoy solo obsesionado con ella.

Estoy enamorado de Emma Walsh, y ser consciente de eso hace que me cague de miedo.

23

ALGO HA CAMBIADO. PUEDO SENTIRLO EN LA FORMA EN que Marcus me abraza, en la forma en que me mira mientras me lleva de vuelta a la cama después de secarme como a una muñeca. Nuestra vida sexual siempre ha sido intensa, pero nunca me había poseído como lo ha hecho esta noche, con una desesperación oscura, casi salvaje... un hambre que parecía ir más allá de lo físico.

Lo que ha pasado no parecía solo sexo.

Parecía un apareamiento.

Todavía estoy tratando de reagrupar mis neuronas, fritas por las endorfinas, mientras me pone cuidadosamente de pie junto a la cama y estira las sábanas y las mantas enredadas. El aspecto de la lujosa cama refleja cómo me siento: como si un tornado hubiese aterrizado sobre ella.

Un tornado llamado Marcus, cuyo cuerpo gloriosamente desnudo es todo piel bronceada y músculos que se flexionan mientras se estira sobre la cama, metiendo la manta por debajo del colchón como una doncella de hotel.

—Geoffrey todavía no se ha marchado a casa, así que lo enviaré a por la píldora —dice cuando se endereza y lo miro por un instante sin entenderle, con la cabeza aún bloqueada en el aspecto que tenía su musculoso trasero cuando él estaba inclinado, haciendo su numerito de friki del orden. Entonces me doy cuenta de sobre qué píldora está hablando.

—¿Nos hemos olvidado del condón *otra vez*?

Él asiente, con los ojos entornados.

—Mierda. —No puedo creerme que yo no haya caído en eso. En realidad, no, sí lo creo. Con un sexo tan intenso, podrían haberme extirpado un riñón y no me habría dado ni cuenta. Por ejemplo: me ha estado llevando en brazos esta noche como si yo no pesara más que mis gatos, y acabo de darme cuenta ahora.

Esos músculos tan grandes y sexys no son solo para impresionar. Ni tampoco lo es la polla semierecta que cuelga entre sus piernas. Se me hace agua la boca al pensar en envolver mis labios alrededor de esa columna larga y gruesa y...

Dios mío, Emma, para. Acabas de hacerlo con este tío. Ya basta.

—Creo que tendré que empezar a tomar la píldora

anticonceptiva —digo, obligándome a mirar la cara de Marcus en lugar de toda esa musculosa tentación—. Es ridículo que esto siga sucediendo.

Él se queda quieto, y algo indescifrable oscurece su mirada.

—Gatita... —Su voz es baja y suave—. ¿Quieres tener hijos?

Espera, ¿qué?

—¿Quieres decir como... algún día? ¿O pronto?

Estoy seguro de que no se refiere a esto último, pero tengo que verificarlo, porque el momento que ha elegido para decir eso es raro, raro, como poco. Una cosa sería que estuviésemos disfrutando de una cena encantadora y la conversación derivara a nuestros sueños y metas futuras, pero ahora mismo tenemos entre manos un caso de condón olvidado. En este preciso instante, sus pequeños nadadores están dentro de mí, y si están tan centrados en sus objetivos como su papá, necesitamos esa píldora del día después, y pronto. Y tengo que conseguir la pasta para una visita a mi ginecóloga que hace mucho que tengo pendiente.

No tener seguro sanitario es un asco.

Marcos me sostiene la mirada sin pestañear.

—Cualquiera de las dos cosas. Ambas.

—Bueno, yo... —Engullo una bocanada de aire—. Yo quiero tener niños. En algún momento. Con la persona adecuada.

Eso es, esta debería de ser una respuesta lo bastante neutral. Mi sueño en realidad es tener tres hijos, dos chicos y una chica, que se lleven unos dos años entre sí, pero no voy a decirle a Marcus eso ahora mismo. Los hombres tienden a asustarse cuando las mujeres se ponen demasiado específicas sobre ese tipo de asuntos, como si una mujer que fantaseara con niños en el futuro significase un intento de robarles su esperma ese mismo día.

Estoy a punto de felicitarme por haber salido de esa situación tan, literalmente, embarazosa, y todavía puedo sentir un poco de pegajosidad entre mis piernas, cuando la mandíbula de Marcus se tensa y él se gira bruscamente con un seco:

—Vuelvo en seguida.

Desaparece en su enorme vestidor y emerge un segundo después con una bata azul oscuro. Sin siquiera mirarme, sale de la habitación y escucho sus pasos en el pasillo. Son rápidos, casi furiosos.

Mierda. ¿Le he disgustado de algún modo?

Espero que no piense que estoy tratando de cazarlo con un bebé, porque eso sería totalmente injusto. Ha sido él quien se ha olvidado de usar un condón, no yo. ¿A menos que otra vez se trate de lo que sea que ya le había molestado antes?

¿Que mis gatos destruyan su casa, tal vez?

Cada vez más preocupada, encuentro el mullido albornoz rosa que utilicé la última vez que estuve aquí y me lo pongo; luego salgo de puntillas del dormitorio para asomarme por la escalera de caracol.

Marcus está abajo, hablando con Geoffrey. Sus voces se escuchan lejanas, pero capto las palabras "farmacia" y "píldora" y exhalo un suspiro de alivio.

Por un momento, me había temido que le dijera a Geoffrey que empaquetara las cosas de mis gatos y nos echara a los cuatro a la calle.

Me giro para regresar a la habitación y casi me tropiezo con el Sr. Bufidos, que ha decidido que tumbarse estirado sobre el costado justo detrás de mí es una gran idea.

—¡Bufi! —Me agacho para cogerlo, pero el malvado felino se levanta a la velocidad del rayo y sale corriendo, con la peluda cola en alto.

Si este fuese mi apartamento, lo atraparía después de unos minutos de persecución decidida (hay pocos lugares a dónde correr en un pequeño estudio), pero el ático del tamaño de una mansión de Marcus es otra cosa, y el gato parece saberlo. Con una mirada de regodeo por encima del hombro, desaparece en la biblioteca, y decido no perseguirlo hasta allí.

Por lo que yo recuerdo, todas las carísimas primeras ediciones de la colección de Marcus están detrás de un cristal y, en cualquier caso, mis gatos no suelen meterse con los libros.

Me gustaría pensar que es porque los he criado para que respeten la palabra escrita, lo mismo que yo.

Suspirando, regreso a la habitación y entro en el vestidor de Marcus, donde no me sorprende ver mis vaqueros, suéteres y blusas colgando pulcramente, y con pinta de ser particularmente baratos y raídos al lado de los elegantes trajes italianos y las camisas perfectamente planchadas de Marcus.

Oh, vaya. No todos compramos en Bergdorf

Goodman, o de donde sea que los multimillonarios saquen sus cosas.

Estoy echando un vistazo a mi exigua selección, tratando de decidir qué ponerme para ir a trabajar mañana, cuando Marcus aparece en la puerta.

—Geoffrey ha ido a buscar la píldora —dice, apoyándose contra el dintel. Su rostro está parcialmente en sombras, lo que hace que su expresión sea difícil de descifrar, pero su voz es uniforme, y la brusquedad anterior se ha desvanecido.

¿Tal vez se le haya pasado lo que sea que haya causado su bajón?

—Vale, gracias —digo, y cojo aire—. Entonces, sobre mañana... tengo que estar en el trabajo a las...

—Wilson te llevará. —Se endereza y viene hacia mí —. Y te traerá de vuelta.

—Oh, no, no hace falta. Cogeré el metro y...

—Se lo prometí a tus abuelos. —Se detiene frente a mí, con una expresión decidida en sus rasgos inflexibles—. Quieren que estés a salvo y calentita, y yo también.

Lo miro, luchando contra una cálida sensación en mi pecho. Tendría que estar molesta por su actitud autocrática, pero encuentro este despótico instinto de protección extrañamente dulce. Aun así, no puedo usar su conductor privado a lo loco.

—Gracias, pero.....

—Ni peros ni nada. Wilson te llevará y no hay más que hablar.

Bien, *ahora* yo sí que estoy molesta.

—Marcus...

—Y no quiero que vuelvas a tu casa mañana por la noche —abrasándome con su mirada, me coge las manos—. Quédate aquí, gatita. Para siempre. Empezando por esta noche.

arcus

La expresión de Emma se torna tormentosa, sus pequeñas manos se tensan entre las mías, y sé que he ido demasiado lejos. En el mismo instante en que mis palabras salían por mi boca, me he dado cuenta de que estaba cometiendo un error estratégico, pero no he podido contenerme.

Necesito a Emma sujeta, atada a mí, y lo necesito ahora.

La idea de que podría coger a sus gatos y marcharse mañana, de que podría alejarse de mí, aunque solo fuera por una noche, está haciendo bullir el caldero hirviente de mi pecho. Siento que estoy a punto de perder la cabeza y hacer algo totalmente loco... como esposarla a mí y subirme a mi avión para llevármela a algún lugar remoto. O sea, algo como un búnker subterráneo en el Himalaya o una isla en medio del Pacífico. No importa donde, siempre y cuando solo estemos los dos y ella no pueda escapar.

Y sí, sé lo jodidamente chiflado e ilegal que suena eso.

Con la persona adecuada, ha dicho, implicando que yo no lo soy. Hasta ese momento, había estado debatiéndome sobre si debía decirle cómo me sentía y arriesgarme al dolor de su rechazo para descubrir si estábamos en la misma página. Sí, he tenido que perseguirla muy intensamente a lo largo de nuestra corta relación, pero podría haber jurado que hay cierta dulzura en la forma en que me ella me mira, un destello de mi misma adicción en la forma en la que se derrite cada vez que la toco.

Hasta el hecho de que haya accedido a venir a casa conmigo esta noche a pesar de la complejidad logística de traerse a sus mascotas consigo me dice que no estoy solo en lo que a esta obsesión respecta, que ella no quiere alejarse de mí más de lo que yo no deseo estar separado de ella.

Pero obviamente había interpretado mal sus sentimientos. No está para nada en el mismo punto que yo. Ella piensa que todavía estamos jugando, saliendo de forma informal, mientras que yo me la imagino como la madre de mis futuros hijos... de los tres... Cuando era niño, odiaba ser hijo único y deseaba desesperadamente tener hermanos.

Ella tiene tres bebés peludos, por lo que no debería importarle tener tres de la variedad no peluda, ¿verdad?

En mi plan A.E. (Antes de Emma), iba a esperar para la parte de los niños hasta que estuviera seguro de que mi matrimonio estaba construido sobre una base sólida, de que mi esposa cuidadosamente elegida y yo éramos compatibles a largo plazo. Unos cuantos años de matrimonio me parecían una prueba sólida. Pensé que podríamos intentar tener a nuestro primer hijo poco después de que yo cumpliera los cuarenta, y luego tendríamos a los otros dos en rápida sucesión, para asegurarnos de que tuviesen edades lo bastante cercanas como para poder jugar juntos.

Era un buen plan, un plan lógico, y no me cabe duda de que hubiese funcionado si yo no hubiera conocido a cierta pequeña pelirroja. En el mismo instante en que puse mis ojos en Emma, mi mundo se volvió del revés, y mi cerebro racional fue secuestrado por unos instintos tan primitivos que podría mudarme a una caverna y empezar a llevar pieles de animales.

No es de extrañar que siga olvidándome de los condones. Mi subconsciente ha sabido todo el tiempo lo que yo acabo de entender.

Quiero a Emma y no solo para unas semanas o unos meses.

La quiero para toda la vida.

Quiero que sea mi esposa.

Es un alivio admitirlo para mí mismo, enfrentarme a la verdad que ha estado reconcomiéndome en lo más profundo de mi mente desde que me di cuenta de que no puedo alejarme de Emma para desintoxicarme ni siquiera una semana... de que no puedo alejarme de ella, y punto. Todas las cosas que pensé que quería en una compañera de vida (elegancia, clase alta, relacionada con las mejores familias) habrían sido tener más de lo mismo que ya tenía yo. Esa esposa trofeo perfecta que yo me había imaginado habría sido el equivalente humano de mi colección de arte, otro símbolo de mis logros en lugar de una persona capaz de darme lo que realmente necesito.

Solo mi Emma puede hacer eso... y ella no está en el mismo punto que yo.

—No voy a mudarme contigo —dice, mirándome con furia—. Te lo he dicho ya un millón de veces. Esto es solo por...

—Está bien. —Necesito todo mi autocontrol para contener mi dolor y mi ira y soltarle las manos. Saber que yo la amo y que ella no me corresponde es como un demonio de Tasmania furioso en mi pecho, pero no puedo obligarla a que me quiera, no puedo intimidarla para que se case conmigo, sin importar cuan atractiva sea esa idea.

Tengo que abordar esto de la misma manera que abordaría cualquier otro desafío: con fría lógica y con cabeza. En otras palabras, tengo que retroceder y dejar que ella crea que está ganando ventaja: retroceder un milímetro ahora para poder avanzar un kilómetro más adelante.

Dulcifico mi tono de voz.

—No te estás mudando a mi casa, lo he entendido.

Dejaré de pedírtelo… si haces algo por mí.

—¿El qué? —pregunta con suspicacia. Sus rizos de fuego están especialmente desordenados por el sexo vigoroso de que acabamos de disfrutar y sus labios de capullito de rosa, sonrosados e hinchados por mis besos, y yo solo quiero cogerla y llevarla de vuelta a la cama, donde puedo grabar mis marcas de posesión por toda la piel.

Tal vez entrar dentro de ella sin condón una vez más.

Joder. Todo mi cuerpo se tensa, mi polla se pone rígida con una oleada de lujuria tan intensa que me marea. De ningún modo voy a esperar a los cuarenta para tener hijos con ella. Los quiero ahora. Hoy. Ayer. La imagen mental de Emma suave y redonda con mi bebé dentro es más sexy que cualquier imagen de pornografía que haya visto, y las mujeres embarazadas nunca antes me habían excitado. Es solo ella; *ella* me provoca esta regresión a una criatura atávica.

Puedo olvidarme de ponerme pieles de animales. Casi podría mejor echar la cabeza hacia atrás y empezar a aullarle a la luna.

Con dificultad, lucho para hacer que mis pensamientos se dirijan hacia la discusión que tenemos entre manos.

—En realidad son dos cosas —le digo, y la suspicacia crece en sus bonitos ojos.

—¿Qué *dos* cosas?

—Permíteme que cumpla con la promesa que les hice a tus abuelos y que Wilson te lleve al trabajo mañana. Él cobra un salario anual, por lo que no me cuesta ni un centavo extra. —Probablemente debería haber empezado por esa última parte, porque en cuanto lo digo, gran parte de la tensión de su rostro se desvanece y ella suspira.

—Supongo que puedo vivir con eso. ¿cuál es la otra cosa?

—Tengo una cena con algunos de mis inversores mañana, y me gustaría que vinieras. Será en un restaurante de Midtown, cerca de mi oficina, a las siete en punto. Wilson puede llevarte directamente allí desde el trabajo. Por favor —añado, viendo la sorpresa de su rostro—. Te quiero allí, gatita. Te quiero a mi lado en esa cena.

Emma

PASO LA MAÑANA ENTERA EN ESTADO DE PÁNICO. A petición mía, Wilson me llevó a mi apartamento antes del trabajo, para poder recoger un vestido para esta noche, uno de manga larga y estilo envolvente que encontré en la sección de liquidación de unos grandes almacenes hace unos años. En aquel momento, me pareció agradable y elegante y que el tejido gris acentuaba mis curvas con un toque sutil, pero despúes de una docena de encuentros con la lavadora, se parece más a algo salido del trasero de un gato.

Aun así, lo he cogido esta mañana porque es lo único con pinta de ropa de negocios que tengo. De hecho, lo iba a usar para entrevistas de trabajo, cuando aún tenía esperanzas de conseguir un puesto en alguna editorial de renombre. Esas entrevistas nunca se materializaron, así que ahora me pongo el vestido cada vez que necesito parecer un poco más arreglada como, por ejemplo, cuando salgo a cenar con media docena de personas cuyos ingresos mensuales superan lo que ganan la mayoría de las familias en toda una vida.

Y eso no es ninguna exageración. Le pregunté a Marcus sus nombres esta mañana y los he buscado. Digamos que esta noche él no será la única persona en nuestra mesa que haya salido en la revista *Forbes*.

Maldita sea. ¿Qué estoy haciendo? Todavía no me puedo creer que Marcus me haya hecho acceder a esto. Yo debía de estar fuera de juego después de esa intensa sesión de sexo, porque en lugar de entrar en pánico en ese mismo momento, me sorprendió y me halagó que quisiera presentarme a sus inversores.

Después de todo, estoy tan lejos de ser "un activo en las funciones sociales" como es posible para una chica estarlo.

Pero Marcus había insistido en que me quería allí, y yo había cedido, en parte por lo halagador que me resultó y en parte porque prometió dejar de presionarme para que me mudara. Luego comenzó a hacerme el amor otra vez, y eso suprimió toda posibilidad de pensar. Solo cuando me desperté esta mañana me di cuenta de que ir a esa cena significa que no podré irme a casa esta noche, ya que probablemente volvamos tarde y empaquetar a mis gatos me llevaría al menos una hora... más tiempo aún si tengo que perseguirlos por el inmenso ático.

Les gusta *de verdad* la casa de Marcus; tanto, que se han pasado toda la noche correteando y explorando. Solo los he visto brevemente esta mañana, cuando han saltado a la cama conmigo para unos minutos de mimos obligatorios. Afortunadamente, Marcus ya estaba en la ducha; No estoy seguro de qué le habrían parecido esas patas peludas en sus prístinas sábanas blancas.

Puede que él no se crea que es un friki de la limpieza, pero sí que lo es, y del todo. Hasta sus calzoncillos están doblados en cuadrados perfectamente ordenados.

En cualquier caso, ahora mismo tengo claro que me han ganado la partida. Otra vez. Gracias a esta cena, terminaré quedándome en casa de Marcus dos noches seguidas, que es lo que él pretendía desde el principio. Lo peor es que me he comprometido a acompañarlo a un evento para el que estoy completamente mal equipada, y no solo porque lo único que él metió en mi maleta eran vaqueros y suéteres.

Literalmente, nunca he estado en una cena de negocios, y mucho menos en una con personas tan ricas y poderosas. Uno de los inversores de Marcus administra el fondo de pensiones del Sindicato de enseñanza de California; otro es un magnate inmobiliario; un tercero es un multimillonario tecnológico nacido en Rusia; el cuarto es un magnate del fitness en alza y los dos últimos son prácticamente invisibles en internet, lo que probablemente quiera decir que pertenecen a las clásicas familias adineradas que no se prodigan en público.

Mientras que yo soy una empleada de librería introvertida cuyo atuendo más profesional es un vestido de culo de gato.

Naturalmente, cuando me di cuenta de todo esto al despertar y traté de echarme atrás, Marcus se ofreció a comprarme lo que necesitara para sentirme cómoda, una oferta que rechacé de inmediato, alegando que tenía todo lo que me hacía falta. Pero eso prácticamente me comprometió a ir... y por eso me encuentro, literalmente, respirando dentro de una bolsa de papel a la hora del almuerzo.

—Emma, ¿estás bien? —me pregunta el Sr. Smithson cuando se topa conmigo sentada de esa guisa en un sillón en la parte de atrás de la tienda, y yo me quito la bolsa de la cara para ofrecerle a mi jefe una sonrisa exageradamente alegre.

—Pues sí. Solo estoy probando una nueva técnica de meditación.

—Oh, ya veo. —Su expresión se aligera cuando una sonrisa de complicidad aparece en su rostro. Si estuviéramos en un cómic, habría un globo de pensamiento sobre su cabeza, que diría: *Millennials. Tendría que haberme imaginado que era mejor no preguntar.*

Satisfecho de que no estoy a punto de vomitar sobre el último estante de novelas de suspense, se aleja, y reanudo mis respiraciones dentro de la bolsa, esperando contra toda esperanza que esto me tranquilice.

No lo hace. En todo caso, me siento aún más nerviosa.

Ay. ¿Por qué habré aceptado hacerlo? ¿Y por qué me quiere allí Marcus, además? Acabamos de empezar a salir, y ni me acerco al tipo de novia de la que un multimillonario se moriría por presumir. Mis modales en la mesa no están mal, mi abuela sureña se aseguró de eso, pero todo lo demás, como sacar temas de conversación y charlar, me supera.

Puedo hablar sobre los últimos títulos superventas del *New York Times*, pero eso es todo.

Ahora que lo pienso, no puede ser que Marcus estuviera pensando en llevarme a esa cena cuando pasamos por mi apartamento después del vuelo. De lo contrario, habría metido algo más elegante que unos vaqueros en mi maleta. A menos que, ¿estaba pensando en comprarme ropa? Pero no, él sabe lo que opino sobre ese tipo de cosas.

Decididamente, ha sido una invitación impulsiva por su parte, lo que hace todavía más extraño que insista tanto en que yo la acepte. En general, todo su comportamiento después de la cena de ayer fue raro, con ese sexo súper intenso y las preguntas sobre tener hijos y demás. Incluso pareció molesto cuando Geoffrey llegó con la píldora del día después y yo me la tomé… como si no hubiese sido el propio Marcus quien lo había enviado a hacer el recado.

Es como si algo hubiese pasado, aunque por mucho que lo intente, no se me ocurre el qué. Marcus insistió en que no fue que Mr. Bufidos rompiese su escultura.

Pero ese es el único incidente que ocurrió después de que acabáramos de cenar. A menos que... ¿sería por algo de la cena?

¿Quizás estaba molesto porque yo saque el tema de su padre?

—Emma. La Tierra llamando a Emma...

—¿Sí, señor Smithson? —Bajando la bolsa de nuevo, miro a mi jefe, que debe de haber estado allí de pie un rato. Y no está solo. Le acompaña está su sobrino rubio, el aspirante a autor de fantasía urbana a quien enseñé la librería hace un par de semanas.

Haciendo a un lado todos los pensamientos sobre Marcus, me pongo de pie y sonrío alegremente.

—Hola, Ian. ¿Cómo estás? ¿Cómo va tu libro? —La última vez que hablamos, él estaba muy emocionado al respecto, y le hablé de mis servicios de edición, por si decidía seguir la vía de la autoedición.

Nunca está de más darse un poco de publicidad.

Mi jefe me mira con una sonrisa, y me estremezco interiormente, dándome cuenta de que está de nuevo jugando a las casamenteras... y malinterpretando lo que está viendo. Aunque el tímido y rarito Ian es lo que siempre he creído que era "mi tipo", mi único interés en él es como en un cliente potencial.

No solo estoy saliendo oficialmente con Marcus ahora, sino que desde el momento en que conocí a mi titán de Wall Street, no he sentido ni una pizca de atracción hacia ningún otro hombre.

La piel clara de Ian se sonroja y su nuez sube y baja mientras él se ajusta las gafas.

—Estoy, eh.. ya casi he terminado con el primer borrador. Creo que lo tendré acabado esta semana.

—Oh, bien por ti. Dime algo si necesitas ayuda para editarlo cuando llegues a esa fase. —Eso es un poco más agresivo que mi modus operandi típico, pero quiero dejarle claro al Sr. Smithson que estoy viendo a su sobrino como una oportunidad comercial.

Lamentablemente, mi jefe no se inmuta. Con una amplia sonrisa, le dice a Ian:

—Sí, decididamente habla con nuestra Emma. Ella reconoce los libros buenos.

Y guiñándome un ojo, se aleja, dejándome a solas con su sobrino.

LA BUENA NOTICIA ES QUE HABLAR CON IAN, O MEJOR dicho, escucharle explicar cada punto de la trama de su libro con detalles que me aburren hasta el bostezo, me sirve para distraerme de mi ansiedad por la cena. La mala noticia es que una hora después, cuando Ian finalmente se va, regreso a mi estado de agitación.

En serio, ¿por qué acepté hacerlo? Y lo que es todavía más importante: ¿es demasiado tarde para echarme atrás?

Cojo el teléfono para llamar a Marcus, pero luego recuerdo que se supone que estará reunido todo el día de hoy... algo sobre el inicio del mes y las estrategias para la próxima conferencia de la Zona Alfa. No tengo ni idea de lo que será la Zona Alfa, pero estoy bastante segura de que no va a ser una reunión de hombres lobos, que es donde mi cerebro lector de novelas románticas con licántropos va cada vez que escucho la palabra "Alfa".

Dado el contexto, probablemente se trate de algún concepto avanzado del mundo de la inversión. Tendría que buscar qué significa, de verdad, aunque solo sea porque es bueno para una editora saber esas cosas.

Al final, termino llamando a Kendall en vez de a Marcus y planteándole todo mi dilema a ella.

—¿Crees que debería de fingir que estoy enferma, tal vez? —digo al terminar—. *Estamos* en época de gripe y...

—¡No te atreverás! —me interrumpe ella, y escucho un coche tocando el claxon de fondo. Debe de estar en la calle, haciendo uno de los millones de recados a los que su jefe siempre la envía—. ¿Estás loca? —continúa cuando se detiene la bocina—. Te va a llevar a una cena de negocios. ¿No sabes lo que eso significa?

Respiro hondo.

—Pues...

—¡Significa que va en serio, Emma! Te está integrando en su vida, en las partes más importantes de su vida. —Dos bocinazos más interrumpen sus palabras, y me la imagino cruzando en rojo por alguna intersección, como la neoyorquina intrépida que es—. Un hombre como él nunca llevaría a un ligue casual a una cena de inversores. Esta es una mierda del siguiente nivel. Incluso tú, miss despiste, tienes que saber eso.

—Bueno, es obvio ¡claro que lo sé! Por eso acepté: porque me halagó que me lo pidiera. Pero esas personas...

—Son solo personas —dice Kendall con firmeza—. Ser rico y famoso no te hace sobrehumano, te lo dije. Son seres humanos; trátalos como tales y todo te irá bien.

Es fácil para ella decirlo. Con su personalidad extrovertida, podría mantener una charla interesante hasta con un árbol. Mientras que yo...

—Déjalo, Emi. —Otro fuerte bocinazo en el fondo—. Puedo oír tus pensamientos, y no me gustan.

—¿Mis pensamientos?

—¡Puedo oír como rumias! Solo ponte tu vestido de culo de gato y déjate llevar. Y la próxima vez, deja que Marcus te compre ropa como te ofreció. Ahora tengo que colgar; estoy entrando al metro. ¡Adiós!

Y me cuelga, dejándome menos tranquila que antes.

arcus

El primer día laborable del mes siempre es de mucho ajetreo para mí, ya que lo paso poniéndome al día con mis gerentes de carteras. Me siento con cada uno por separado y repaso las pérdidas y ganancias de su equipo durante el mes anterior, sus operaciones pasadas y futuras, y cualquier otra cosa de la que quieran hablar, como contratar a nuevos analistas o poder administrar una parte mayor de los activos del fondo. Y siendo diciembre, también es cuando empiezan a comentar sus bonificaciones, aunque yo no les dé las cifras oficiales hasta enero.

En nuestro negocio, pueden pasar muchas cosas en un mes, tanto buenas como malas.

Mientras hablo con una persona tras otra, mis pensamientos no dejan de alejarse hacia Emma. Me pregunto qué estará haciendo, cómo se sentirá, si todavía estará tan asustada como lo había estado esta mañana. Hay que reconocer que no estuvo bien por mi parte soltarle lo de la cena de ese modo, pero una vez que se me ocurrió la idea, no pude dejarlo correr.

Quiero a mi gatita en el restaurante conmigo esta noche, y no solo porque eso significa que la veré horas antes.

Quiero que sepa que lo que hay entre nosotros no es solo sexo.

Quiero demostrarle que estoy implicado de verdad.

Claro está que hubiese sido mucho mejor si lo hubiese decidido antes, para que a Emma le hubiese dado más tiempo prepararse, e incluso para que yo le hubiese convencido de comprarle algo que ponerse adecuado para la ocasión. Ella me ha asegurado que tiene algo en casa, pero he visto su armario y dudo mucho que sea así.

No es que a mí me importe lo que se ponga; es más bien porque ella se sienta cómoda. La versión AE "Antes de Emma" de mí se habría horrorizado de que fuera a llevar una novia con ropa barata y vieja a una cena de inversores, pero a la versión DE no le importa una mierda. Emma es más importante para mí que todos mis inversores juntos, y en cualquier caso, en este punto de mi carrera, podría aparecer en esa cena desnudo, con los tres gatos de Emma subidos sobre mis hombros, y aun así, estas personas pasarían por el aro y me entregarían su dinero.

Los rendimientos de mi fondo hablan por sí mismos.

Así que sí, no necesito impresionar a nadie con la mujer con la que me voy a casar, pero sospecho que Emma va a impresionarlos igualmente. Cuanto más tiempo paso a su lado, más veo que su belleza no proviene de la ropa que se ponga o de cómo se peine; brilla desde lo más profundo de su ser, y su cálida y dulce sensualidad es el señuelo más poderoso que yo haya conocido jamás. Solo con esa sonrisa suya con hoyuelos, mis ingles se inundan velozmente de calor, y sé que no soy el único susceptible a ella. Cuando estábamos en Florida, hombres de todas las edades la miraban como chacales hambrientos; solo mi presencia disuadía a los cabrones de acercarse para invitarla a salir.

No tengo ni idea de cómo ha estado soltera tanto tiempo, joder, de verdad que no.

Lo cual me recuerda... levanto la mano para que el gestor de mi cartera de telecomunicaciones deje de hablar un momento y me inclino sobre mi escritorio para pulsar el botón del interfono.

—Lynette, necesito que vengas a mi oficina en cuanto Henry termine —digo cuando mi asistente contesta—. Tengo un proyecto especial para ti.

Comprar un anillo puede ser un poco prematuro, pero no he llegado a donde estoy sin hacer planes para el futuro. Me costará un tiempo hacer que Emma se enamore de mí, pero en cuanto lo haga, yo estaré preparado.

Voy a casarme con ella, y pronto.

 mma

Respirando hondo, deslizo las palmas de las manos sobre el vestido que Geoffrey ha planchado para mí y trato de eliminar las rozaduras de mis botas de tacón, las que están algo más nuevas y que había usado en mi primera cita de verdad con Marcus. Dentro de mi estudio mal iluminado y en las calles embarradas de Nueva York, se veían bien, incluso bonitas, pero aquí, en medio de la brillante y reluciente entrada de Marcus, no hay forma de ocultar lo que realmente son: imitaciones baratas que han visto días mejores.

Oh, vaya. Al menos mi vestido gris y el abrigo de lana beige que estoy a punto de ponerme están, por suerte, libres de pelo de gato, nuevamente por cortesía de Geoffrey. He salido del trabajo media hora antes por si acaso había tráfico, pero Wilson me ha traído a Manhattan en tiempo récord, así que he decidido pasarme por casa de Marcus y ponerme lo más presentable posible antes de dirigirme al restaurante.

No quiero avergonzar a Marcus delante de sus inversores... al menos, no más de lo que seguramente lo avergüence ya solo por ser quien soy.

Las marcas de arañazos de mis botas no muestran signos de desvanecerse, así que me doy por vencida y me estoy enderezando, a punto de irme, cuando una gran bola de piel blanca se desliza hacia mí y salta directamente a mis brazos.

—¡Bufi! —Instintivamente, sujeto al gato contra mi pecho, lo que significa que mi vestido gris, que ya estaba lleno de bolitas y con un aspecto bastante triste a pesar del planchado, ahora también está cubierto de pelo blanco.

—Sta. Walsh, ¿está usted bien? —Geoffrey aparece frente a mí como por arte de magia, aunque es más probable que estuviera persiguiendo al Sr. Bufidos. No hay duda de que el gato ha hecho alguna de las suyas y, con lo listo y taimado que es, ha decidido buscar refugio conmigo—. Deme, déjeme que le coja a Bufito.

¿Bufito? Reprimiendo una risita histérica, le doy al gato, que me lanza una mirada de haber sido traicionado que promete una terrible venganza más tarde, y voy hasta el espejo del pasillo.

Es peor de lo que pensaba. Tengo pelo blanco por todo el pecho, los brazos, y hasta en la parte superior de la falda del vestido, probablemente por culpa de la larga cola peluda del gato.

—Venga, permítame que la ayude. —Hábilmente, el mayordomo deja al Sr. Bufidos en el suelo, se saca un rodillo engomado del bolsillo y se aplica a fondo con todo el pelo que hay en mi vestido.

Tres minutos después, el vestido vuelve a tener el mejor aspecto posible... lo que no es mucho decir. Pero tendré que arreglármelas con lo que hay, así que le doy las gracias a Geoffrey, me pongo el abrigo rápidamente y me apresuro a irme al coche antes de que ningún otro de mis gatos decida compartir sus pelos conmigo.

EL VIAJE AL CENTRO DESDE LA CASA DE MARCUS EN Tribeca dura unos veinte minutos, y todo ese tiempo libre lo invierto en hacer ejercicios de respiración para tratar de calmarme. Odio sentirme tan ansiosa e insegura; me recuerda a cuando era una adolescente desmañada tratando de adaptarme a mi cuerpo cambiante y a un pelo que nunca se dejó domar. También me recuerda a cómo me sentí antes de mi primera cita real con Marcus. Afortunadamente, ya no me siento insegura con él, no hay nada como un hombre haciéndotelo tres veces al día para hacer que una mujer se sienta segura de su atractivo, pero todavía soy muy consciente de que no soy lo que Marcus originalmente quería.

Geoffrey podría pasarse planchando y quitando los

pelos de mi ropa desde ahora hasta la eternidad, y aun así yo todavía no sería parangón para alguien como Emmeline.

Para mi alivio, los ejercicios de respiración ayudan, y cuando llegamos al lujoso hotel de Park Avenue, estoy lo bastante calmada como para cruzar el vestíbulo dorado hacia el restaurante de la parte de atrás sin tropezar con mis propios pies. Llego unos cinco minutos antes de hora, pero todos están ya sentados en la mesa redonda del rincón semiprivado al que me conduce la jefa de sala. Dos botellas de vino, tinto y blanco, están dispuestas en el centro de la mesa, y los vasos de todos ya están llenos. Solo queda una silla vacía, y está al lado de Marcus, cuya mirada se dirige hacia mí tan pronto como entro.

—Aquí estás —dice, poniéndose en pie para saludarme, y cuando me coge las manos con un fuerte y cálido apretón y se inclina para besarme la mejilla, siento que gran parte de mi nerviosismo se esfuma.

—¿Quiere algo de beber, señora? —pregunta el camarero cuando me siento en la silla que Marcus saca para mí—. ¿Tal vez un poco de vino? El Sr. Carelli ha pedido unos excelentes Cabernet Sauvignon y Pinot Grigio para la mesa, pero también tenemos una amplia selección de...

—El Pinot Grigio es perfecto, gracias. —Normalmente solo bebo agua, pero un poco de vino puede ser justo lo que necesite hoy. Ahora que estoy sentada y todos me miran, los latidos de mi corazón se aceleran de nuevo.

Dios, espero no tener algún pedazo de brócoli entre los dientes, o algo de pelo de gato por ninguna parte.

—Todos, esta es Emma Walsh —Marcus anuncia, mirando a nuestros compañeros de mesa como un monarca a sus súbditos, y luego da la vuelta a la mesa presentando a cada persona... o más bien, a cada hombre, ya que soy la única mujer presente.

A mi izquierda está Ashton Vancroft, el magnate del imperio del fitness a quien Marcus presenta como "un buen amigo de la facultad de empresariales". A diferencia de todos los demás de la mesa, viste de manera informal, con vaqueros y un suéter de cachemir color crema que se ajusta a su torso musculoso como un guante. Lleva el cabello con mechones dorados por el sol con un corte algo largo, por debajo de sus orejas, y para mis ojos ligeramente asombrados, parece un cruce entre Brad Pitt en *Troya* y Chris Hemsworth en *Thor*. Me estrecha la mano y sonríe, mostrando el brillo de unos deslumbrantes dientes blancos, y dice con una voz profunda y suave que me hace pensar en caramelo líquido:

—Encantado de conocerte, Emma.

Antes de que pueda recuperarme de la potencia de ese ataque de atractivo, las presentaciones continúan. Al otro lado de Ashton está Robert, "Bob", Johnson, un hombre más mayor de aspecto serio que administra el fondo de pensiones del Sindicato de enseñanza. A la izquierda de Bob están Jack y James Gyles, dos hermanos de cara redonda de unos cuarenta años a quienes Marcus presenta como sus "inversores de toda la vida". Son los que no tienen presencia en internet, lo que significa que o son herederos de alguna familia importante o alguna otra cosa más poco ortodoxa. Junto a ellos se sienta Grigori Moskov, el multimillonario tecnológico, e inmediatamente a la derecha de Marcus está Weston Long, el magnate inmobiliario. Ambos son hombres altos, de constitución atlética, de una edad parecida a la de Marcus, y aunque no se parezcan físicamente a él, proyectan la misma aura de poder y seguridad en sí mismos.

Es el aspecto de "podría comprarme un país pequeño solo con mi calderilla", y les rebosa a raudales.

Sonriendo tan radiantemente como puedo, asiento y repito todos los nombres cuando Marcus los dice, para poder recordarlos mejor después. Es útil que él me haya dicho quiénes son estas personas con antelación, y que yo haya los haya buscado en Google. Soy una alumna muy visual, lo que significa que es más fácil para mí retener información que he visto escrita... o que he leído en la barra del buscador de mi móvil.

Por fin, todas las presentaciones están hechas, y cuando los hombres reanudan sus anteriores conversaciones, agradezco poder tirígir mi atención al menú que hay frente a mí. Por desgracia, está todo en francés, o al menos la mitad de las palabras lo están, así que no tengo ni idea de lo que son la mayoría de los platos. Bueno, sí que sé lo que son los escargots, y tengo la intención de evitarlos.

Nunca he probado los caracoles, y preferiría hacerlo cuando mi estómago no esté tan agitado.

Además, no hay precios junto a ninguno de los artículos del menú. ¿Es eso normal? ¿Quiere decir que esto es algo así como un buffet con todo incluido, o que los precios son tan altos que no los han puesto para no estropear el apetito de las personas?

Una mano grande y cálida se posa en mi rodilla por debajo de la mesa, y levanto la vista para encontrar a Marcus mirándome. Se inclina y me pregunta suavemente:

—¿Cómo estás, gatita? ¿Has tenido algún problema para llegar hasta aquí?

Mis mejillas se calientan, aunque dudo que alguien haya escuchado como me ha llamado Marcus.

—No, ningún problema —murmuro, muy consciente de todos los ojos curiosos que nos observan con disimulo. Casi esperaba que Marcus me ignorara después de las presentaciones; después de todo, él está aquí para hablar con sus inversores, pero eso no es lo que parece estar sucediendo.

Aunque no me haya presentado como su novia, la forma posesiva en la que se inclina sobre mí lo proclama tan fuerte como si me hubiera clavado una etiqueta en el pecho.

—Entonces, Emma, estás de visita desde Boston, ¿verdad? —dice una suave voz masculina a mi izquierda y me giro para mirar a Ashton.

—¿Boston? No, me temo que no. —¿De dónde ha sacado eso?

—Oh. —Frunce el ceño—. Podría haber jurado...

—Estás pensando en otra persona —dice Marcus, y su tono se endurece—. Emma es de Brooklyn, nacida y criada aquí.

La cara de Ashton se aclara.

—Dejémoslo entonces. Había pensado por un momento... pero sí, el apellido también es diferente. ¿Entonces eres una neoyorkina nativa, Emma?

Me obligo a sonreír y a asentir.

—Sí, en efecto. ¿Y tú? —Para mi alivio, la voz me sale normal y serena, sin parecer afectada por la repentina opresión de mi pecho.

Solo existe una razón por la que el amigo de Marcus podría pensar que soy otra persona.

Me ha confundido con Emmeline... lo que significa que Marcus le ha hablado de ella, pero no me ha mencionado a mí.

—En realidad yo *sí* soy de Boston, o al menos mi familia lo es —dice Ashton, brindándome otra de sus deslumbrantes sonrisas. Solo que esta vez, no me siento deslumbrada ni en lo más mínimo, y la opresión en mi pecho transforma en un dolor punzante. No quiero que mi mente vaya por ese lado, pero no puedo evitarlo. Es imposible ignorar las implicaciones del error de Ashton.

En algún momento de un pasado no muy lejano, Marcus había pensado lo suficientemente en serio sobre Emmeline como para hablar de ella con su amigo, decirle su nombre completo y dónde vivía.

¿Significa eso que me ha mentido? ¿Había habido

algo más que aquella cena entre él y Emmeline? ¿Se estaban viendo a la vez que él andaba detrás de mí? ¿Es por eso que Ashton sabe tanto sobre ella pero nada sobre mí?

¿Podría estar viéndola aún?

—Disculpadme —digo, tensa, empujando hacia atrás mi silla a la vez que me levanto—. Ahora mismo vengo.

Y antes de que nadie pueda detenerme, salgo corriendo hacia el baño del fondo.

M arcus

Mierda. Solo la presencia de mis inversores en la mesa me impide echar a correr detrás de Emma... y remodelar esas facciones perfectas de Ashton con mi puño.

Soy idiota del todo, y él también. Me había olvidado por completo de que le había mencionado a Emmeline cuando salimos al bar la otra vez, y ahora Emma estará pensando Dios sabe qué.

Quiero ir tras ella y explicarle que Ashton solo ha oído hablar de Emmeline porque fue él quien me dio el contacto de la casamentera, pero si me levanto ahora, parecerá que estamos en medio de algún tipo de drama doméstico... eso o que vamos a echar un polvo clandestino en el baño. En cualquiera de los dos casos, mi tímida gatita iba a pasar vergüenza, y eso es lo último que quiero.

Mi mejor opción es dejar que se calme y vuelva a la mesa, y explicárselo todo después. Con suerte, ella no me reprochará esta estupidez. Ashton ni siquiera iba a estar en esta cena en un principio. No es inversor de mi fondo... al menos, no por ahora. Pero me envió un correo electrónico durante el fin de semana, queriendo reunirse para discutir cómo lidiar con todo el capital que le está proporcionando su negocio en rápido crecimiento, y decidí invitarlo a este evento.

Puede que no quiera el dinero, pero lo tiene, por lo que bien podría invertir conmigo.

—Lo siento, tío —me susurra él cuando Emma desaparece por detrás de una columna y todos los demás reanudan educadamente sus conversaciones—. Todo el asunto de Emma-Emmeline me ha despistado por completo. Era *Emmeline* con quien la amiga de mi tía, la casamentera, te emparejó, ¿verdad? ¿No he recordado mal su nombre?

Obligo a mi mano fuertemente apretada a abrirse.

—No, no lo has hecho. Y es culpa mía. Tendría que habértelo explicado. —Y lo habría hecho, de haberme acordado. Pero mi mente ha estado tan ocupada con todo lo de Emma últimamente, que es un milagro que no me haya olvidado de esta cena por completo—. Hablaremos de esto más tarde —continúo, con tono bajo y neutral. No necesito que todos los de aquí sepan mis cosas—. Por ahora, olvídate de Emmeline y jamás vuelvas a mencionarla.

—Perfecto. —El regocijo chisporrotea en los ojos azul grisáceo de Ashton mientras coge su copa de vino —. Entiendo que las cosas van bien entre tú y la nueva Emma.

Hijo de puta.

—Es la *única* Emma, y sí, voy a casarme con ella.

Se queda paralizado, con la copa de vino a medio camino de su boca.

—Estás de broma, ¿verdad?

—¿Tengo pinta de estar gastándote alguna jodida broma?

—¿He oído algo sobre casarse? —se entromete James desde el otro lado de la mesa, con sus ojillos brillantes por un mal disimulado entusiasmo mientras se inclina hacia delante—. Carelli, ¿hay que felicitarte? ¿Tenía el *Herald* razón por una vez? Jack y yo éramos escépticos cuando vimos ese artículo, pero ella es la pelirroja misteriosa, ¿no?

Joder. Es demasiado pronto para esto. Ni siquiera he convencido a Emma de que viva conmigo, y mucho menos he conseguido que ella corresponda a mis sentimientos, y los hermanos Gyles son conocidos chismosos, aunque lleven sus propios asuntos de la forma más discreta posible.

James Gyles debe de tener un oído como el de a un perro de caza porque si no, no es posible que haya escuchado mi conversación privada con Ashton.

—No me he declarado todavía, así que mantenlo en secreto —le advierto, aunque sea inútil. Mañana a estas horas, todo el mundo en nuestro círculo social sabrá lo de mi próximo enlace, y no puedo hacer nada para evitarlo, salvo que quiera asesinar a unos tipos muy importantes.

Ante mis palabras, todas las conversaciones en la mesa se paran en seco, y Jack Gyles aplaude, al parecer tan emocionado como su hermano.

—Una declaración secreta, ¡qué divertido! ¿Dónde estás planeando hacerla? No en Disneylandia, estoy seguro.

Rechino las muelas.

—Todavía no lo he decidido.

—Así que no estás bromeando. —Ashton finalmente se recupera lo suficiente como para dejar su vaso—. Te han pescado. La nueva Emma.

Lo fulmino con la mirada, luchando contra un renovado impulso de golpearlo.

—Sí. La primera y única Emma.

—Esa es una noticia maravillosa. Felicidades, Marcus —dice Bob Johnson, tan educado y reservado como siempre.

—Sí, felicidades —Weston y Grigori repiten a su vez, aunque hay un claro tinte de cinismo en la sonrisa de Weston.

Efectivamente, un momento después, el magnate inmobiliario se inclina hacia mí y me dice en voz baja:

—Házmelo saber si necesitas un buen abogado. Conozco a alguien que se especializa en acuerdos prenupciales a prueba de balas.

—Gracias, pero eso no será necesario. —Con Emma, tendría que ir a juicio para obligarla a *quedarse* con parte de mi dinero en caso de divorcio... y no es que alguna vez vaya a haber ningún divorcio.

De ninguna de las maneras voy a dejar escapar a mi gatita una vez estemos casados.

—Para la hermosa joven pareja —dice James, levantando su copa de vino con una sonrisa de gato de Cheshire—. Que vuestra unión resulte larga y fructífera.

—Sí, por Carelli y su futura esposa —exclama su hermano. Levanta su vaso y todos los que están en la mesa, incluso Ashton, que todavía me mira como si me hubiese vuelto loco, siguen su ejemplo y me felicitan por mi próximo matrimonio con un brindis.

Emma

NO SAQUES CONCLUSIONES PRECIPITADAS. NO SAQUES conclusiones precipitadas.

Repito las palabras como un mantra mientras me lavo las manos y las seco en la toalla de papel parecida a las de tela que hay en el lujoso baño del restaurante. A pesar del ligero colorete que apliqué en mis mejillas en casa de Marcus, mi cara en el espejo se ve demasiado pálida, y mis pecas tremendamente marcadas. Por empeñada que esté en no sacar conclusiones precipitadas, no puedo ignorar el hecho de que esas conclusiones no son buenas.

Los hombres son unos perros, me dijo Kendall antes de mi segunda cita con Marcus, y sé que hablaba por experiencia. A diferencia de mí, ha salido con todo tipo de hombres, ricos y pobres, guapos y del montón. Y la han engañado, más de una vez. Mientras que yo solo he tenido dos novios antes de Marcus, y ambos habían sido demasiado empollones y socialmente poco agraciados como para pensar en ponerme los cuernos.

Eran apuestas seguras, aunque solo fuera porque no le interesaban a ninguna otra chica.

Marcus, por otro lado, es hierba gatera para la población femenina. Lo sé, lo veo en las miradas codiciosas que lo siguen cada vez que estamos en público. Su aspecto, ese aura de poder que proyecta... no es preciso ni que sonría a una mujer para que sus bragas caigan como un ascensor con los cables cortados. Y eso sin que ella sepa que es multimillonario.

No es de extrañar que el periódico lo llamara "uno de los solteros más codiciados de Nueva York". Está muy, muy lejos de mi alcance, y no puedo permitirme olvidarlo, da igual cuánto tiempo pasemos juntos y lo mucho yo que parezca gustarle.

Entonces la pregunta es: ¿se ha estado viendo con Emmeline? ¿Soy solo su caprichito, alguien con quien se entretiene hasta que decida que ya es hora de casarse con la definitiva?

No quiero creer eso de Marcus, pero ¿qué otra explicación hay? ¿Por qué si no iba a mencionarle a Emmeline a su amigo? Es cierto que yo le he hablado a Kendall sobre cada cita que he tenido, pero es diferente con los hombres, especialmente con los del tipo alfa, como Marcus. No me lo imagino llamando a su amigo para contarle todos los detalles escabrosos al volver de una cita cualquiera que no le ha llevado a ninguna parte, ni siquiera me lo imagino mencionando tal cita de pasada.

Si habla de una mujer, es porque ella significa algo.

Es porque se trató de algo más que de una sola cita para cenar.

Entonces sí, esta es la conclusión que tengo que sacar, la única deducción lógica que puedo hacer. Pero si yo solo soy un polvo pasajero, ¿por qué traerme a esta cena y presentarme a todas estas personas importantes? ¿O a su amigo, que sabe lo de Emmeline?

Y lo que es aún más importante: ¿por qué se empeña tanto en que yo viva con él?

Inhalo una bocanada de aire para calmarme, y luego otra. Tal vez haya una explicación lógica para el error de Ashton. Por lo menos, le debo a Marcus la oportunidad de proporcionarme una. El hombre del que me he enamorado puede que sea ambicioso y despiadado, pero no de los que engañan. Tal vez viese a Emmeline un par de veces cuando le pedí que se fuera tras el incidente de la puerta rota, o tal vez...

—¿Emma? Oh Dios mío, ¿eres tú de verdad?

Sobresaltada, me alejo del espejo y me encuentro cara a cara con Janie, mi otra mejor amiga de la universidad. No la he visto desde hace meses; no desde que comenzó a salir con su novio, Landon. Lo conoció por la misma aplicación de citas que condujo a mi fatídico encuentro con Marcus, la aplicación a la que *ella* me hizo apuntarme.

—¡Eres tú! —Con una gran sonrisa, Janie me envuelve en un abrazo perfumado que le devuelvo con ganas antes de echarme hacia atrás para estudiarla. Tiene un aspecto diferente al de antes, más elegante y esbelto, como si hubiera perdido peso. Y ese no es el único cambio.

—Te has teñido el pelo —exclamo, maravillándome por la lisa melena color platino que ha reemplazado las ondas rubio ceniza que habían sido su estilo característico desde la escuela secundaria. *Miss Natural*, la había apodado Kendall en la universidad, ya que nuestra amiga evitaba los productos químicos, las fragancias y los tintes a rajatabla, siempre dejando que su cabello se secara al aire y usando solo un toque de rímel casero en sus pestañas. Ahora, sin embargo, parece recién salida de una revista de papel couché, con una capa completa de base de maquillaje en su bonito rostro y los labios pintados color rojo sangre.

—Oh, sí. —Acaricia tímidamente su melena perfectamente peinada y que lleva hasta los hombros con unos dedos de uñas carmesí. Incluso su manicura es brillante y precisa—. A Landon le gusta así.

—Bueno, estás increíble —digo honestamente. No parece ella misma, pero decididamente está elegante y arreglada, con su nuevo y esbelto cuerpo enfundado en un estiloso vestido negro—. ¿Qué estás haciendo aquí? ¿Qué es de tu vida?

Ella sonríe, mostrando unos dientes varios tonos más blancos que el que yo recuerdo.

—Estaba a punto de preguntarte lo mismo. He

venido con Landon. Le dieron un puesto de vicepresidente en Goldman Sachs hace un par de meses, y estamos aquí con su equipo, celebrando una OPV que acaban de lanzar. ¿Y tú? ¿Qué te trae por aquí? —Su mirada me recorre de pies a cabeza, deteniéndose por un momento en mis botas desgastadas, y puedo percibir su confusión.

Un elegante restaurante de Midtown, de moda entre la gente de Wall Street, debe de ser el último lugar en el que esperaría encontrarse conmigo.

—Oh, yo también he venido con alguien. —Naturalmente, me sonrojo cuando lo digo, y los ojos verdes de Janie brillan de curiosidad.

—¿Con quién?

—Con un tío al que estoy viendo. —Hace tanto tiempo que Janie y yo no hemos hablado que me parece casi como una extraña, y vacilo en contarle toda la complicada historia, especialmente porque Marcus y los demás me están esperando.

Por desgracia, mi no-respuesta solo exacerba aún más su curiosidad.

—¿Quién ese ese tío? ¿En qué trabaja? ¿Dónde trabaja? No tenía ni idea de que estabas saliendo con alguien.

—Es algo bastante reciente, y él... él está en finanzas.

Janie ahoga una exclamación.

—¿De verdad? ¿Igual que mi Landon? Oh, deberíamos organizar una cita doble uno de estos días y dejar que los chicos se conozcan.

—Sí, claro. —Hasta que mencionó a Goldman

Sachs, había olvidado que Landon también trabajaba en Wall Street, o tal vez no lo hubiese sabido nunca para empezar. Solo le había visto un par de veces, al principio de su relación, y lo único que recuerdo de él es que es muy irónico y que le encanta hacer de menos a los demás. No hace falta decir no estoy muy interesada que digamos en esa cita doble. Pero sí que echo de menos a Janie, y dado que ella y Landon parecen estar pegados por la cadera, es posible que deba tolerarlo por ella.

—¡Oh, fantástico! —Me abraza de nuevo, envolviéndome en una nube de perfume; la tolerancia a la fragancia es otra cosa sobre ella que aparentemente ha cambiado, y dice—: tengo que irme corriendo ahora, pero te llamaré pronto y quedamos en algo, ¿vale?

—Suena bien —le respondo, y la observo al salir corriendo del baño, con sus sensuales zapatos de suela roja repiqueteando ruidosamente sobre el suelo de baldosas. Cuando se va, me vuelvo hacia el espejo, me arreglo los rizos revueltos por su abrazo lo mejor que puedo y salgo del baño detrás ella.

30

Emma

Cuando regreso a la mesa, Marcus está hablando de las últimas estrategias de su fondo y todos le escuchan atentamente, así que vuelvo discretamente a mi silla a su lado y me extiendo la servilleta sobre el regazo. El encuentro con Janie me ha distraído de la angustia que me había causado lo de Emmeline, pero ahora que estoy de vuelta aquí, pienso en eso otra vez, y por eso me lleva un minuto darme cuenta de que soy el blanco de todo tipo de miradas furtivas.

Al mismo tiempo que los hombres escuchan a Marcus hablar sobre los rendimientos del fondo, me miran con expresiones que van desde la confusión (Ashton) hasta la diversión (los hermanos Gyles) pasando por el cinismo (Weston Long) y una mezcla peculiar de lo todo lo anterior (el resto).

¿Ha pasado algo o he cometido un error al ir al baño cuando lo hice?

—Disculpen, caballeros… y señora. —El camarero no debe haberme visto al principio, porque fuerza la última parte de la frase con celeridad—. ¿Están listos para pedir, o necesitan unos minutos más?

Marcus lo mira.

—Creo que estamos listos. A menos que… —Él me mira—. Emma, ¿quieres unos minutos más?

—No, estoy bien. —Sonrío ampliamente para ocultar mi nerviosismo—. Por favor, comience por otra persona y lo habré decidido cuando sea mi turno. —Espero. Todavía no tengo ni idea de lo que significan la mitad de las palabras del menú.

Marcus parece darse cuenta de mi problema porque cuando el camarero comienza a tomar las órdenes de todos, se inclina y murmura en mi oído.

—¿Quieres que pida por ti, gatita?

—Sí, por favor —le respondo en un susurro—. Nada demasiado exótico, ¿de acuerdo? No quiero caracoles.

Él sonríe.

—Perfecto.

Cuando el camarero se acerca a nosotros, pide una *Canette Sainte-Baume* para él y *Coquilles St. Jacque* para mí, con *Céléri rémoulade au crabe* como aperitivo para compartir. De nuevo me pregunto por la ausencia de precios en el menú, pero decido que es lo mejor. Solo lo que cuesta de este entrante puede que exceda mi presupuesto semanal de comestibles, así que: ¿por qué estresarme innecesariamente?

Prefiero no saber cuánto está desembolsando Marcus en esta salida, aunque si es un gasto comercial, podría deducírselo de sus impuestos.

—Así que, Emma —dice Ashton cuando el camarero se va, y Grigori distrae a Marcus preguntándole sobre sus puntos de vista sobre las nuevas empresas tecnológicas de China—. ¿A qué te dedicas y cuánto tiempo lleváis saliendo Marcus y tú? —Mientras habla, me mira atentamente, como yo si fuera un rompecabezas que necesita resolver.

¿Será por lo de Emmeline?

¿Le sorprende que Marcus nos haya estado viendo a las dos?

Dejando a un lado ese pensamiento que me revuelve el estómago, cojo mi copa de vino y tomo un sorbo.

—Trabajo en una librería y nos conocimos hace aproximadamente un mes. ¿Y tú? ¿Ha dicho Marcus que os conocíais de la facultad de empresariales?

—Así es. —Ashton parece librarse de lo que sea que estaba causando su confusión y me lanza otra de sus impresionantes sonrisas—. Nos pusieron juntos en un proyecto de Finanzas Corporativas. Como era de esperar, Marcus se hizo cargo por completo, y antes de que me diera cuenta, lo tenía todo hecho. Apenas tuve que mover un dedo... y no es que me apeteciera hacerlo. Fue poco después de esa clase cuando descubrí que todas esas tonterías del MBA no eran para mí y lo dejé.

Mi interés aumenta de golpe.

—¿De verdad? ¿Dejaste la facultad de empresariales?
—Es lo último que hubiera esperado de un hombre con tanto éxito como este. No es que no haya muchos ejemplos de buenísimos estudiantes que abandonan la universidad (Bill Gates y Steve Jobs me vienen a la mente al instante), pero la facultad de empresariales es diferente. En mi experiencia, las personas que estudian un Master en Administración y Dirección de Empresas tienden a parecerse más a Marcus: son ambiciosas y están centradas en sus objetivos igual que un láser. Saben lo que quieren de la vida, y el MBA es un trampolín para llegar hasta allí. A menos que...

—¿Fue porque tu empresa empezaba a despegar?

Ashton se echa a reír.

—No precisamente. No tenía ningún negocio en ese momento, y tampoco quería uno. Todavía no lo quiero, pero ¿qué se le va a hacer? —Suspira y se acaba su vino con unos tragos largos. Dejando el vaso sobre la mesa, dice—: ¿Sabes cómo algunas personas arruinan todo lo que tocan?

—Ajá. —¿Me está diciendo que el imperio de fitness que está construyendo es un desastre por su parte?

—Bueno, ese soy yo, pero a la inversa. El toque Midas de los Vancroft resultó ser una afección genética. Yo solo quería ser entrenador personal, que mis clientes estuvieran sanos y en forma. Pero entonces, sucedió todo esto. —Agita una mano con una mirada tan asqueada que una risa campanillea en mi garganta.

—Riquezas no deseadas, ¿eh?

—Absolutamente no deseadas —dice con una mueca—. A mi familia casi le da un ataque de histeria cuando dejé la universidad, pero ahora mi padre está orgulloso de mí. Es una pesadilla.

Chasqueo la lengua.

—¿Oh, pobrecito... o *riquecito*? No estoy segura de cuál es la expresión apropiada de simpatía en este caso...

Él sonríe con ironía, y vislumbro al hombre que hay por debajo de la máscara del chico de oro al que le importa todo un comino, un hombre que, a su manera, es tan decidido y ambicioso como Marcus. No importa lo que Ashton diga, su éxito no es un accidente del destino ni de la genética. *Él* lo hizo posible, incluso si no está preparado para admitirlo ante sí mismo.

—¿He oído a alguien mencionar algo sobre riquezas no deseadas? —dice Marcus, volviéndose hacia nosotros. Con su cabello oscuro cuidadosamente peinado hacia atrás, su camisa perfectamente almidonada y su traje de raya diplomática que le queda como una segunda piel, parece estar totalmente cómodo en nuestro entorno lujoso y, a mis ojos, es infinitamente más sexy que todos los otros hombres de aquí juntos—. Porque, en lo que a mí respecta, no existe tal cosa —continúa, con sus ojos azules chispeantes por la risa—. Y si cierta persona tiene un problema de exceso de fondos, yo tengo la solución perfecta.

Ashton se ríe entre dientes.

—Déjame adivinar. Tengo que darte todo mi dinero

para que puedas hacerlo crecer y generar un dolor de cabeza aún mayor para mí.

—Exacto. —La sonrisa que le devuelve Marcus muestra todos sus dientes—. Así que, ¿qué te parece? Podríamos comenzar con algo pequeño... digamos, cinco millones, y seguir desde allí.

Casi me ahogo con el sorbo de vino que acabo de llevarme a la boca. Cinco millones se consideran... ¿algo pequeño?

Ashton pone los ojos en blanco.

—Sí, sí, el jodido dinero es tuyo. ¿Por qué si no iba a estar aquí esta noche, verdad? Pero cinco millones ni siquiera harán mella en toda esa pasta en la que estoy nadando. Te daré veinte para empezar, y si no lo doblas demasiado rápido, te daré más por Navidad.

—Haré todo lo posible para mantener tus beneficios a un nivel moderado —dice Marcus secamente, y al otro lado de la mesa, los hermanos Gyles, que deben de haber estado escuchándolo todo, se echan a reír.

<hr>

Para mi alivio, la cena transcurre sin problemas a partir de ese punto. Comparto el delicioso aperitivo de cangrejo con Marcus e incluso me atrevo a probar un bocado de los caracoles de Ashton; me lo ofrece al enterarse de que nunca he probado el clásico plato francés. Es sorprendentemente bueno, todo ajo y mantequilla, con una textura que me recuerda a una seta de carne firme.

Para cuando sale el plato principal, me siento infinitamente más tranquila, y me encuentro conversando no solo con Ashton, que está sentado a mi lado, sino también con la mayoría de los demás de la mesa. Por algún motivo, todos sienten curiosidad acerca de cuánto tiempo llevamos Marcus y yo saliendo y cómo nos conocimos, además de sobre a qué me dedico yo, y cuando llega mi turno de preguntarles a ellos, descubro que Kendall tenía razón.

Los ricos, en última instancia, son solo personas.

Grigori Moskov, el multimillonario tecnológico, emigró a los Estados Unidos cuando era niño y todavía tiene algunos parientes en Rusia. También es un gran amante de los perros; su husky siberiano viaja con él a todas partes. "Una gran ventaja de tener un avión privado", explica. Le enseño fotos de mis gatos, y conectamos hablando de nuestros peludos compañeros, tanto que me enseña a decir gato en ruso.

Es *kot* si es macho y *koshka* si es hembra, aunque también hay más o menos un millón de encantadores diminutivos como *kotik, kiska, kotyonok*, etc.

Weston Long tiene una coraza un poco más difícil de atravesar. Según la explicación discretamente murmurada de Ashton, el magnate inmobiliario con sede en California acaba de pasar por un divorcio y cree que todas las mujeres van detrás de su dinero. Ese me parece un tema un poco sensible para mí, así que trato de ser cortés pero distante con él, y terminamos hablando de libros, en concreto, de la última novela de misterio de mi autor favorito, quien resulta ser también el favorito de Long.

En contraste, a los hermanos Gyles, que son tan parecidos entre sí en aspecto y comportamiento que tengo problemas para pensar en ellos como individuos por separado, les encanta hablar de todo y nada de lo que existe bajo el sol. Pronto me doy cuenta de que en realidad son herederos de una familia rica (algo que tiene que ver con la fabricación de armas durante la Segunda Guerra Mundial, aunque son vagos sobre los detalles) y que conocen a todos los famosos que soy capaz de mencionar. También me sacan la información de que mis abuelos me criaron después de que mi madre muriera en un accidente y que no conozco a mi padre. Lo único sobre lo que mantengo la boca cerrada es la confusión de nombres a través de la que Marcus y yo nos conocimos; lo que he contado esta noche es que nos conocimos en un restaurante de Brooklyn, por si acaso alguien de aquí conoce a Emmeline.

Los hermanos Gyles parecen estar relacionados con *todo el mundo*, así que no me sorprendería.

El más reservado del grupo es Bob Johnson, el hombre mayor que administra el fondo de pensiones, pero después de hablar con él un poco, veo que en realidad solo es tímido. Me cae bien de inmediato, me encantan las personas tímidas, y al final de la noche, lo sé todo sobre sus dos hijas adultas y el nieto al que adora, así como sobre su larga carrera en el sistema escolar de California. Fue profesor de matemáticas durante muchos años antes de empezar a trabajar en una empresa de predicciones cuantitativas de Wall Street, desde donde recientemente lo ficharon para administrar el fondo de pensiones del Sindicato de enseñanza.

—Sus inversiones están completamente poco diversificadas, muy centradas en la renta fija y en acciones de primera línea —me dice, y asiento con simpatía, aunque solo tengo una vaga idea de lo que eso significa—. Ni siquiera han considerado los fondos de cobertura, ¿te lo puedes creer? No es de extrañar que estén preocupados por poder pagar todas las pensiones de los futuros jubilados.

—Sí, no es de extrañar —repito, y eso parece ser suficiente para mantenerlo hablando sobre los beneficios inferiores que el fondo de pensiones ha estado obteniendo y sobre cómo planea cambiar todo eso, comenzando por asignar una mayor parte de sus activos a alternativas de mayor riesgo y mayor recompensa como el fondo de Marcus.

—Es una gran idea —le digo, y lo digo en serio. Puede que yo no sepa mucho sobre estrategias de diversificación y asignación adecuada de inversiones, pero sí conozco a Marcus, y si alguien puede asegurarse de que todos esos maestros sigan recibiendo sus pensiones, él es la persona indicada.

Bob me mira sonriente y comienza a usar aún más jerga financiera, momento en el que Marcus se une a la conversación, y con mucho gusto me concentro en mi café y en mi postre, que, por fortuna, no es una sola baya sino una panacota con una capa de frutos del bosque por encima.

Finalmente, todos terminan de comer y de beber, y Marcus le entrega a nuestro camarero una tarjeta de crédito para cubrir la cuenta. Que tiene que ser astronómica porque la mayoría de los hombres han estado pidiendo alcohol extra durante la cena (brandy, whisky, coñac) y sospecho que no les han servido del barato.

Mientras Marcus firma el recibo, miro hacia la entrada y veo a Janie parada allí con su novio, Landon. Él está exactamente como lo recuerdo: alto, rubio y guapo al estilo de una especie de tipo de club de campo de finos labios. Tanto él como Janie me están mirando con la boca abierta, supongo que por la compañía con la que estoy. Sonriendo, les saludo con la mano, y Janie sonríe vacilante y me devuelve el saludo. Landon se inclina para susurrarle algo al oído. Mi amiga parece vacilar, pero él le da un ligero empujón, y ella se dirige hacia mí, con él justo detrás.

Me levanto para saludarlos cuando se acercan.

—Hola otra vez, Janie. Y hola, Landon. Me alegro de verte —le digo, tendiéndole la mano con una sonrisa cortés. Tengo la fuerte sospecha de que él no está aquí por mí, sino más bien por mis acompañantes... una sospecha que se corrobora al instante porque en cuanto me da la mano y murmura: "Me alegro de verte", su mirada se dirige a mi cita y es como si yo no existiera.

—Landon Worth —anuncia, alargando la mano hacia Marcus—. Soy amigo de Emma.

Las cejas de Marcus se arquean y él me mira, pero

mantengo el rostro impasible. De ninguna manera voy a decir que este tío al que apenas conozco es mi amigo. Estoy empezando a formarme una teoría sobre por qué Janie desapareció después de que comenzaran a salir, y no es por nada bueno.

El saludo que le devuelve Marcus es seco, y su apretón de manos breve.

—Marcus Carelli.

—Y esta es mi amiga de la universidad, Janie Brandt —digo, señalando hacia ella—. Nos encontramos antes en el lavabo de señoras. —Pre-Landon, la habría presentado como "una de mis mejores amigas", pero es difícil considerar a alguien tu mejor amiga cuando no has hablado con ella en seis meses... y ella no te ha devuelto la mayoría de tus mensajes de texto.

—Encantado de conocerte, Janie —dice Marcus, estrechándole la mano con una expresión mucho más cálida. Mientras tanto, Landon recorre el resto de la mesa presentándose a los inversores de Marcus y repartiendo unas tarjetas de visita con letras doradas.

—En caso de que necesite algún consejo de M&A o IPV —le dice a Weston Long con un guiño—. Mi equipo en Goldman acaba de lanzar la IPV Guru, ya saben.

Todos son educados con él, pero puedo decir que nadie está particularmente impresionado. Estos hombres deben de encontrarse diariamente con docenas de Landons; con su riqueza, no hay forma de evitar a todos los besadores de culos y buscadores de favores. Aun así, me siento un poco sucia al ver los descarados esfuerzos de Landon por congraciarse con ellos, y Janie también parece estar incómoda.

Afortunadamente, el vomitivo momento no dura mucho. Todos se estaban preparando para irse igualmente, y la llegada de Landon solo acelera lo inevitable. En cuestión de minutos, todos se van, dejándonos a mí y a Marcus con Janie y con su novio.

—Así que —dice Landon, con una sonrisa tan grande como para poder tragarse un barco—. ¿Qué tal si los cuatro tomamos una copa? Hay un bonito bar en...

—Tal vez en otro momento —responde Marcus mientras el camarero nos trae los abrigos. Se vuelve hacia mi amiga—. Janie, ha sido un placer conocerte. Espero que volvamos a vernos muy pronto.

Y colocando una mano en la parte baja de mi espalda, me conduce fuera del restaurante y hasta el coche que nos está esperando.

arcus

EN CUANTO NOS METEMOS EN EL COCHE, EMMA CIERRA los ojos con un suspiro de cansancio, y la acerco hacia mí, dejando que apoye su cabeza en mi hombro.

—¿Cansada? —le pregunto, acariciando sus suaves rizos. Una fragancia floral flota hacia mí, algo desconocido pero agradable, aunque me causa una sensación de cosquilleo en la nariz.

—Estoy agotada. —La voz de Emma me llega amortiguada cuando ella se hunde más profundamente en mi cuello—. No he socializado con tanta intensidad desde la fiesta del veinticinco cumpleaños de Kendall.

¿Fiesta del *veinticinco cumpleaños*? No sé por qué, pero sigo olvidando que mi gatita es casi una década más joven que yo, al igual que sus amigas. No es que esté siendo exactamente un asaltacunas, pero hay una evidente diferencia entre los veinticinco y los treinta y cinco. A mi edad, el matrimonio y la familia son la norma, incluso para la ciudad de Nueva York, con su mentalidad profesional, mientras que la mayoría de los compañeros de Emma están demasiado ocupados encontrándose a ellos mismos para tener tales ideas.

No es de extrañar que sea tan difícil lograr que ella se comprometa. Está acostumbrada a los chicos que no saben qué coño quieren, no a los hombres que reconocen algo bueno cuando lo ven.

—Bueno, aun así has estado increíble. Todos te adoran —le digo, y es la verdad. Sospeché que a Ashton y a los demás les gustaría Emma una vez que la conocieran, pero no tardó ni una hora en tenerlos rendidos a sus pies. Hasta Bob Johnson, con esa fama de serio suya, estaba sonriendo al final, y antes de irse se comprometió verbalmente a darme 150 millones de dólares extra: unos 100 millones más de lo que esperaba obtener de él en este punto.

Mi gatita no solo lo entretuvo con su pequeña charla; consiguió que aumentara el dinero que cedía a mi fondo.

—¿De verdad? —Ella levanta la cabeza y pestañea con unos ojos tan abiertos como los de un búho—. Me he sentido tan fuera de lugar con toda esa charla financiera a mi alrededor... Estaba convencida de que...

Me sobreviene un estornudo tan repentino que apenas consigo volverme a un lado. Viene seguido inmediatamente por otro, y comprendo lo que es esa sensación de cosquilleo en mi nariz.

—¿Te has puesto algún perfume esta noche? —pregunto con voz nasal, mientras cojo un pañuelo de papel de la caja a mi espalda, me lo llevo a la nariz y me aparto de Emma. Ahora también me pica la garganta y me empiezan a llorar los ojos; lo que sea que use mi gatita es potente.

Ella parece sorprendida.

—¿Perfume? No, no puedo; mis gatos se vuelven locos si me pongo algo que lleve fragancia. Ni siquiera tengo ningún perfume, y la mayoría de mis productos son sin perfume. ¿Por qué? ¿Eres alérgico?

Estornudo de nuevo en el pañuelo.

—Debo de serlo, al menos a ciertos perfumes. ¿Estás segura de que no has usado nada? —Ahora que lo pienso, esta *es* la primera vez que he olido algo en Emma excepto su aroma natural, delicadamente dulce.

—Estoy segura. —Entonces sus ojos se agrandan—. Oh, pero he abrazado a Janie en el lavabo y ella estaba bañada en perfume. ¿Quizás se me ha pegado un poco?

—Eso debe de ser —digo, pulsando el botón que baja la ventanilla. El aire frío de la noche se precipita en el interior, llevándose el olor a flores y aliviando el picor de mi nariz y mi garganta.

—Ay, lo siento muchísimo. —Emma se aparta tan lejos de mí como lo permite la anchura del coche—. Janie no solía usar perfume, decía que era sensible a los productos químicos; pero hoy era como si se hubiera bañado en él.

—No te preocupes. La mayoría de las mujeres usan esas cosas. Me alegra que tú no lo hagas. —De hecho, ese era uno de los criterios para mi futura esposa... uno que me había olvidado mencionarle a Victoria.

Emma sonríe sin entusiasmo.

—Lo haría si pudiera. Mis gatos no lo toleran. Y ahora tampoco tú, supongo.

—Me alegra que tus gatos y yo estemos en la misma onda.

Ella se ríe de mi seca respuesta, y yo me paso el resto del viaje en el otro extremo del coche. Afortunadamente, el tráfico es ligero a estas horas, y no nos cuesta mucho llegar a casa. A mitad de camino, tengo que subir la ventanilla para evitar que los dos nos congelemos, y para cuando llegamos a mi edificio vuelve a picarme la nariz.

—Me voy directa a la ducha —dice Emma cuando vuelvo a estornudar al ayudarla a bajarse del coche—. Literalmente, en cuanto entremos por la puerta. Y no volveré a ponerme esta ropa hasta que esté lavada.

—Buena idea. Le pediré a Geoffrey que mande tu abrigo a limpiar en seco también. —No tengo ni idea de si el perfume también se ha pegado a él, pero no pienso correr ese riesgo. Ahora que lo pienso, mi ropa necesita descontaminarse, ya que el cabello con olor a flores de Emma ha estado por todo mi hombro.

Estoy en deuda con los gatos de Emma por enseñarle a no usar estas cosas, de verdad que sí.

Las tres bestias peludas están esperando en la puerta cuando entramos, y veo lo que Emma quiso decir con "mis gatos se vuelven locos". Tan pronto entramos, tres narices se alzan en el aire, lo olisquean y sus tres peludos lomos comienzan a arquearse. Bolita de algodón bufa, sí, nos bufa de verdad, antes de salir zumbando y el Sr. Bufidos se une a él lanzando un aullido furioso. Reina Isabel es la única que va por libre; se queda, aunque nos mira con los ojos desorbitados y el lomo formando un arco completo, mientras decide si atacar o correr para ponerse a salvo.

—Lo sé, lo sé, lo siento —le dice Emma, quitándose el abrigo y colgándolo en el armario—. Tendré más cuidado, lo prometo.

Fiel a su palabra, se va directa hacia la ducha del dormitorio principal y le escribo a Geoffrey las instrucciones sobre qué hacer con nuestros abrigos cuando venga mañana por la mañana y, dado que Emma colocó allí su capa de ropa exterior contaminada antes de que pudiera advertirle, con todas las demás prendas del armario de abajo.

Cuando llego arriba, estoy desnudo, ya que he dejado toda mi ropa en el cuarto de lavar de abajo, por si acaso.

—Ya casi estamos seguros del todo, muchachos —les digo a Bolita de algodón y al Sr. Bufidos al pasar por la biblioteca, en cuyas estanterías se han refugiado ambos gatos—. Esa nociva peste está a punto de ser contenida.

Los gatos parecen no fiarse, y no puedo culparlos.

Ese perfume es realmente una agresión para los sentidos.

Al entrar en la habitación, encuentro el vestido de Emma en la cesta para la ropa sucia de mi vestidor, y me llevo la cesta entera abajo... de nuevo, solo para asegurarme. Luego regreso y abro la ventana para ventilar la habitación.

Reina Isabel entra cautelosamente detrás de mí, levantando la nariz en el aire, y dejo que ella haga de avanzadilla. Después de unos largos momentos, se sienta y comienza a lamerse delicadamente la pata.

Conseguido. Invasión de perfume contenida.

—De acuerdo, ahora vete —le digo a la gata mientras me dirijo al baño, donde se oye correr la ducha—. Tengo grandes planes para esta noche.

Reina Isabel continúa lavándose.

Me planto allí y la fulmino con la mirada.

—En serio, largo. —La noche pasada, tuvimos la habitación para nosotros solos y tengo la intención de que eso siga siendo así. A diferencia del apartamento de Emma, mi ático es lo suficientemente grande como para que cada gato tenga su propia habitación, lo que significa que no hay razón para que esas bestezuelas estén presentes mientras estamos practicando el sexo.

Estoy totalmente antropomorfizando aquí, pero follarme a Emma delante de sus mascotas es extrañamente parecido a hacerlo frente a niños pequeños.

La gata me obsequia con una mirada desdeñosa y luego se levanta y se aleja, con una actitud tan regia como la monarca cuyo nombre comparte. Cuando ha cruzado el umbral, cierro la puerta del dormitorio, con llave por si acaso, y los latidos de mi corazón se aceleran a medida que mi cuerpo se tensa expectante.

Ciertamente, tengo grandes planes para esta noche, y quiero cero interferencias.

Ya casi he terminado de aclararme el acondicionador cuando Marcus entra conmigo en la enorme ducha, con una pequeña botella en la mano y su erección ya a toda asta.

Parpadeo para quitarme el agua de los ojos y me quedo mirando esa impresionante columna de carne masculina; luego me obligo a dirigir la vista a la cara de Marcus. Tiene los ojos fuertemente entrecerrados, y su mandíbula está en tensión, expresando un deseo inconfundible.

Trago saliva y el latido de mi corazón se acelera mientras doy un paso hacia atrás, saliendo de los chorros de agua que brotan de los cinco cabezales de ducha giratorios. Todavía estoy un poco dolorida por ese intenso sexo de anoche, y no sé si estoy preparada para hace nada raro, especialmente a la luz de las preguntas planteadas por la metedura de pata de Ashton durante la cena.

Dando otro paso atrás, echo un vistazo a la botella.

—¿Es eso lubricante?

—Sí. —La voz de Marcus es baja y ronca y su intención inconfundible cuando deja la botella en la repisa donde conviven todos los champuses y se pone detrás de mí. Agarrando mis caderas, me empuja contra su erección e inclina la cabeza para besarme.

—Espera. —Ignorando el calor que se desata en mi vientre, pongo las manos entre nuestros cuerpos y aparto la cabeza, haciendo que sus labios aterricen en mi oreja—. Primero tengo que hablar contigo.

Los músculos de su pecho se convierten en piedra debajo de mis palmas.

—¿De qué se trata?

Con un empujón, me libero de sus manos y retrocedo un paso.

—De Emmeline. —Respiro hondo para recobrar la compostura—. ¿Estás, o estabas, viéndote con ella?

No parece ni sorprendido ni ofendido por la pregunta.

—No. —Su tono es sereno, su mirada sin vacilaciones—. Es tal como te he contado: solo nos vimos aquella única vez. Hablamos por teléfono un par de veces después de eso, antes de que decidiera seriamente ir a por ti, pero eso fue todo.

—Entonces, ¿por qué...?

—¿Por qué te confundió Ashton con ella? —Cuando asiento, dice sombrío—: Porque estúpidamente le hablé de ella cuando nosotros lo dejamos por un tiempo. Fue después de que tú me echaras, ¿recuerdas?

Mi pecho se tensa.

—¿Cuándo derribaste mi puerta?

—Así es. —Su mandíbula es como el granito—. Estaba enfadado porque no podía olvidarte, y la llamé, esperando que me ayudara a pasar página. Aviso de spoiler: no fue el caso. Pero durante esa conversación, acordamos reunirnos para cenar cuando ella viniese a Nueva York de viaje de negocios, y más tarde ese día, Ashton y yo quedamos para una sesión de lucha y salimos a tomar algo después. La casamentera de la que te hablé es amiga de su tía: Ashton es la razón por la que la contraté en primer lugar; así que me preguntó si habíamos hablado y le dije que ella me había presentado a Emmeline Sommers, que vive en Boston. Así es como Ashton la conoce. Y antes de que me preguntes, cancelé esa cita con Emmeline tan pronto como tú y yo volvimos a estar juntos. Sin embargo, no había tenido ocasión de volver a hablar con Ashton de esto, así que se confundió. En cualquier caso —Marcus respira hondo—, lo único que Ashton ha oído acerca de Emmeline es su nombre y de dónde es. Puedes preguntarle a él si no me crees.

La presión de mi caja torácica se alivia más con cada palabra que dice. Sí que le creo. Tal vez sea una ingenua, pero confío en que Marcus no me mienta... por eso le he preguntado sobre ello en lugar de darle vueltas, preocuparme e investigar secretamente por mi cuenta.

—Vale.

—¿Vale? —Sus gruesas cejas se juntan—. ¿Qué significa eso de "vale"?

—Significa que te creo. —Probablemente esto requiera de una charla más larga, pero sin el espectro de Emmeline arrojando agua fría sobre mi libido, soy muy consciente del hecho de que ambos estamos desnudos en una cabina de ducha llena de vapor, de que él todavía está parcialmente excitado, y de que se ha traído esa botella de lubricante con él por algo.

Su ceño no disminuye.

—¿Y ya está? —Se acerca hacia mí con sus músculos poderosos en tensión—. ¿Me crees?

Trago saliva y retrocedo, retirándome instintivamente frente a toda esa intensa desnudez masculina.

—Bueno, sí. —El latido rápido de mi pulso se intensifica cuando mi espalda presiona contra la pared de vidrio de la cabina y él coloca sus palmas a ambos lados de mí, encerrándome entre sus brazos extendidos —. ¿Es que no debería?

La mirada de Marcus se oscurece y baja su cabeza hacia mi oído.

—Deberías. No hay otras mujeres para mí, gatita, nadie más en quien esté remotamente interesado. —Su voz es suave y profunda y su aliento caliente sobre mi piel húmeda mientras lame el borde exterior de mi oreja antes de rozar el lóbulo de mi oreja con sus dientes—. Eres todo lo que deseo, Emma, todo lo que *siempre* he deseado, aunque no siempre lo haya sabido…

Mientras habla, su mano derecha deja la pared y acaricia mi cuerpo, deslizándose sobre mis senos y mi vientre antes de caer en el suave hueco de entre mis piernas. Dos de sus dedos entran dentro de mí, y el relámpago de excitación que me atraviesa es tan intenso que no puedo reprimir un gemido. Cada uno de mis músculos internos se tensa, apretando esos dedos grandes y ásperos, y me estremezco por la deliciosa fricción, al mismo tiempo que sus palabras me dan calor de una manera completamente diferente.

¿Lo dice en serio? Y si lo hace, ¿qué significa eso para nosotros?

Te amo, Marcus. La frase flota en la punta de mi lengua, como un pájaro a punto de zambullirse en un acantilado, pero la muerdo para frenarla, demasiado asustada para dejarla volar. Por mucho que quiera confiar en él con todo mi corazón, él lo hirió una vez y todavía está sanando. En lugar de eso estiro la mano y atraigo su cabeza hacia mí, diciéndole con un beso lo que no soy capaz de expresar en voz alta.

Dejándole saber que es dueño de mi corazón, es dueño de todo lo mío, aunque esa noción me aterrorice.

Nuestros labios se tocan con ternura al principio, con nuestras lenguas palpando y acariciando suavemente, pero el ansia animal no tarda mucho en tomar las riendas. El beso se vuelve más fuerte, más intenso, y sus dedos se curvan dentro de mí, presionando un punto que hace que los míos se enrosquen sobre el suelo de baldosas mojadas. Con los cinco cabezales de ducha arrojando agua caliente a medio metro de nosotros, el aire dentro de la cabina es espeso y húmedo, el vapor se condensa en las altas paredes de vidrio, y siento que estoy en una especie de fantasía sexual surrealista, una fantasía que brota directamente de los rincones más oscuros de mi mente.

En esta fantasía prohibida, estoy a merced de un pirata peligrosamente guapo, un hombre despiadado a quien deseo y desprecio a partes iguales. Mi cuerpo anhela su contacto abrasador, aunque mi mente lucha contra ello. Sin embargo, cuando su mano libre acuna mi trasero, levantándome contra la pared de vidrio de mi espalda, no tengo más remedio que someterme a él, a su fuerza y necesidad abrumadora por mí... y a mi propia hambre ardiente. Gimiendo, arqueo el cuello, exponiendo mi garganta a sus toscos y mordientes besos, y saber que no se detendrá, que no cederá, es tan sexy como aterrador.

El agotamiento que se apoderó de mí tras la cena se suma a la bruma como de ensueño, desdibujando la línea entre fantasía y realidad, derritiendo mis miedos e inhibiciones. Sus dedos me penetran más profundamente, su pulgar presiona mi clítoris, y cuando mis piernas se levantan para envolverle las caderas, mis manos se cierran en su pelo sedoso y mi corazón late con fuerza con una violenta oleada de deseo.

—Mía. Eres toda mía —dice con voz rasposa,

rozando con sus dientes la piel sensible donde se unen mi cuello y mi hombro, y me disuelvo en un ser de pura necesidad, con un calor líquido vibrando en mi interior y un deseo oscuro corriendo por mis venas. No tengo pensamientos, ni razón, solo esta necesidad que se intensifica rápidamente, y cuando su pulgar dibuja círculos sobre mi clítoris, me corro con tanta fuerza que casi pierdo el conocimiento.

Todavía estoy aturdida cuando él me baja sobre mis pies inestables y luego me guía hacia la repisa en forma de banco del otro lado de la cabina. Suavemente, me coloca de rodillas en el suelo, con mis senos y antebrazos descansando sobre las baldosas tibias y húmedas del banco y su cuerpo grande y musculoso cubriéndome por detrás. Mi cabello empapado cae hacia adelante, oscureciendo mi visión, y él estira la mano y después un líquido fresco y viscoso gotea sobre la abertura entre mis nalgas, seguido por un dedo que se desliza.

—Gatita... te voy a follar por detrás esta noche. —Su voz es baja y oscura mientras su brazo libre rodea la parte anterior de mis caderas para levantar mi trasero más arriba—. Voy a reclamar este apretado y dulce agujero tuyo, así que si tú no lo deseas, dímelo ahora.

La punta de su dedo juega con mi abertura mientras habla, y yo me sonrojo, tanto por sus palabras sucias como por la sensación de él presionando allí. Ya me había dicho que pretendía hacerme esto, y yo lo deseo y lo temo a partes iguales. Hasta ahora, solo ha usado su dedo y su lengua, y con ambos la sensación ha sido primero chocante y luego sorprendentemente erótica. Pero su polla es muchas veces más grande. En una noche diferente, podría haber sido demasiado gallina para intentarlo, pero en este estado como de ensoñación, su tamaño y el probable dolor que eso presagia me parecen menos disuasorios.

Esta noche, él puede hacer conmigo lo que quiera. Estoy a merced de mi pirata, soy su botín de guerra para profanar y disfrutar.

Él debe de interpretar mi silencio como aceptación, porque la presión en mi abertura se intensifica y un jadeo de sorpresa se escapa de mis labios cuando un dedo lubricado se desliza profundamente dentro de mi culo. Aunque ya no es una sensación totalmente nueva, mi cuerpo todavía se aprieta instintivamente ante la plenitud casi dolorosa, ante la inquietante sensación de ser invadido de esta perversamente erótica manera.

—Schh —me calma, y su otra mano se desliza entre mis piernas, encontrando mi clítoris tumefacto—. Todo va bien, gatita... Solo relájate para mí. —Mientras habla, un segundo dedo entra en mí, empujando más allá del apretado anillo muscular, y gimo por el estiramiento ardiente, incluso a la vez que mi clítoris palpita por su hábil manipulación.

—Respira, mi cielo. Iremos despacio y con cuidado. —Su voz es ahora más suave, más hipnótica y, a pesar de la creciente incomodidad, mi bruma onírica persiste, ayudada por la placentera tensión que se enrosca en mi interior. Él intensifica la presión sobre mi clítoris, acariciándolo en círculos, y mis caderas comienzan a temblar, persiguiendo más de esa sensación que aumenta mi excitación, necesitando alcanzar el alucinante clímax. Y estoy cerca, muchísimo, muy cerca... tan cerca que ni siquiera me importa cuando esos dedos invasores comienzan a moverse dentro de mí, follando mi trasero con empujones lentos y rítmicos.

—Sí eso es. Qué gatita tan buena... no te tenses ahora, sigue relajada. —Su voz profunda y tranquilizadora es como un vaso de leche tibia y galletas, aunque sus dedos aumentan su ritmo entrando y saliendo y su otra mano continúa atormentando mi clítoris, arrancando gemidos impotentes de mi garganta. El ardor del estiramiento disminuye con cada movimiento, pero la incómoda plenitud persiste, cada empuje me abre un poco más, sumándose al peculiar erotismo de esta violación. De rodillas, con las duras puntas de mis pezones rozando la superficie resbaladiza del banco y mi cuerpo al borde de un explosivo orgasmo, me siento como una muñeca sexual viviente, *su* muñeca sexual, y la ilusión de estar dentro de mi fantasía pirata se hace más fuerte, impulsándome más cerca de la deliciosa culminación.

Gimiendo, me tenso en sus dedos, empujando mis caderas hacia adelante.

—Por favor, Marcus... —Las palabras salen en una exhalación estremecida. Estoy casi allí pero no del todo, su caricia en mi clítoris es un poco demasiado suave—. Por favor, solo un poco más...

—Todavía no —murmura, exasperándome, y antes

de que pueda protestar, la presión sobre mi clítoris desaparece y sus dedos salen de mí, dejándome abierta y extrañamente vacía. Un instante después, hay otro goteo de líquido frío, y algo mucho más grande presiona entre mis nalgas.

Comprendo que se trata de su polla, y me quedo sin aliento cuando la cabeza gruesa y roma comienza a penetrarme.

Sin la preparación con los dedos, esto no hubiera sido posible. Incluso así, la invasión punzante es casi más de lo que puedo soportar. Mi respiración se vuelve superficial, mi pulso se alza lleno de pánico mientras mi cuerpo cede lentamente. Por unos breves instantes, parece que no va a funcionar en absoluto, pero finalmente, con un click que casi me induce al mareo, la parte más gruesa de su miembro atraviesa el anillo muscular y se desliza más profundamente dentro de mí.

De inmediato, él se queda quieto, siento una mano acariciar suavemente mi cadera, y sus dedos reanudan su tortura sobre mi clítoris.

—¿Estás bien, gatita? —pregunta suavemente—. ¿Quieres que pare?

Respiro hondo llenando mis pulmones vacíos, tratando de pensar, pero estoy demasiado abrumada por la cacofonía de sensaciones de mi cuerpo. Pensé que estaba llena antes, pero no es nada comparado con la sensación de él dentro de mí. Ni siquiera ha entrado del todo, y estoy a punto de reventar, completamente sobrepasada. El latido de mi corazón es un tamborileo frenético en mi pecho, mi cuerpo ha ido más allá de sus límites, pero de alguna manera, el deseo punzante de la excitación todavía está allí, avivado por su hábil manipulación de mi clítoris y la fantasía oscura que se desarrolla en mi mente.

—No pares. —Mi voz es un susurro entrecortado—. Quiero... quiero sentirlo. —Quiero saber cómo es ser poseída por él de esta manera.

La voz de Marcus se hace más ronca y sus dedos presionan más fuerte sobre mi clítoris.

—Oh, lo harás, gatita. Lo harás. —Y agarrando mi cadera con su otra mano, lentamente se mete dentro de mí, dejándome adaptarme a la plenitud extrema, centímetro a centímetro. Cuando está dentro del todo, se detiene de nuevo, dejándome acostumbrarme a la sensación mientras continúa jugueteando con mi clítoris. Luego, lentamente y con gran cuidado, comienza a moverse, follando mi trasero con un ritmo que se intensifica gradualmente.

—Oh, Dios. —Mis manos se cierran formando puños, mi frente se deja caer sobre la superficie resbaladiza del banco mientras mi pecho se agita con una respiración inestable. El metesaca de sus movimientos es distinto a cualquier cosa que yo haya conocido: dolor y a la vez una oscura clase de placer. Con mi cuerpo tan completamente invadido, *soy* su muñeca sexual indefensa, una esclava del placer agónico que él está evocando en mis abrumadas terminaciones nerviosas. Siento como si mis entrañas fueran arrastradas de un lado a otro con cada movimiento; sin embargo, una tensión vertiginosa y electrizante está creciendo y concentrándose en mi interior. Puedo sentir mi pulso palpitar en mis sienes, oler el almizcle del sudor de nuestros cuerpos unidos, y cuando él se inclina sobre mí, pellizcando mi clítoris entre su pulgar y su índice, exploto en el orgasmo más intenso de mi vida y el éxtasis me atraviesa en un estallido como una onda de choque.

Es tan fuerte que veo chispas detrás de mis párpados cerrados, y cuando estoy bajando a la tierra, lo escucho gemir roncamente y siento el calor líquido de su liberación dentro de mi trasero.

 Marcus

MI CORAZÓN ES COMO UN POTRO DESBOCADO EN MI pecho, mis pulmones se agitan como fuelles por el orgasmo. Obligándome a permanecer en posición vertical, cuidadosamente salgo de Emma y recojo su cuerpo flácido en mis brazos. Parece aún más ida que yo, así que en lugar de llevarla a la ducha, la acomodo suavemente en una posición sentada en el banco y me acerco a los chorros para lavarme antes de dirigirlos hacia ella.

El agua caliente parece revivir un poco a Emma, y ella parpadea mirándome, con sus pestañas rojizas oscuras y cargadas de humedad mientras vierto gel de baño en mi palma.

—¿Cómo te sientes, gatita? —Agachándome frente a

ella, levanto un pie pequeño y empiezo a lavarlo—. ¿Te he hecho daño? —Traté de ir lo más lento que pude, pero ella había estado más que apretada, su trasero envainando mi polla más cómodamente que cualquier puño. Un hombre mejor habría retrocedido, dejándola en paz, pero el animal salvaje dentro de mí no me había permitido retirarme hasta que la reclamé por completo... hasta que la sentí correrse conmigo enterrado en ese delicioso culo hasta el fondo.

Su mirada se dirige a la espuma que estoy extendiendo sobre sus dedos.

—Estoy bien. —Parece hipnotizada por lo que estoy haciendo, como si tuviera algo de fetichismo con respecto a los pies... y que me jodan si no encuentro esa idea excitante.

—¿Entonces no te he hecho daño? —intento confirmar, frotando su empeine con el pulgar, y efectivamente, sus ojos se agrandan y sus dedos se curvan igual que si estuviera chupándole el clítoris.

—No. Es decir, eh... no mucho. —Suena como si tuviera problemas para concentrarse, y levanto el pie más arriba, moviéndolo debajo del chorro de agua para quitarle el jabón. Cuando está completamente aclarado, inclino la cabeza y succiono sus dedos en mi boca, mirándola todo el tiempo.

Sus labios forman una O sorprendida, y su piel ya sonrosada se ruboriza todavía más.

Sonrío por dentro mientras masajeo su pie y continúo chupando esos pequeños deditos sexys. Definitivamente hay un fetiche de pies a la vista, y no solo por su parte. Sus pies son tan diminutos como el resto de ella, todos suaves, rosados y bonitos, y me encanta jugar con ellos, especialmente dada la forma en que me está mirando, como si no pudiera creer lo que está sucediendo, pero a punto de llegar al orgasmo de todos modos. Me encanta tanto esa mirada en ella que mi polla, que tendría que estar completamente fuera de servicio, se está endureciendo de nuevo.

Repito el tratamiento de masaje con espuma y succión en el otro pie, y cuando su respiración suena como si hubiera escalado una montaña, subo dando besos por su pierna y la recompenso con una verdadera succión de clítoris. Después de se corra, la siento sobre mi polla ahora erecta y disfruto de un largo y delicioso polvo en la ducha, durante el cual la hago correrse dos veces más.

En lo que a mí respecta, ninguna cantidad de orgasmos es demasiado para ella.

34

Emma

Si existe tal cosa como una cantidad demasiado grande de orgasmos, estoy bastante segura de que llegué a ella anoche. No solo estoy seriamente dolorida en *todo* tipo de lugares, sino que ando tropezando como un zombi todo el día, bostezando y tomando café en un intento inútil por permanecer despierta en el trabajo.

Claramente, Marcus no necesita demasiado tiempo para dormir o recuperarse porque después de ese pervertido maratón de sexo en la ducha, me despertó a las seis de la mañana para, *adivina*: más sexo. Y luego, como no tenía ninguna reunión temprano por la mañana, se fue a correr diez kilómetros.

Los multimillonarios no deben de ser humanos. O

al menos este no parece serlo. Tal vez sea en secreto un ciborg venido del futuro: *Terminator*, versión robot sexual.

Ahora mismo, no me sorprendería.

La buena noticia es que al levantarme a esa hora impía, llegué a trabajar temprano y, por lo tanto, puedo irme temprano, así que podré empaquetar mis cosas, agarrar a mis gatos y hacer que Wilson nos lleve a casa a pasar la noche.

O al menos eso debería ser una buena noticia. Ahora mismo, estoy tan cansada que apenas puedo pensar, y mucho menos imaginarme haciendo la maleta, persiguiendo a los gatos o subiendo a ningún coche. Entre la energía que invertí en la cena con los inversores y el maratón sexual de después, me está costando todas las fuerzas que tengo disponibles solo permanecer en pie detrás de la caja registradora y cobrarles las compras a los clientes, en parte porque son muchas compras, muchas más de lo habitual.

Se acerca la Navidad y los libros en papel son un gran regalo.

En cualquier caso, tal vez este fuese el malvado plan de Marcus: agotarme con la vida social y el sexo para que me quedara en su casa otra noche. Solo porque haya prometido dejar de presionarme para que me mude con él, eso no significa que haya descartado la idea. A estas alturas, ya le conozco. Sé cómo funciona su mente retorcida, y es completamente posible que al menos un par de los orgasmos de anoche y de esta mañana me los haya regalado con el único propósito de hacer que no me vaya a casa.

Bueno, no lo conseguirá. Cansada o no, me voy a casa de todos modos. De lo contrario, bien podría hacer feliz a la Sra. Metz y terminar mi contrato de arrendamiento antes de tiempo, lo cual tengo la intención de hacer tan pronto como encuentre un apartamento a un precio razonable.

No voy a mudarme con Marcus.

No importa lo bien que estén ahora mismo las cosas entre nosotros, es demasiado pronto para eso.

Lamentablemente, mis abuelos no lo creen así. A la hora del almuerzo, la abuela me llama y me pregunta si la mudanza ha salido según lo planeado, y como no quiero decepcionarla a ella y al abu, termino diciéndole que estamos haciendo una prueba esta semana, para ver cómo se adaptan mis gatos. *Gracias, Marcus, por esa idea.* De esta manera, podré culpar a los gatos cuando les diga a mis abuelos que decidimos que vivir por separado es lo mejor por el momento.

Lo cual es del todo cierto. Es verdad, mis tres gatos adoran su casa, y yo estoy más que mimada allí, con Geoffrey haciendo deliciosas cenas y preparándome zumos vegetales todas las mañanas, pero tengo que mantener mi independencia. Esta cena en particular con los inversores de Marcus fue mejor de lo esperado, pero todavía no soy la hermosa y elegante socialité que él estaba buscando. Si sigue llevándome a esos eventos, existe una alta posibilidad de que la fastidie y lo avergüence de alguna manera, y entonces él podría decidir que vivir juntos fue un error y terminaré buscando otro sitio para alquilar. No es que él fuese a echarme a la calle, pero aun así. La llama que hay entre nosotros arde con fuerza ahora mismo, pero no existen garantías de que vaya a durar.

No es que él esté enamorado de mí.

Mi pecho se encoge al pensarlo, pero no tengo tiempo de regodearme en ello. La marea de clientes sigue llegando y yo sigo cobrándoles sus compras. Por fin, alrededor de las tres, hay una pausa, y me dirijo a uno de los sillones de la parte de atrás, con la esperanza de cerrar los ojos para una micro siesta de cinco minutos. Pero justo cuando me estoy poniendo cómoda en un confortable sillón, suena mi teléfono.

Bostezando, me lo saco del bolsillo y miro la pantalla, esperando que sea Kendall quien llame para recibir una actualización sobre la cena de la noche anterior. Pero cuando descuelgo es Janie, toda alegría y alborozo.

—Hola, Emma. Fue *taaaan* genial verte anoche. ¡No me puedo creer que haga tanto que no hayamos salido por ahí!

—Eh.. sí. —Después de haber visto a Landon en acción anoche, yo sí que *puedo* creérmelo, pero no se lo digo. Kendall, Janie y yo habíamos sido inseparables en la universidad y durante un par de años después de la graduación, y no quiero perder a una amiga solo porque no me guste su novio. No es que haya sido una gran amiga en los últimos meses, pero tal vez eso cambie ahora que hemos vuelto a conectar. Me obligo a inyectar algo de entusiasmo en mi voz y digo—: Definitivamente deberíamos almorzar o cenar juntas pronto.

—¡Sí! ¿Y qué tal hoy? Landon y yo podemos ir a Brooklyn al salir del trabajo. A menos que... ¿vives en Manhattan ahora, por casualidad?

—No, pero estaré en Tribeca un rato... Espera, en realidad, esta noche no me va bien. —No solo estoy demasiado falta de sueño para otra cena hasta tarde, sino que salir interferiría con mis planes de hacer las maletas y recoger a los gatos.

Estoy decidida a dormir en mi cama esta noche.

—¿Qué tal mañana, entonces? Como te he dicho, somos flexibles en lo que respecta al sitio. Brooklyn, Manhattan, lo que sea que te vaya bien a ti.

Bueno, esto no había pasado nunca. Unos meses antes de que Janie comenzara a salir con Landon, consiguió un trabajo en una empresa de relaciones públicas en Midtown y se mudó de Brooklyn al Upper East Side, y enseguida, Brooklyn se convirtió en un país extranjero para ella. Kendall, que también vive en la ciudad, siente lo mismo, así que creo que es algo que les pasa a los de Manhattan. De todos modos, la repentina voluntad de Janie de arrastrarse penosamente hasta los suburbios es extraña, cuando menos.

—Déjame consultarlo con Marcus y ya te diré algo —le digo cuando suena la campanilla de la puerta, lo cual significa que entra otro cliente—. Dijo algo sobre trabajar hasta tarde mañana, así que puede ser un buen momento para que los tres...

—Oh, podemos hacerlo otro día, entonces. Lo que sea que os vaya bien a Marcus y a ti. Landon se *muere* por conocerlo mejor...

Ah. Entonces esto no va de verme a *mí*.

—Sí, ya te diré qué día nos viene mejor —le digo, haciendo mis mejores esfuerzos por ocultar el dolor de mi voz. Por un instante, había creído que Janie realmente quería retomar nuestra amistad—. Ahora si no te importa, tengo que correr. Hoy hay mucho trabajo aquí en la librería.

—Por supuesto. Estaré esperando. ¡Adiós por ahora!

Y cuando vuelvo a la caja registradora, dando sorbos a un café cargado de azúcar para eliminar el sabor amargo de mi boca, me doy cuenta de que este será otro inconveniente de salir con un multimillonario.

Mi madre no era la única que creía en usar a los demás... y ahora yo soy alguien susceptible de ser utilizada.

—Solo dile que Marcus está demasiado ocupado para pasar el rato con el gilipollas de su novio —me dice Kendall cuando le cuento la conversación después de ponerla al día sobre la cena de anoche y todo lo que siguió... menos el sexo, por supuesto.

De ninguna manera pienso contarle que he practicado sexo anal. Mi cara arde como la superficie del sol cuando pienso en lo sucio y tórrido que había sido todo.

—¿Entonces crees que mi teoría es correcta? —pregunto, sacando mi mente de las cloacas para mirar por la ventanilla hacia el denso atasco de tráfico. Salí del trabajo temprano, tal como estaba previsto, pero está nevando otra vez, y ni siquiera la pericia al volante de Wilson puede ayudarnos a salir de esta retención más rápido.

Si seguimos avanzando lentamente a tres kilómetros por hora, podría terminar quedándome en casa de Marcus otra noche.

—¿La teoría de que Landon presionó a Janie para que dejara de ser amiga nuestra porque no encajamos en la imagen que él quiere que proyecte? Es posible —dice Kendall con tono reflexivo—. Parece el tipo de persona que haría una cosa así.

—No, he dicho que *yo* no encajo en esa imagen —la corrijo—. Tú sí... ¿y no dijiste que Janie te había propuesto *a ti* quedar varias veces en los últimos meses?

—Bueno, sí, pero siempre entre semana por la noche, y sabes que mi jefe a menudo me obliga a trabajar hasta tarde. Y los fines de semana, cuando en realidad yo *estaba* libre, ella estaba demasiado ocupada con Landon.

—Pero aun así ella ha querido verse contigo. Porque te vistes muy bien y puedes defenderte en un elegante cóctel. Yo, por otro lado, no he sabido nada de ella. Y tendrías que haber visto cuánto ha cambiado, Kendall. Es como si hubiese estado en uno de esos programas de cambio radical de la tele.

—Sí, es una especie de locura —conviene Kendall—. Quiero decir, la gente cambia y demás, pero lo suyo parece bastante extremo. ¿Piensas que es por Landon?

—Estoy casi segura. —Veo como unos enormes copos de nieve se posan sobre los coches que nos rodean—. ¿Crees que ...? —me detengo, sin saber si debería decirlo.

—¿Qué? Vamos, Emi, suéltalo.

Respiro hondo.

—¿Crees que Marcus también lo esperará de mí? Quiero decir, si seguimos juntos más tiempo, ¿crees que él querrá que me vuelva como Janie, toda ropa de diseñador, con el cabello planchado y los labios pintados?

—¿Y qué si así fuera? —El tono de Kendall carece claramente de simpatía—. No hay nada de malo en poner un poco de esfuerzo en tu apariencia. ¿Cómo te sentiste anoche con tu vestido de culo de gato y tus botas baratas?

—No muy bien —admito—. Quiero decir, una vez ya estuve allí, me olvidé de eso porque todos eran amables conmigo, pero...

—Pero estabas muerta de preocupación antes. ¿Y por qué? ¿Por qué no te vistes bien, y así te sientes a gusto con lo que llevas puesto?

Frunzo el ceño.

—Bueno, por un lado, no puedo permitirme...

—¡Emma! Estás saliendo con un *multimillonario*. Deja que el tío te compre un jodido vestido y un par de zapatos decentes, para que te sientas cómoda entre los de su clase. O si eso es demasiado para tu sensibilidad independiente, déjame conseguirte algunas muestras de la colección de mi jefe.

—¿No son todos de la talla treinta y cuatro? —pregunto con ironía—. La última vez que la vi, esa ropa no le cabría ni a mis gatos.

Kendall deja escapar un suspiro de frustración. En eso la he pillado, y lo sabe.

—Está bien. Aférrate a tus principios. Pero te digo, Emi, que el cambio no siempre es algo malo. Tal vez Janie se pasó de rosca tratando de complacer a su novio, pero si se siente bien dentro de su nueva piel, alégrate por ella. No hay nada de malo en querer proyectar una imagen específica... a menos que, por supuesto, descuides a tus amigos al hacerlo.

Es mi turno de dejar escapar un suspiro frustrado.

—Lo sé. Solo estoy... —*Asustada*. No lo digo, pero la palabra suena fuerte y clara en mi mente, como si mi subconsciente la empujara al frente.

Y *estoy* asustada.

No, eso no es verdad.

Estoy aterrorizada.

Mi abuela y Kendall tenían razón cuando dijeron que no me gusta el cambio, que no soy una persona de las que asumen riesgos. Pero es mucho más que eso.

El cambio, la agitación de cualquier tipo, me

recuerda a los primeros años de mi infancia, cuando mi madre y yo nos mudábamos cada pocas semanas, yendo del apartamento de un novio al de otro. Algunas de esas mudanzas fueron voluntarias por parte de mi madre, otras no tanto. Cuando se daba el segundo caso, a menudo teníamos que dejar todas nuestras cosas atrás y empezar de nuevo. Yo tenía que ir a un nuevo colegio, acostumbrarme a un nuevo vecindario, comprar ropa nueva, hacer nuevos amigos… o, después de un tiempo, ni molestarme en eso último.

¿Por qué tratar de intimar con alguien cuando en unos meses tendría que volver a hacerlo todo otra vez desde el principio?

¿Por qué arriesgarme a exponerme cuando la recompensa era tan pequeña?

No fue hasta que mis abuelos me acogieron cuando gané estabilidad en mi vida, y la atesoro hasta el día de hoy. El cambio, y el riesgo que este conlleva, son profundamente inquietantes para mí. Necesito el consuelo de lo conocido, ya sea mi ropa gastada o mi trabajo, o incluso la forma en que la gente me percibe, como una chica amante de los libros, un poco desaliñada que, como Kendall señaló el mes pasado, se estaba convirtiendo en una estereotípica loca de los gatos… una mujer que nunca podría ser lo que un hombre como Marcus necesita.

—Mira, Emi —dice Kendall, y nuevamente escucho bocinazos de fondo—. Ahora tengo que irme, pero realmente deberías pensar en tu futuro y en lo que quieres. Sé que todavía tienes dudas sobre las intenciones de Marcus, pero desde mi punto de vista, el principal obstáculo en tu relación eres tú. Si quieres que esto funcione, no puedes esperar a que él haga todo el trabajo duro. Pasar tiempo con tus abuelos, dar la bienvenida a tus mascotas en su casa, llevarte a conocer gente importante para él... está haciendo espacio en su vida para ti y para todo tu equipaje. Depende de ti hacer lo mismo por él.

Ella cuelga, y yo me siento en silencio, mirando al tráfico.

Tiene razón, sé que tiene razón, pero eso no hace que sea más fácil procesarlo.

Es cierto, ya me he comprometido al permitir que Marcus pague cuando me invita a salir, al usar a su chofer, al volar en su avión y al comer los platos preparados por su chef. Lo dejé quedarse en casa de mis abuelos durante todo el fin de semana de Acción de Gracias, y ahora he pasado dos noches seguidas en su casa.

Visto desde fuera, no he hecho más que ceder, pero la realidad del asunto es que no me he comprometido en nada verdaderamente importante, no de la forma en que lo ha hecho él. Es un friki de la limpieza que nunca había querido mascotas, pero se ha esforzado por aceptar a mis bebés peludos. La pareja de sus sueños es una deslumbrante socialité, y sin embargo, ni ha pestañeado al llevarme a una cena de inversores con mi ropa barata y mis botas desgastadas.

Él *ha* hecho todo el trabajo duro en esta relación, y

por fuerte y decidido que sea, no puedo esperar que siga haciéndolo.

Tengo que llevar mi parte justa de la carga.

Para que esto funcione, tengo que arriesgarme y abrazar el cambio.

arcus

ME PASO LA MAÑANA DEVANÁNDOME LOS SESOS pensando en formas de hacer que Emma se quede en mi casa otra noche. El trato que hicimos implica que no puedo seguir pidiéndoselo, así que tengo que recurrir a métodos más sibilinos.

¿Hacer que Wilson diga que se ha puesto enfermo y no pueda llevarlos a ella ni a los gatos?

No, solo habría que llamar a un taxi, y acabaríamos discutiendo sobre quién lo paga.

¿Incentivar a los gatos para que huyan de Emma llevándoles algunos ratones vivos para que los persigan?

No, demasiado cruel para los pobres ratones.

¿Saltar sobre Emma tan pronto como llegue a casa y tenerla metida en mi cama toda la noche?

Sí, esa es una idea más prometedora... y si todo lo demás falla, me iré con ella y pasaré la noche en su cama llena de bultos.

Por supuesto, esa es solo una solución a corto plazo. Necesito algo más permanente, y lo necesito pronto.

A la hora del almuerzo, llamo al agente inmobiliario que visitó a la casera de Emma y le pido que hable con ella otra vez.

—Dile a Metz que ya tienes un comprador esperando —le instruyo, y después de colgar, llamo a Weston Long.

—Soy Carelli —digo, cuando el magnate inmobiliario se pone al teléfono—. Necesito un favor.

Tenía la esperanza de no tener que llegar a esto, pero no veo otra opción.

La bestia aullante de mi interior necesita tener a Emma metida en su cueva.

El resto del día estoy tan ocupado que es de locos. Después de publicarse el informe sobre el estado de los empleos, la volatilidad del mercado se dispara, y me paso toda la tarde con los gestores de mis carteras, decidiendo en qué inversiones reducir capital y en cuáles duplicarlo. Como resultado, no salgo de la oficina hasta las siete, una hora más tarde de lo previsto, y cuando por fin llego a casa, me doy cuenta de que mis planes de saltar sobre Emma se han topado con un obstáculo importante.

Ella está dormida.

—Estaba exhausta cuando llegó hace media hora —me informa Geoffrey mientras me quito el abrigo—. Dijo que estaba demasiado cansada para comer y que iba a echarse una siesta.

Una esquirla de culpa me da una punzada en el pecho. Debo de haberla agotado por completo anoche.

—¿Dijo algo sobre hacer las maletas y volver a su casa?

—No, Sr. Carelli. Se fue directamente al dormitorio y no ha bajado desde entonces. —Se detiene y luego pregunta con cuidado—: ¿Debo calentar la cena para usted? ¿O le gustaría esperar a la Sta. Walsh?

—Dame unos minutos y te lo haré saber.

Subo las escaleras, deteniéndome solo para acariciar a Bolita de algodón, que se ha acostumbrado a darme la bienvenida todas las tardes al lado de la puerta. Por supuesto, unos pocos segundos de rascarle la cabeza son insuficientes para el necesitado felino, así que cuando maúlla ruidosamente, mirándome con esos grandes ojos verdes, me agacho y lo cojo, llevándolo conmigo para poder acariciarlo a la vez que ando.

Al entrar en el dormitorio con Bolita de algodón ronroneando en mis brazos, encuentro a Emma metida bajo la manta, con los otros dos gatos acurrucados junto a ella en mi almohada.

Hace un mes, habría quitado inmediatamente las sábanas y habría hecho que Geoffrey hirviera mi funda de almohada con lejía. Pero mientras contemplo la escena frente a mí, los gérmenes de los gatos son lo último en lo que pensaría.

Si no fuera ya consciente de que la amo, me habría dado cuenta en este instante. Lujuria y ternura, posesividad y adoración... todo se mezcla en mi pecho. Emma en calma es un espectáculo que derrite mi corazón y hace que mi polla se ponga como una piedra. Ella está acostada de lado, con un pálido brazo por encima de la almohada y sus rizos como espirales de llamas enmarcando su rostro dulcemente hermoso. Con los ojos cerrados, sus tupidas pestañas son como medias lunas rojizas sobre sus mejillas pecosas y sus labios de capullo de rosa están ligeramente abiertos, lo que me da ganas de arrodillarme frente a ella y besarlos, y luego tumbarla de espaldas y follarla toda la noche.

Incluso cuando mi gatita parece un ángel de Botticelli, el salvaje dentro de mí sigue vivito y coleando.

Con el corazón latiéndome con fuerza, me acerco y me quedo al borde de la cama, mirándola. La respiración de Emma es completamente uniforme; está inmersa en un profundo sueño. Los dos gatos levantan la cabeza cuando me acerco, y luego vuelven a bajarla con indiferencia.

No sé cuánto tiempo me quedo allí mirándola, pero al final retrocedo en silencio y bajo las escaleras. Con Bolita de algodón en el regazo, me como la cena que me ha preparado Geoffrey y luego voy al despacho de casa para trabajar un poco más. El gato me sigue hasta allí, durmiendo la siesta en mi escritorio mientras reviso informes de investigación. Me planteo echarlo, pero no me molesta, y tenerlo aquí es un poco como tener una parte de Emma conmigo.

Cuando termino, doy varias docenas de largos en la piscina, me ducho y me dirijo a la habitación para unirme a mi gatita, cuya siesta de tarde se está transformando en un sueño nocturno. En silencio, me acerco a la cama y enciendo la lámpara de noche. El Sr. Bufidos y Reina Isabel todavía están acostados en mi almohada, ignorándome deliberadamente. Dado que hacer que se marchen podría despertar a Emma, cojo otra almohada de mi vestidor y cuidadosamente aparto a un lado la que tiene los gatos encima. Luego apago la lámpara y me tiendo al lado de Emma, abrazando su cuerpo suave y cálido.

Ella se remueve cuando la toco, y murmura:

—¿Marcus?

—Sí, soy yo. Duerme, mi vida. —Tengo la polla dolorosamente dura, pero quiero que ella descanse y se recupere. Estoy acostumbrado al ritmo desenfrenado de mi vida, con cenas de negocios que se prolongan hasta la madrugada, seguidas de ejercicios matinales o reuniones a primera hora. Pero ella es nueva en esto, y lo último que quiero es minar su salud al agotarla con mis demandas sexuales además de todo lo otro. Ella se acurruca más contra mí, bostezando en mi hombro.

—No me he ido a casa —dice adormilada—. Iba a hacerlo, pero no lo he hecho.

Reprimo una sonrisa.

—Lo he notado.

—Y no quiero hacerlo. —Ella suena un poco más despierta.

Mi corazón se detiene por un instante y luego comienza a latir con fuerza.

—No tienes que hacerlo. —¿Está diciendo lo que creo que está diciendo? Me aparto y enciendo la lámpara para mirarla a los ojos—. Gatita, no tienes que irte a ninguna parte. Te quiero aquí siempre. Tú ya lo sabes.

Ella parpadea un par de veces, con el sueño desvaneciéndose rápidamente de sus ojos.

—Marcus, yo... —Se sienta, sujetando la manta contra su pecho—. Creo que quiero intentarlo. Es decir, si tú estás seguro.

Yo me siento, y mi corazón se acelera aún más.

—Lo estoy. Muy seguro. —Tan seguro que acabo de acordar pagarle a Weston Long tres millones de dólares a cambio de que una de sus compañías compre el edificio de su casera. ¿Es eso la causa de esto? ¿Ha hablado ya esa mujer con Emma sobre terminar su contrato de arrendamiento antes de tiempo?

Pero no, es demasiado pronto. Long dijo que necesitaría un par de días para preparar una oferta.

—Vale, entonces. —Emma respira, haciendo que la manta se deslice y exponga un seno pálido con un tentador pezón de color rosa—. Es una prueba a ver cómo va. Oficialmente.

—Sí, una prueba —digo con voz ronca, y sin poder

resistirme, ahuyento a los gatos de la cama y la atraigo hacia mí.

A LA MAÑANA SIGUIENTE, TODAVÍA NO SÉ QUÉ FUE LO que provocó que mi gatita cambiara de opinión, pero no cuestiono mi buena fortuna. En vez de eso, tomo rápidas medidas para consolidar mi victoria. Cuando nos sentamos a desayunar, le pido a Emma las llaves de su estudio, para que Geoffrey pueda enviar a los de las mudanzas allí hoy mismo.

—Solo cogerán el laberinto de los gatos, tu ropa y algunos libros —le digo cuando pone cara de terror—. Será fácil volver a llevarlo todo allí si esta prueba no funciona.

Ella titubea y luego asiente.

—Vale. Supongo que podemos hacer eso.

Me cuesta la vida no lanzarme a una salvaje demostración de triunfo.

—Bien, todo arreglado entonces. Le pediré a Geoffrey que haga espacio en mi vestidor para tus cosas. —No es que ella tenga demasiadas. Con suerte, una vez que nos casemos, me dejará que le compre más.

Y nos casaremos pronto.

Ahora que Emma vive conmigo, será mucho más fácil hacer que se enamore de mí, convirtiendo esta "prueba" en un "para siempre".

Mientras se termina sus huevos escalfados, Emma se sirve un vaso de zumo verde y se lo bebe de un trago.

Parece que realmente le gusta, así que hago una nota mental para pedirle a Geoffrey que se lo prepare siempre para desayunar. También le pediré que le prepare un almuerzo todos los días; no tengo ni idea de lo que come en el trabajo, pero estoy seguro de que no es tan bueno como los sándwiches gourmet que mi mayordomo me prepara.

—Oh, casi se me olvida —dice Emma, pasándose una servilleta por los labios—. Janie me llamó ayer. Quiere que quedemos con ella y con Landon esta semana. ¿Crees que podrías estar demasiado ocupado?

Levanto las cejas ante la pregunta extrañamente formulada.

—¿Quieres que esté demasiado ocupado? —Tengo toneladas de trabajo y no soy fan del agresivo banquero de inversión pero, por Emma, estoy dispuesto a tolerar al chico por una noche.

Ocupado o no, quiero conocer a sus amigos.

Las mejillas de Emma adquieren un tono rosado.

—Bueno... más o menos. Es decir, quiero ver a Janie, pero creo que su novio solo quiere lamerte el culo para aprovecharse de ti.

Eso fue obvio para todo el mundo la otra noche.

—Vale. ¿Y?

Ella parece sorprendida.

—¿Entonces eso no te molesta?

—¿Por qué tendría que hacerlo? —Cojo el tenedor—. La razón de ser de poseer poder y riquezas es estar en una posición en la que la gente *quiera* medrar a tu costa. En el mundo de los negocios, eso se llama 'networking' y es una habilidad esencial para avanzar en tu carrera.

Emma aparta su plato.

—Pero eso es utilizar a la gente. Es...

—Es la naturaleza humana, gatita. Y no *solo* la humana. —Sé de dónde provienen sus puntos de vista, así que elijo con cuidado mis palabras—. Observa a cualquier animal social, y lo verás. Los débiles buscan ganarse el favor de los fuertes; los que no saben aprenden de los que sí. ¿Los están utilizando? Claro. ¿Pero está mal? Lo dudo.

Emma me mira con el ceño fruncido.

—No lo entiendo. ¿Me estás diciendo que está bien si una mujer está contigo por tu dinero? ¿O si alguien solo quiere ser tu amigo para establecer contactos con tu novio multimillonario?

—Por supuesto que no. —Empujo también mi plato a un lado y pongo mi mano sobre la suya—. Hay un mundo de diferencia entre engañar y manipular emocionalmente a alguien, y saber que una persona puede ser de ayuda para ti. Jamás estaría con una mujer que solo me quisiera por los lujos que puedo proporcionarle... no, si yo estoy buscando una auténtica conexión emocional con ella; pero me hace más que feliz proporcionarle esos lujos a la mujer que amo y que me ama a su vez... y está perfectamente bien que ella disfrute de ese aspecto de nuestra relación. De hecho, me gustaría que así fuera.

El color de Emma se intensifica, y ella aparta la vista y me dice con voz tensa:

—Ya veo.

—Gatita, mírame. —Espero hasta que me sostiene la mirada antes de continuar—. Si no te gusta el novio de tu amiga, puedo estar tan ocupado como tú necesites que esté. No tenemos que pasar tiempo con nadie que no te guste. Pero quiero que sepas que si tus amigos o familiares necesitan un favor en algún momento, estoy aquí para ellos, igual que estoy aquí para ti. Sé que no quieres mi dinero ni mis contactos, pero los tienes. —Hago una pausa y luego agrego suavemente—. Todo lo que tengo es ahora tuyo.

36

CUANDO LLEGO A CASA DEL TRABAJO ESE MISMO DÍA, LOS de la mudanza ya han traído todas mis cosas, y Geoffrey las ha colocado en su sitio. Mi ropa, toda lavada, planchada y limpia de pelos, cuelga en el vestidor de Marcus; mis libros, incluidas las primeras ediciones que me regaló, están dispuestos en las estanterías de la biblioteca y mi laberinto para los gatos colocado junto a la pared de vidrio de la sala de billar, estratégicamente escondido detrás de las exuberantes plantas verdes que lo ocultan de la vista. Mis gatos, que nunca se pierden una ocasión de trepar, andan ya por todo el laberinto... y por las plantas altas que lo rodean. De hecho, Reina Isabel está sentada en de un ficus de hojas grandes especialmente resistente, como si de un roble se tratara.

Con suerte, no intentará comerse las hojas. Mis mascotas no suelen meterse con las plantas, pero siempre hay una primera vez.

Marcus está aún en el trabajo (me envió un mensaje de texto diciendo que una reunión se estaba alargando), así que me doy una vuelta por el apartamento, acostumbrándome a mi nueva residencia. Una parte de mí todavía no puede creerse que esto esté sucediendo, que hayamos llegado tan lejos tan deprisa. El miércoles pasado, hace exactamente una semana, me dirigía hacia Florida, con el corazón destrozado, y ahora estoy en el ático de Marcus, y acabo de aceptar vivir aquí a modo de prueba.

Si eso no es abrazar el cambio, no sé qué es.

Todavía hay mil y una cosas que podrían salir mal, cien maneras en que podríamos ser incompatibles, pero la llama de la esperanza que él prendió en mi corazón aquella noche en Florida se está haciendo más fuerte, más brillante. Tal vez, contra todo pronóstico, esto vaya a funcionar.

Tal vez algún día, incluso corresponderá a mi amor.

La mujer que amo. Lo dijo de una forma tan casual ayer, como si no fuera mi sueño más loco ser esa mujer. No por los lujos que está tan ansioso por proporcionarme, sino por él.

Cuanto más conozco a mi titán de Wall Street, más fuertes son sus tentáculos en mi corazón.

Él ha hablado con mis abuelos esta mañana. Lo sé

porque ellos me han llamado a la hora del almuerzo. Marcus quería darle las gracias a mi abuela por el maravilloso fin de semana y ver cómo le iba a mi abuelo con el software de inversiones que le había instalado. También les ha ofrecido a mis abuelos usar gratis su avión, para que puedan visitarnos en Nueva York cuando lo deseen, y les ha prometido que me llevaría a Florida para verlos pronto.

Que haya sacado tiempo de su ajetreada agenda ya es bastante impresionante, pero ¿a qué otro hombre se le habría ocurrido siquiera llamar a mi familia? ¿U ofrecerse para hacerles favores a mis amigos?

Marcus Carelli es uno entre mil millones, y eso no se debe a los miles de millones que ha ganado.

Si tenía alguna duda en mi mente de que hice lo correcto al aceptar esta prueba, se está disipando con celeridad.

Quiero hacer lo que sea necesario para que esto funcione.

Quiero ser el tipo de mujer a quien Marcus sería capaz de amar.

arcus

CUANDO LLEGO A CASA DEL TRABAJO, LA MESA DEL comedor está puesta con velas y una botella de champán se está enfriando metida en hielo.

—Le pedí a Geoffrey que hiciera esto —dice Emma, bajando las escaleras hacia mí—. Espero que no te importe. Como es nuestro primer día oficial de vivir juntos, quería que la cena de esta noche fuera extra especial.

—Claro que no me importa. —De hecho, mi pecho se inunda de un brillo cálido y suave y el cansancio del largo día de trabajo se desvanece cuando ella se acerca a mí, se pone de puntillas y me planta el beso más dulce y sensual del mundo en los labios.

Mi polla se endurece de inmediato, pero me resisto

al impulso de arrastrarla hasta la cama. Son casi las ocho, y si mi gatita me ha esperado, debe de estar tan hambrienta como yo. Además, quiero tener esta cena "extra especial" con ella, para contemplar su sonrisa con hoyuelos mientras hablamos de nuestro día.

Cuando nos sentamos, Geoffrey aparece, saliendo de la cocina, y hace todo un número de descorchar el champán y servirnos una copa a cada uno.

—Gracias. Eres increíble —le dice ella, con sus brillantes ojos grises y sus hoyuelos totalmente marcados, y veo divertido como mi mayordomo siempre compuesto se sonroja de placer antes de balbucear un gracias y marcharse.

Al igual que mis inversores, él no puede evitar responder al encanto no intencionado de Emma, a esa calidez genuina y seductora que me atrajo hacia ella desde el principio.

—Por ti, gatita —le digo, levantando mi vaso cuando él desaparece de nuevo en la cocina—. Y por el éxito de esta prueba.

—Sí, por el éxito de esta prueba —dice Emma, chocando su vaso contra el mío—. Y por los nuevos comienzos.

—Por los nuevos comienzos —repito yo, y tomo un sorbo de la bebida admirablemente fría y burbujeante.

Un minuto después, Geoffrey nos sirve unas costillas estofadas al vino tinto y nos lanzamos a por ellas con ganas. Al principio, estamos demasiado ocupados comiendo para hablar de nada, excepto de lo buena que está la comida, pero después de unos minutos, las primeras señales de estar lleno llegan a mi cerebro, y le pregunto a Emma si ha decidido si quería quedar con a su amiga y con su novio banquero.

Será difícil encontrar el tiempo, con mi agenda repleta hasta el fin de semana, pero por Emma, les despejaré una noche.

—En realidad, le dije a Janie que esta semana no nos iba bien —dice Emma—. Con la mudanza y todo eso, es un poco una locura. Además, hace algún tiempo que no veo a Kendall, y espero que podamos hacer algo con ella el fin de semana. ¿Pero tal vez podamos quedar con Janie la semana que viene, si te parece bien? ¿El miércoles, quizás?

—Eso me cuadra. Mientras no sea justo antes de la conferencia de la Zona Alfa, podré —digo, y saco mi teléfono para tomar nota en mi calendario.

Cuando guardo el dispositivo, Emma me pregunta sobre la conferencia y sobre qué significa "Zona Alfa", y le explico que "alfa" es el exceso de beneficio de la inversión en comparación con un índice de referencia, la verdadera medida del rendimiento de un fondo.

—Hoy en día, es relativamente fácil y barato invertir en algo como un fondo del índice S&P 500 y conseguir los mismos beneficios que el mercado —le cuento—. El desafío es superarlos constantemente titán, y ahí es donde entra el juego la perspicacia al invertir. La Zona Alfa es una asociación de todos los que buscamos el alfa, ya sea en el sentido tradicional de superar un punto de referencia determinado o simplemente, de obtener los mejores rendimientos posibles. La mayoría de los miembros pertenecen a fondos de cobertura como yo, pero también hay capitalistas de riesgo, corredores de divisas, inversores de capital privado, gestores de activos tradicionales, inversores inmobiliarios y cualquier otra persona que esté de alguna manera en el negocio de la generación de beneficios al nivel alfa, y que tenga éxito en ello.

—¿Entonces para qué es la conferencia? —pregunta Emma—. ¿Solo para codearse con otros grandes cazadores de alfas?

Le lanzo una sonrisa.

—Más o menos. También presentamos nuestras propuestas de inversión para el próximo año, y en la reunión del año siguiente, vemos qué idea ha funcionado mejor.

—Ah, ya veo. Entonces tu reputación está en juego.

—Exactamente.

Después le pregunto sobre su día, y Emma me habla de un nuevo cliente que la ha contratado para editar textos en proceso, aparentemente el trabajo más difícil, y cómo las fiestas atraen a más clientes a la librería. Luego me pregunta sobre la reunión que me ha retrasado esta noche, y le hablo sobre la OPV en la que estamos invirtiendo esta semana. La reunión fue con el director financiero de la compañía, y se retrasó porque él está basado en la costa oeste. Como parece interesada, repaso los méritos de la inversión, y ella escucha atentamente, interrumpiendo de vez en cuando con sagaces preguntas. Aunque mi gatita no tenga experiencia en finanzas, parece poseer una comprensión intuitiva del cálculo de riesgo-recompensa que se aplica a las decisiones de inversión, así como también una habilidad innata de eliminar la paja y resumir sucintamente los asuntos en cuestión.

—Sabes, habrías sido una gran analista de capital —le digo mientras Geoffrey nos saca el postre, una macedonia de frutas salpicada con sirope de chocolate—. Esos son los tipos que publican muchos de los informes que leo. Con tu estilo al expresarte, tendrías muchos seguidores... especialmente si tus recomendaciones de acciones fuesen más correctas que incorrectas.

Ella sonríe, pinchando un fresón.

—¿Se equivocan a menudo?

—¿Como promedio? Alrededor del cincuenta por ciento del tiempo.

—¿De verdad? Entonces, ¿para qué lee nadie esos informes?

—Por la información. —Muerdo un jugoso trozo de pera—. Estos analistas investigan bastante sobre las compañías a las que siguen, y sus informes a menudo ofrecen una buena visión general del modelo de negocio, el panorama competitivo y demás. Ese es su auténtico valor añadido, no su opinión sobre si las acciones han de comprarse o venderse. Los inversores profesionales como yo tomamos esas decisiones por nuestra cuenta.

—Ah, ya veo. Entonces, ¿son inútiles todas las recomendaciones de acciones que se publican?

Le sonrío.

—Más o menos. Pero no se lo digas a tu abuelo. Hoy le he dado acceso a nuestra base de datos de investigación de acciones, y ahora está en el séptimo cielo.

Emma se ríe, sacudiendo la cabeza, y se lleva una frambuesa salpicada de chocolate a la boca. De inmediato, sus ojos se cierran y una expresión de felicidad aparece en su rostro.

—Mmm —gime mientras mastica—. Esto está tan tan bueno...

Mi ritmo cardíaco se acelera, mi mente se inunda con imágenes de su cara cuando yo estoy dentro de ella. Esa expresión es muy similar a la que tiene ahora, y me pican las mis manos por las ganas de atravesar la mesa y atraerla hacia mí, para poder besar los labios que se está relamiendo en este preciso instante.

Si no fuera porque Geoffrey sigue en la cocina, eso es exactamente lo que haría.

Ella debe de saber el efecto que está teniendo sobre mí porque cuando abre los ojos, su boca se curva en una sonrisa dulcemente seductora y pone su pequeña y suave palma en la mía, desde el otro lado de la mesa.

—Esto está delicioso, pero creo que ya estoy llena —murmura, mirándome por detrás de sus pestañas, que, acabo de notarlo, son más largas y oscuras de lo normal, como si se hubiera puesto un poco de maquillaje—. ¿Y tú?

Con ella provocándome de esta manera, la tengo tan dura que podría partir una piedra con ella, pero eso no es lo que me está preguntando.

—Soy incapaz de comerme otro bocado —gruño, poniéndome de pie—. Entonces, si estás llena, ¿qué tal si...?

—¿Vamos arriba? Si, excelente idea. —Sonriente, se levanta de un salto y corre hacia la escalera, y yo la sigo, repentinamente tan voraz como un lobo hambriento.

CUANDO LLEGAMOS AL DORMITORIO, ELLA ME SIENTA EN la cama de un empujón y comienza a desvestirse, quitándose cada capa de ropa con una lentitud enloquecedora. Es una tortura de lo más deliciosa, y solo el hecho de que no la haya visto así antes, toda misteriosa y adorablemente seductora, evita que la agarre allí mismo. Aun así, cuando se quita las bragas con unos movimientos ondulantes, ya estoy a punto de explotar, y a juzgar por la sonrisa tímida en sus labios brillantes, la pequeña bruja lo sabe.

—Ven aquí —le ordeno con voz ronca, estirando los brazos hacia ella mientras se acerca a la cama; pero ella esquiva mis manos extendidas y se hinca de rodillas frente a mí.

—Emma... —Mi aliento silba entre mis dientes mientras desabrocha mis pantalones y libera mi erección, la sensación de sus dedos pequeños y fríos en mi polla me excita casi hasta el punto de no retorno—. Gatita, pienso que no...

—No pienses —murmura ella, mirándome a través de sus pestañas mientras una sonrisa suave y de adoración curva sus labios—. Lo único que has de hacer es sentir. —Y mientras se inclina hacia adelante, su boca caliente y húmeda se cierra alrededor de mi verga hinchada antes de metérsela profundamente en la garganta, y yo descubro de nuevo cómo es el cielo en la tierra.

No es hasta mucho más tarde, cuando estamos acostados en una maraña sudorosa de miembros, después de haber hecho el amor dos veces seguidas, cuando vuelvo a preguntarme por qué Emma ha cambiado de opinión acerca de lo de vivir juntos, y siento una punzada de culpa por el trato inmobiliario que he hecho a sus espaldas.

Si alguna vez se enterase, podría dejarme... y por eso mismo, nunca podré contárselo.

Esto, el informe del detective que encargué y todo lo que he hecho para llevarnos a este punto tienen que seguir siendo mi secreto... porque no puedo perder a Emma.

La amo demasiado.

*E*mma

DURANTE LOS SIGUIENTES DOS DÍAS, MARCUS Y YO encontramos una rutina matinal que encaja con nosotros. Aun sin tener ningún tipo de reunión temprano, él se despierta con las primeras luces del alba, y ya que ambos somos conscientes de que yo no soy ningún ciborg que pueda subsistir a base de sexo en vez de cerrar los ojos, él me deja dormir un rato más mientras o bien se va a correr, o se entrena un rato en el gimnasio de casa. Cuando él ha terminado, yo ya estoy levantada, y tomamos juntos un rápido desayuno antes de irnos volando hacia nuestros respectivos lugares de trabajo. Bueno, *él* se va volando, porque Wilson le lleva a él primero y luego vuelve a por mí, lo que me da tiempo para arreglarme tranquilamente y hasta para trabajar un poco editando. Prosigo con esa misma tarea durante mi cómodo viaje en el coche de Wilson, y como resultado consigo adelantar bastante para cuando llego a mi trabajo presencial.

El jueves, Marcus vuelve a salir tarde de la oficina, así que aprovecho ese rato para revisar la novela de mi nuevo cliente, y luego, como todavía me queda energía, abro el archivo de mi proyecto súper secreto para escribir unos cuantos párrafos. Va lento, así que lo aparto y me pongo a jugar con mis gatos, pero mientras acaricio a Bolita de algodón, la escena que tengo entre manos se despliega de pronto en mi mente.

Es tan emocionante que me quedo completamente absorta escribiendo, hasta tal punto que cuando Marcus llega una hora más tarde, me sorprendo al darme cuenta de que son casi las nueve de la noche y que todavía no he cenado. Compartimos otra cena deliciosa, seguida de una sesión prolongada de hacer el amor, y cuando me levanto el viernes por la mañana, me siento tan satisfecha con la vida que ni siquiera me molesta que Bufi haya roto otro jarrón de valor incalculable durante la noche, especialmente porque a Marcus no parece importarle.

Cuando llego al trabajo, me encuentro con que la librería vuelve estar abarrotada de clientes, pero afortunadamente, mi jefe está allí para ayudar. Al mediodía, la riada de compradores de libros disminuye un poco, así que le pido que me cubra mientras me tomo un descanso más largo para almorzar. Luego engullo enseguida el sándwich de pera y gorgonzola que Geoffrey ha envuelto tan primorosamente para mí y salgo a hacer unos recados.

Mi primera parada es una boutique de moda a pocas manzanas de mi trabajo. He pasado por delante un puñado de veces, pero nunca he llegado a entrar. Tiene ese aire de "algodón orgánico, fabricado en los EE. UU.", y siempre me he figurado que toda esa ropa de estilo hípster iba a estar fuera de mi presupuesto.

Efectivamente, el primer artículo que cojo, una camiseta sencilla pero bien confeccionada, cuesta cuarenta y nueve dólares. Los vaqueros que elijo a continuación, casi doscientos. Desanimada, estoy a punto de salir y probar suerte en otro lugar cuando veo un discreto cartel de "50% de descuento" en la parte posterior.

Esto ya es otra cosa.

La zona de ofertas no es enorme, pero cada prenda es unas diez veces mejor que cualquiera de las que tengo en el armario. Echando un vistazo, encuentro un vestido informal de manga larga, un vestidito azul de cóctel, tres monísimos tops y un par de vaqueros de mi talla. También hay una pequeña sección de zapatos en la parte de atrás, donde veo unos botines de color marrón topo que combinan absolutamente con todo, y un par de zapatos de tacón en color crudo que vestirían cualquier atuendo y se quedarían preciosos con el vestido azul.

Cuando me pruebo mis hallazgos, todo me va bien menos los vaqueros, que son demasiado largos, pero decido comprarlos de todos modos, ya que le hacen cosas increíbles a la forma de mi trasero. Solo tendré que arreglar el dobladillo. Sin embargo, el calzado es lo que realmente le da un toque a los conjuntos, por lo cual, aunque no estén de oferta, me llevo los botines y los zapatos hasta la caja registradora, decidida a no ceder ante esa parte de mí que a la que le está dando un ataque de nervios por tanto dispendio.

Mi negocio de edición *ha estado* mejorando, hasta el punto en que tengo mi agenda completa con varios meses de antelación, y todos los adelantos correspondientes están en mi cuenta bancaria. Lo que significa que *puedo* permitirme este derroche, aunque me parezca todo lo contrario.

No es hasta que la cajera suma mis compras y veo el total de cuatro cifras en la pantalla de la caja registradora cuando mi determinación se tambalea. La última vez que me gasté algo cercano a esta cifra en ropa fue... bueno, tal vez nunca. No suelo ir de compras; cojo un artículo en liquidación por aquí, otro por allá. Mi guardarropa actual, tal como está, se ha ido reuniendo poco a poco a lo largo de los años, y mientras hago cuentas mentalmente, me sorprende ver que algunas de mis cosas se remontan a cuando empecé la secundaria.

Dios, no me extraña que Kendall se haya puesto pesada con esto; es posible que mi look lleve pasado de moda una década.

Reafirmándome en mi determinación, le entrego la tarjeta de crédito a la cajera. Tal vez yo no sea capaz de permitir que Marcus me compre ropa, pero eso no es motivo para avergonzarlo delante de sus amigos y conocidos. Puede que todos fueran agradables conmigo en esa cena de inversores, pero estoy segura de que se preguntaron por qué la novia de un multimillonario llevaba el equivalente moderno a unos harapos. Marcus no *parecía* avergonzado, pero estoy convencida de que hubiese preferido que me pusiera un atuendo mejor, y ahora puedo hacerlo.

Es posible que el vestido azul y los zapatos de tacón no sean de un diseñador de alta gama, pero son de buena calidad y no se verán fuera de lugar en ninguna cena de negocios.

Con las bolsas en la mano, me dirijo a mi segunda parada: una peluquería que descubrí esta mañana. Situada a solo cinco manzanas de mi trabajo, es pequeña y sin pretensiones, con un cartel discreto sobre la puerta y solo dos puestos en el interior. Sin embargo, tiene excelentes críticas en Yelp, con personas que afirman que es a la vez barata y una locura de buena. No aceptan citas, solo atienden sin cita previa, así que me apunto y espero.

Diez minutos después, estoy sentada frente a un espejo con un hombre asiático muy elegante examinando mis rizos descuidados.

—Un color precioso, pero muchas puntas abiertas —dice, levantando un mechón para mirarlo desde detrás de unas gafas de montura púrpura—. Mucho encrespamiento, también. ¿Qué productos usas?

Se lo digo, y él hace una mueca, como si acabara de darle físicamente un puñetazo.

—No es de extrañar que tengas el pelo tan seco. Lo estás matando con todos esos sulfatos tan fuertes. Te enseñaré cómo cuidarlo adecuadamente. Primero, sin embargo, veamos si podemos darle algo de forma. ¿Tienes alguna preferencia en cuanto a la longitud?

Mi pulso se detiene. La loca de los gatos que llevo dentro, la que se resiste a los cambios, se está subiendo por las paredes ante la idea de hacerme algo que no sea mi corte básico habitual, pero estoy decidida a no escucharla.

—Lo que tú veas —digo, con un tono más o menos firme—. Quiero que me quede lo mejor posible y sea fácil de mantener.

—Entendido. Haré un corte en seco, para que podamos ver cómo se comporta cada rizo. —Y antes de que yo pueda entrar en pánico por el brillo emocionado de sus ojos, coge las tijeras y se pone a trabajar. Quince minutos después, hay suficientes cabellos rojos en el suelo como para poder tejer una alfombra, pero de alguna manera, todavía tengo bastante longitud... y por primera vez en mi vida, mi cabello parece rizarse alrededor de mi cara de una forma, si no controlada del todo, con algo de intención visible.

—Ahora voy a hacerte un tratamiento de acondicionamiento profundo —anuncia el peluquero, y aunque no contaba con ese gasto adicional, cedo sin una queja.

Cuarenta minutos después, salgo con mis rizos tan suaves, sedosos y con tanto movimiento, que me planteo apuntarme para hacer algún anuncio de champú. Necesitan pelirrojas naturales, ¿no? En mi teléfono hay una lista de productos recomendados, que incluyen, a petición mía, una marca que fabrica champús y acondicionadores sin perfume para cabello rizado, junto con geles, cremas, acondicionadores intensivos, y otras cosas que aparentemente precisa un pelo como el mío.

Puede que nunca me lance a una transformación como la de Janie, pero no hay razón para que no pueda estar lo mejor posible.

Parando en un cruce, saco mi teléfono para enviarle un selfie a Kendall, pero antes de que pueda sacarme la foto, mi pantalla se ilumina con una llamada entrante.

—Hola, señora Metz —digo al descolgar, y luego la escucho contarme en tono de disculpa que acaba de recibir una oferta increíble por la casa y que le encantaría que yo pudiera agilizar mis planes para encontrar otro piso.

—Lo siento mucho, querida, pero el comprador realmente quiere cerrar el trato antes de las vacaciones. Por supuesto, si necesitas más tiempo, puedo ver si estarían dispuestos a esperar, pero...

—Oh, no, está bien, señora Metz. En realidad iba a llamarle la semana que viene para contarle las buenas noticias. —Respiro hondo—. Es oficial. Marcus y yo vamos a vivir juntos.

Ella chilla como una adolescente y yo sonrío a pesar

de la opresión de mi pecho. Tal vez sea por la ropa nueva y el genial corte de pelo, o simplemente, por la sensación de bienestar acumulativa, causada por las hormonas de todos los orgasmos de esta semana, pero el pánico que antes se apoderaba de mí al pensar en la idea de renunciar a mi apartamento ahora es solo una leve ansiedad. Me gusta vivir con Marcus; de hecho, me encanta, y no me resulta difícil imaginar que la prueba de esta semana se extienda a un acuerdo más permanente, en parte porque Marcus actúa como si eso ya fuera cosa hecha, hasta el punto de invitar a mis abuelos a quedarse en "nuestra casa" cuando vengan de visita a Nueva York. Mi abuela estaba más que feliz cuando me contó esa parte de su conversación el otro día.

Para alguien cuya carrera consiste en el análisis de riesgos y beneficios, mi multimillonario parece no tener ni pizca de precaución.

La Sra. Metz cuelga después de que yo le prometo sacar mis cosas del apartamento en las siguientes dos semanas, y considero qué hacer a continuación. Podría acelerar mi búsqueda (ciertamente lenta hasta ahora) de un apartamento, por si acaso, pero a menos que tenga suerte con un subarriendo que me cuadre, tendré que firmar un contrato de arrendamiento de doce meses, un desperdicio total si las cosas continúan como están. Otra alternativa es alquilar un guardamuebles y poner todos mis muebles allí; será más barato que un contrato de arrendamiento, y si al menos algunas de las piezas sobreviven a la mudanza, no comenzaré desde cero en caso de que tenga que buscar apartamento más adelante. O, y esta es la opción que me emociona en la misma medida en que me asusta, puedo arrojar por la borda toda mi cautela y deshacerme de mis muebles viejos, confiando en que Marcus y yo hagamos que esto funcione.

Emma

Sigo dándole vueltas a ese dilema a la mañana siguiente, cuando Marcus y yo quedamos con Kendall para un brunch en el West Village, en un sitio popular y carísimo que Marcus ha elegido, lo que significa que tendré que dejarle pagar. Pensé en discutir por una alternativa más barata, ya que él ya ha pagado una cena esta semana, pero no tenía muchas ganas y lo dejé pasar. Además, Kendall casi sufre un derrame cerebral cuando escuchó que Marcus nos había conseguido una reserva para el brunch en ese local para el sábado.

Aparentemente, es un lugar de reunión para las celebridades, y para los mortales no multimillonarios hay una lista de espera de al menos dieciocho meses hasta para el peor horario de entre semana.

Cuando nos acercamos al restaurante, un hombre nos intercepta de un salto con una cámara de las buenas en la mano, nos hace una foto y se escapa antes de que ninguno de los dos seamos capaces de pestañear.

—Espera —dice Marcus, sacando su teléfono—. Pondré a mi equipo de relaciones públicas en ello. Lo silenciarán.

—¿Era un paparazzi? —pregunto, incrédula.

—Eso parece —dice Marcus, mirando levantando la vista de su pantalla—. Tienden a rondar este sitio. Pero no te preocupes; mi equipo nos mantendrá a salvo de las revistas de cotilleos. De todos modos, estos van detrás de auténticas celebridades.

—Bien, vale. —¿Un paparazzi, en serio? ¿Cómo puede ser que esta sea mi vida? Antes de que pueda preguntarle a Marcus cómo hace exactamente su magia su equipo de relaciones públicas, su teléfono suena, y él devuelve su atención a la pantalla.

—Ashton acaba de enviarme un mensaje de texto para invitarnos a almorzar —dice, mirándome—. ¿Te importa si se une a nosotros aquí?

—Por supuesto que no me importa, y estoy segura de que a Kendall tampoco. —Mi mejor amiga siempre anda a la caza de hombres guapos—. ¿Crees que llegará a tiempo?

Marcus me sonríe.

—Vive a una manzana de aquí, así que supongo que sí.

—Vale, entonces. —Le doy una sacudida a mi

cabello bien peinado cuando él me sujeta la puerta del restaurante. No puedo esperar para ver qué dice Kendall sobre mi nuevo corte de pelo y mi ropa. Como es típico en los hombres, Marcus no reparó en mi peinado cuando llegué a casa ayer, solo comentó en la cena que me veía "muy bonita", aunque sí ha elogiado mi ropa nueva esta mañana.

Y oye, al menos se fijó en que yo estaba guapa, incluso si no era capaz de saber por qué.

Llegamos unos minutos antes, pero Kendall ya nos está esperando en la mesa del fondo, mirando sin disimulo a los otros clientes. Yo también echo un vistazo a mi alrededor, y para mi sorpresa, reconozco a algunos de ellos. Las dos mujeres de la esquina son populares estrellas de realities, el chico junto a la barra es un actor de renombre y, si no me equivoco, el hombre rubio y guapo que está con otro de mediana edad es un famoso modelo masculino. Hay un par de otras caras que también me resultan familiares, pero no puedo ubicarlas. De cualquier forma, casi todos aquí parecen haber salido de las páginas de *Vogue* y *GQ*, incluidos los camareros. El restaurante debe de contratarlos en base a su estilo y apariencia.

Mi antiguo yo se habría acobardado, sintiéndose terriblemente fuera de lugar, pero no esta nueva Emma con el paquete de vestimenta y botines geniales y cabello bonito. Aún no estoy, para nada, tan espectacular como la mayoría de las mujeres de aquí, pero cuando nuestra hermosa maître rubia nos conduce por del restaurante después de coger nuestros abrigos, mantengo la cabeza alta, como si estuviera exactamente donde debo estar.

Y con Marcus a mi lado, el farol cuela por completo. Varias de las mujeres, y el modelo masculino, me miran con envidia, sin duda preguntándose quién soy y cómo he pescado al alto y apuesto multimillonario cuya palma se apoya posesivamente en la parte baja de mi espalda y que está lanzando dardos a cada hombre que osa a poner sus ojos en mí.

—¡Emi! —Kendall se pone de pie de un salto cuando nos acercamos a la mesa, y sus ojos color avellana se agrandan al registrar mi nuevo look—. Guau, ¡mira tu vestido! ¡Y tu pelo! ¿Qué te has hecho y cuándo?

Eso sí que es tener dos cromosomas X.

—Me corté el pelo ayer en un sitio nuevo, y me fui un rato de compras —digo, radiante—. ¿Te gusta?

—¡Me encanta! —Me abraza y luego se vuelve hacia Marcus, que nos mira descolocado—. ¿No está absolutamente impresionante?

Su mirada recorre mi cuerpo, deteniéndose en mis labios.

—Sí. Siempre.

Me sonrojo. No puedo evitarlo. Su voz tiene esa nota ronca que la vuelve toda profunda y resonante, y sé que si no estuviéramos en público en este momento, me estaría atrayendo hacia él para darme un beso que inevitablemente conduciría a algo más. Además, el brillo carnal de sus ojos *no* es apropiado para el restaurante. En absoluto.

Kendall ha debido de pensar lo mismo, porque se aclara la garganta y extiende la mano hacia Marcus.

—Kendall Bryce —dice en un tono un poco demasiado alegre—. No creo que nos hayamos presentado formalmente.

Marcus aparta sus ojos de mí y le estrecha la mano.

—Marcus Carelli. —Su tono es burlón; debe de haberse dado cuenta de que me estaba mirando como si *yo* fuera lo que se ofertara en el menú—. Es un placer conocerte formalmente, Kendall.

—El amigo de Marcus, Ashton, va a unirse a nuestro almuerzo —le digo mientras todos tomamos asiento y el camarero trae una jarra de agua para la mesa—. Le dije a Marcus que no te importaría.

—Por supuesto que no. Cuantos más, mejor. —Espera hasta que Marcus se distrae leyendo el menú y, en cuanto lo hace, ella finge teatralmente un desmayo.

Sofoco una carcajada antes de mirar a mi compañero. Sí, definitivamente está como para perder el sentido. Incluso entre todos estos guaperas, destaca como el hombre más atractivo del local y sus rasgos fuertes y su poderosa constitución atraen la atención de muchas de las mujeres, y de unos pocos hombres, a nuestro alrededor. Y, ¿quién podría culparles? Incluso con su atuendo informal de fin de semana, vaqueros oscuros y una camisa abotonada azul claro, Marcus parece valer un millón, o más bien, mil millones. ¿O son varios miles de millones?

No tengo idea de cuál es su patrimonio neto en realidad.

—Así que, Marcus —dice Kendall cuando él levanta la vista del menú—. Emma me ha contado que vosotros dos estáis haciendo una prueba con lo de vivir juntos. ¿Cómo os está yendo hasta ahora? ¿Sobrevives a la invasión felina?

Sus dientes blancos sonríen lanzando destellos.

—En general sí. El otro día me desperté con un trasero peludo en la cara, pero Emma me aseguró que los gatos se limpian a fondo... y que el Sr. Bufidos no se había colado en el dormitorio para intentar asfixiarme a propósito.

—Oh, no. —Kendall se ríe—. Yo tendría cuidado si fuese tú. Las cosas que he oído sobre ese gato...

—Todas ciertas —le asegura Marcus—. De hecho, en realidad puede que sea de una estirpe demoníaca. Afortunadamente, sus hermanos son bastante inofensivos, y por lo general me llevo bien con ellos.

—Está siendo modesto —digo, poniendo una mano sobre su manga—. Bolita de algodón se ha enamorado perdidamente de él. Sigue a Marcus por todas partes igual que un perrito.

Antes de que Kendall pueda responder, el camarero se acerca para anotar nuestras bebidas: solo agua de mesa para mí y un té helado de hibisco para Kendall y Marcus, y para cuando se va, Ashton ya está aquí, tan guapo como una estrella de cine, con otro modelo informal compuesto de vaqueros y un jersey de cachemir de color claro.

—Excelente elección de lugar —le dice a Marcus mientras se sienta al lado de Kendall—. Tenía la intención de probarlo, pero te me has adelantado. —Con una sonrisa de un millón de vatios, se vuelve hacia mi amiga—. Ashton Vancroft —dice, y su voz suave y profunda baja otra octava mientras extiende su mano—. ¿Y tú eres...?

Para mi sorpresa, en lugar de parecer deslumbrada, mi amiga lo está fulminando con la mirada.

—Kendall Bryce —dice con los dientes apretados, ignorando la mano ofrecida. Cuando él la baja, ella se echa su cabello oscuro y liso sobre el hombro y gira su asiento de forma evidente para quedar dejándolo parcialmente de lado.

La miro con la boca abierta de incredulidad. Nunca he visto a Kendall ser tan grosera con nadie, ni siquiera aquella vez en la universidad, cuando un chico borracho estuvo tirándole los tejos durante toda una fiesta. Lo que es más extraño todavía es que, en lugar de ofenderse, Ashton parece divertido, y su sonrisa se hace más amplia, hasta adquirir un tono malicioso, mientras se recuesta en su silla y cruza el tobillo sobre la rodilla con la pose más indicativa de un hombre que se pone cómodo.

—Entonces —prosigue con calma, como si Kendall no fuera un bloque de hielo a su lado—, ¿qué tienen aquí que esté bueno?

Con expresión de estar tan perplejo como yo, Marcus dice, jocosamente.

—Todo, supongo. —Luego arquea una ceja—. ¿Vosotros dos ya os conocíais?

—No —suelta Kendall rápidamente, antes de que

Ashton pueda decir ni una palabra. Sus rasgos perfectos están formando lo más parecido a un ceño fruncido que jamás he visto en su rostro. Con un gesto brusco, ella llama a nuestro camarero, y cuando él se acerca rápidamente, le pide una jarra de sangría.

—¿Vas a compartirla? —pregunta Ashton, mirando su hierático perfil. Sus ojos brillan con la misma diversión perversa—. ¿O planeas bebértela toda tú solita?

Me aclaro la garganta.

—Así que, Ashton, ¿cómo va tu negocio? —Me imagino que es mejor intervenir antes de que Kendall pueda darle un guantazo... porque tiene pinta de tener muchas, muchas ganas de hacer exactamente eso—. ¿Alguna suerte frenando ese aumento de tus ingresos?

—Me temo que no. —Hace una mueca, apartando su atención de mi furiosa amiga—. Es como una bola de nieve que rueda por una montaña, sigue cogiendo impulso sin parar. —Su sonrisa deslumbrante regresa, y su mirada va de mí a Marcus—. ¿Qué tal vosotros dos, tortolitos? ¿Cómo va todo? ¿Ya habéis puesto fecha para la boda?

Me echo a reír.

—Oh, sí. Es mañana por la noche en Disneylandia. A las seis. Si no estás allí a tiempo conocerás la ira de Mickey.

Espero que Marcus se una a la broma, pero cuando lo miro, su rostro no exhibe ni un ápice de jocosidad. En lugar de eso, está mirando a Ashton como si quisiera matarlo. Lentamente. Después de varias horas de tortura.

Ashton ha debido de darse cuenta de que su broma no ha sido bien recibida porque se aclara la garganta y también le hace un gesto al camarero, que se acerca con la misma velocidad récord.

—¿Qué tienes de barril? —pregunta, y el camarero recita una lista de marcas de cerveza, de la mayoría de las cuales nunca he oído hablar. Ashton pide una, y Marcus también, dejándome como la única de la mesa sin una bebida alcohólica, y sin una pista de por qué todos están tan tensos.

Para mi alivio, Marcus se sacude el estado de ánimo que lo había invadido, y se hace cargo de la conversación, preguntando a Kendall y Ashton sobre sus planes navideños, ambos tienen la intención de ir a casa con sus familias, antes de dirigirla hábilmente hacia mis gatos y sus travesuras. Cuando terminamos de contar la historia de cuando Reina Isabel robó un trozo de filete delante de las mismas narices de Geoffrey, todos nos reímos y la mayor parte de la tensión se va, al menos superficialmente. Kendall sigue evitando mirar a Ashton, y él parece obtener un gran placer de su comportamiento, como si ella fuera una niñita enfurruñada pero graciosa.

Tienen que haberse conocido antes. No se me ocurre ninguna otra explicación.

Cuando nos sirven los aperitivos, Kendall se excusa para ir al baño, y la sigo hasta allí, decidida a llegar al fondo del misterioso asunto. Pero solo hay una cabina, así que acabo esperando afuera, y Kendall evita mi mirada inquisitiva cuando sale y se apresura a volver a su silla.

Bien. Tendré que interrogarla después.

—¿Ha habido suerte? —murmura Marcus en mi oído cuando regreso a la mesa, y sacudo la cabeza con una sonrisa triste. Claramente, tiene tanta curiosidad como yo y ha tenido idéntica suerte tratando de obtener respuestas de su amigo.

A medida que avanza la comida, Marcus y yo empleamos todos los trucos de nuestro arsenal para evitar que la tensión regrese, y lo logramos, principalmente porque después de tres vasos de sangría, Kendall parece olvidarse del hombre que tiene a su lado y vuelve a su yo normal, abierto y alegre. Riendo, describe los ridículos recados a los que su jefe la envía antes de contarnos una historia desternillante sobre una cita reciente que no salió bien.

—Estaba empeñado en mostrarme la foto de su ex novia —dice ella, con los ojos color avellana destellando mientras corta sus huevos benedictinos—. Sin importar lo que yo dijera.

Marcus y yo estamos pataleando de risa a estas alturas, pero cuando miro a Ashton, me doy cuenta de que su sonrisa parece forzada, y su mano aprieta con fuerza su tenedor. No es hasta que la conversación cambia a nuestros programas y películas favoritas que él se relaja, y su distendido encanto regresa mientras debatimos los pros y los contras de *Avatar* y *Juego de tronos*.

Con habilidad y esfuerzo, logramos mantener la conversación fluida hasta que el camarero nos trae la cuenta, momento en el que el suspiro colectivo de alivio es casi audible. De una forma típica de macho alfa, Marcus y Ashton discuten sobre quién va a pagar antes de decidir dividir la cuenta a la mitad, con Marcus efectivamente pagando por mí y Ashton por Kendall. Supongo que ella estará de acuerdo con eso, mi amiga nunca ha tenido problemas para dejar que los hombres le inviten a comer y a copas, pero ella saca su tarjeta de crédito y, mirando fijamente a Ashton, la deja caer en la mano del camarero, indicándole que cargue su parte allí.

—Esto no es una cita doble —explica brevemente cuando la miro con las cejas enarcadas. Luego engulle de un trago el resto de su sangría, y en cuanto el camarero regresa con las tarjetas de crédito, coge la suya, firma el recibo y, lanzándonos un "adiós" apresurado a mí y a Marcus, se marcha corriendo.

Emma

Durante la siguiente semana, pongo todo mi empeño en sacarle alguna respuesta a Kendall, pero de un modo muy poco habitual en ella, se pone a la defensiva, alegando que solo piensa que Ashton es un creído y un gilipollas.

—Conozco a los de su clase —dice con algo más que una pizca de encono—. Es un promiscuo total y absoluto, un niño bonito que nunca ha tenido que esforzarse para conseguir nada en su vida. Siempre se lo han dado todo en bandeja de plata, con todas las mujeres cayendo a sus pies. Bueno, a mí no me engaña con toda esa basura suya, y no pienso tragarme ese falso numerito de tipo encantador.

Y por mucho que intento sacarle los motivos de que

opine así, no me cuenta nada más. Tampoco Marcus consigue llegar a ninguna parte con Ashton, aunque el sí deja escapar algo así como "un caballero no cotillea sobre ciertos asuntos", confirmando mi sensación de que se conocían de antes... y que entre ellos ha habido algo más que palabras.

Dejando a un lado el misterio de nuestros amigos, mi segunda semana de convivencia con Marcus es todo lo que podría haber esperado y más. Aunque desde fuera somos completamente distintos, congeniamos sin problemas, como si siempre hubiéramos sido dos partes de un mismo todo.

Después del brunch del sábado, pasamos el resto del fin de semana solos, combinando actividades de ocio y trabajo. Vemos algo de arte moderno en el MOMA, y luego desafiamos las frías temperaturas para dar un largo paseo por Central Park. Cuando nos entra hambre, compro unos tacos en un food track, y nos los comemos mientras paseamos por Park Avenue, donde Marcus me enseña su edificio de oficinas. Por la tarde, nos relajamos en casa con una película alquilada y luego trabajamos un poco, sentados con nuestros portátiles en el sofá uno al lado del otro, hasta que cierta persona decide que mi camiseta de pijama sin mangas es una provocación sexual y me arrastra a la cama.

El domingo, otra tormenta helada cubre la ciudad, por lo que no vamos a ningún sitio, y nos quedamos calentitos y cómodos en el ático con mis gatos. Marcus hace su dura rutina habitual de gimnasia después del desayuno, y como no tengo nada mejor que hacer, dejo que me enseñe a levantar pesas adecuadamente. Después, nadamos en la piscina y almorzamos, luego hablamos una hora por Skype con mis abuelos. Por la tarde, volvemos a hacer algo de trabajo, y disimuladamente escribo otro capítulo de mi proyecto secreto.

Ya tengo cinco mil palabras y estoy tremendamente emocionada.

Entre semana, repetimos la rutina de la anterior, excepto porque Marcus me convence para que nade con él por las noches. Al principio, soy reacia (siempre he estado demasiado cansada para hacer ejercicio cuando llego a casa del trabajo), pero la piscina está tan a mano y es tan refrescante que a mediados de semana, me descubro esperando con ganas esa actividad. No es que sea una nadadora experta ni nada, hago algo entre nadar como un perrito y un estilo braza pausado, pero es suficiente para mis músculos perezosos porque para el martes, me duele todo. Por supuesto, también podría ser del levantamiento de pesas del domingo; era la primera vez que ponía un pie en un gimnasio en años.

—Pobre gatita. Déjame ver si puedo ayudarte —canturrea Marcus comprensivo, cuando me quejo de que me duele todo. Luego me tumba boca abajo en nuestra cama y se pone a trabajar, masajeando cada músculo dolorido hasta que me siento blanda como un espagueti y en el séptimo cielo, momento en el que me da la vuelta y me causa otro tipo muy distinto de molestia.

Todo es tan perfecto que me asusta. Si la cosa se va a pique ahora, no solo me romperá el corazón, sino que me devastará por completo. Con cada día que pasa, caigo más profundamente bajo el hechizo de Marcus, me vuelvo cada vez más adicta a su presencia vital y a la forma en que me hace sentir que soy la única mujer en el mundo. Cuando estamos juntos, su atención en mí es tan absoluta que siento que percibe cada parpadeo de mis pestañas, cada cambio sutil en mi estado de ánimo. Incluso cuando ambos trabajamos en nuestros portátiles, un cambio en mi respiración es todo lo que hace falta para que esos fríos ojos azules se fijen en mí... y se llenen de un familiar calor oscuro.

Él es tan intenso conmigo que a veces tendría que suponerme un alivio que estemos separados, pero no lo es, porque empiezo a extrañarlo en los primeros diez segundos.

—Deja de ser tan miedica. ¿Por qué habría de irse todo a pique? —me dice Kendall cuando me confieso con en ella durante la hora del almuerzo del miércoles —. Vosotros dos sois perfectos el uno para el otro. Jamás había visto a una pareja tan enamorada.

—Esa es la cosa. —Apoyo el teléfono para tener las manos libres y desenvolver mi sándwich: otra maravillosa receta, de prosciutto con rúcula y mermelada de higos en pan de centeno cortado en rodajas finas—. Verás, *yo* amo a Marcus, pero no tengo ni idea de si él me ama *a mí*.

Kendall resopla.

—Sí, venga, por favor. Ese hombre adora la

alfombra de pelo de gato que pisas. Por ejemplo: ha sacado tiempo una noche para que vayáis a cenar con Janie y el Sr. Aprovechado.

Hago una mueca.

—Sí, no me lo recuerdes. —Muerdo el sándwich y murmuro con la boca llena—. Acepté ir la semana pasada, pero preferiría acurrucarme con Marcus y nuestros gatos en casa.

—O sea que *nuestros gatos*, ¿verdad? —Kendall sonríe—. ¿Son ahora *sus* bebés peludos también?

—Más bien sí —digo cuando acabo de masticar—. Bolita de algodón se ha cambiado de bando por completo y Reina Isabel se está poniendo cada día un poco más cariñosa con Marcus. El Sr. Bufidos es el único que resiste, pero creo que es porque está fichando por el tercer equipo.

—¿El de su padre, Satán? —intenta adivinar Kendall.

Niego con la cabeza.

—El de Geoffrey, el mayordomo de Marcus. Esos dos se están haciendo súper amigos. En realidad, mi gato se comporta bien en su presencia. Ni siquiera intenta robar comida cuando él cocina, ¿te imaginas?

—No puede ser. —Kendall suena apropiadamente asombrada—. Puede que tenga una debilidad por los británicos.

—Eso parece, ciertamente —digo, y luego recuerdo el misterio que sigue rondándome la mente—. Hablando de hombres, estadounidenses, no británicos, ¿cómo fue que Ashton y tú...?

—Guau, buen intento, señorita detective. Ahora,

¿por qué no te acabas tu delicioso sándwich y yo voy a buscarme una aburrida ensalada para el almuerzo? —Y cuando cuelga, la oigo murmurar con envidia—: Un mayordomo que cocina, anda qué...

PARA MI ALIVIO, LA CENA CON JANIE Y LANDON ESA noche transcurre sin incidentes, con el banquero solamente arrugando por un instante su nariz patricia al ver el puñado de pelo de gato que se había pegado a mi nuevo y elegante atuendo cuando el Sr. Bufidos nos hizo una emboscada camino de la puerta. Después de eso, el novio de Janie abre el grifo del encanto, y aunque definitivamente suena un poco falso, los cuatro terminamos pasando un buen rato, incluso después de que Marcus sufra de otro ataque de estornudos a causa del perfume de Janie.

—Lo siento muchísimo —se disculpa ella por décima vez mientras nos despedimos, y yo evito prudentemente abrazarla esta vez—. Lo juro, jamás me lo habría puesto de haberlo sabido.

—No, déjalo estar. Es totalmente culpa mía. Tendría que habértelo advertido —le digo, sintiéndome mal—. En casa, lo tenemos casi todo sin perfume, así que lo olvidé.

—Nos aseguraremos de evitar todas y cada una de las fragancias la próxima vez que nos veamos —anuncia Landon, estrechando la mano de Marcus con una gran sonrisa llena de dientes. Me lo imagino tirando a la basura el perfume de Janie esa misma noche, para que no repita el error con otro contacto comercial importante, y oculto una sonrisa.

Por lo menos la alergia al perfume de un multimillonario puede ahorrarle al público en general, y a la propia Janie, la exposición a un aroma evidentemente demasiado potente.

—¿Crees que va a tirar todas las botellas de perfume que tienen? —pregunta Marcus cuándo estamos en el coche camino a casa.

—Oh, sí —le digo. Da miedo cómo nuestras mentes están tan a menudo en la misma página en estos días—. Será mejor que compres algunas acciones en cualquier compañía que fabrique productos sin perfume. Ahora que Landon está en ello, va a ser el siguiente gran bombazo.

Y mientras nos reímos de la forma en que lo hacen dos personas en perfecta sintonía, yo decido por fin cómo encargarme de la situación de mi apartamento.

Voy a deshacerme de mis muebles viejos y confiar en que lo que tenemos es real.

Marcus

CUANDO EMMA ME INFORMA DE QUE ESTÁ VENDIENDO EL resto de sus cosas en Craiglist y renunciando oficialmente a su apartamento, me siento triunfante y aliviado... y para mi sorpresa, un poco culpable.

—¿Que hiciste *qué*? —Ashton me mira incrédulo y boquiabierto cuando quedamos para tomar un café cerca de mi oficina el jueves y se lo confieso a él.

Me paso una mano por la cara.

—Te lo acabo de decir. He hecho que Long comprara el edificio de su casera en Brooklyn a un valor por encima del precio de mercado.

—Para obligar a Emma a mudarse contigo —aclara Ashton, mirándome como si yo hubiese perdido la chaveta.

—No, para darle un *empujoncito* y que se mudara conmigo —digo, secamente. Jodido Ashton; realmente contaba con que él estuviera de mi parte en esto—. Ella tiene todas estas obsesiones sobre el dinero y no querer aprovecharse de mí, y ya la fastidié una vez antes, así que tiene problemas de confianza... Estábamos abocados a ello de todos modos, y yo solo quería acelerar las cosas, ¿de acuerdo? ¿Está eso tan jodidamente mal?

—No, si te llamas Maquiavelo. —Pone los codos sobre la mesa, con expresión de estar fascinado—. ¿Qué otras cosas le has hecho a esa pobre chica?

—Nada. —Entonces alguna criatura demoníaca, tal vez el Sr. Bufidos, me tira de la lengua, y admito a regañadientes—: Puede que también la haya hecho investigar cuando empezamos a salir.

—¿Qué cojones? —Él se endereza—. ¿Por qué? ¿Pensaste que era alguna especie de criminal?

—Por supuesto que no. Ella me dijo que no quería volver a verme después de una cita particularmente buena, y yo necesitaba información para descubrir cómo... ¿Sabes qué? Olvídalo. —No me gusta la forma en que me está mirando, como si yo estuviera admitiendo haber matado alguien.

¿No es culpable todo hombre enamorado de al menos un poquitín de acoso?

—Oh, no. —Él coge su taza, y un oscuro regocijo se retuerce en las comisuras de sus labios—. No vas a librarte de esto tan fácilmente. Si lo he entendido bien, prácticamente acosaste a Emma hasta que conseguiste que saliera contigo, y ahora también te has asegurado de que no tenga más remedio que mudarse a tu casa.

—Chorradas. Ella *tiene* elección. Podría haberse buscado otro apartamento. Ha decidido vivir conmigo por voluntad propia. —Que es la razón por la cual no entiendo por qué debería sentir ningún tipo de culpa en absoluto acerca de esta situación.

—Sí, claro. —Ashton se está riendo a carcajadas ahora, el muy cabrón—. Entonces, ¿qué vas a utilizar para lograr que se case contigo? ¿Chantaje? ¿Tortura? ¿Secuestro?

—Que te jodan, tío. Un día, conocerás a una mujer que no se trague tu mierda, y entonces ya verás a qué medidas recurres *tú*.

Una expresión extraña cruza el rostro de Ashton, pero estoy demasiado enojado para detenerme en ello. Cojo mi taza, me termino el café de unos tragos largos y me levanto.

—Me tengo que ir.

—Marcus, espera. —Ashton se pone de pie de un salto y me bloquea antes de que pueda alejarme de la mesa—. Escucha, lo siento, hombre. —Suena realmente contrito—. Me pillaste desprevenido. Tienes que admitir que es un poco ridículo que seas el multimillonario más codiciado o lo que sea según el *Herald*, y que tengas que recurrir a este tipo de mierda para que la empleada de una librería esté contigo. Pero —Levanta la palma de la mano antes de que pueda poner mi puño en su cara—, habiendo visto a Emma dos veces y observado cómo estáis los dos juntos, entiendo por qué estás tan colgado por ella.

Una parte de mi furia se desvanece.

—¿Sí?

—Oh, sí. —Vuelve a su asiento, y después de un instante de vacilación, yo también me siento—. Siempre he admirado tu determinación, ya lo sabes —dice, cogiendo su taza de café—. ¿Recuerdas la primera vez que fuimos a un bar después de nuestro examen de Finanzas Corporativas? ¿Con Barry y su novia, Lina? Es igual, todos nos tomamos unas cuantas cervezas, y luego tú nos dijiste que ibas a ser multimillonario. ¿Te acuerdas de eso? —Toma un sorbo.

Obligo a mi mano fuertemente apretada a relajarse.

—Me acuerdo, sí. —Fue unos días después de que nos hubieran emparejado a Ashton y a mí en nuestro proyecto de Finanzas Corporativas, antes de que realmente nos conociéramos y nos hiciéramos amigos.

Ashton deja su taza.

—Vale. Bueno, la cosa es esta. Aun con lo borrachos que estábamos, nadie se rio de tu anuncio. Nadie se sintió tentado a reírse porque todos sabíamos que tú harías que eso ocurriese. Irradiabas ambición; prácticamente te rezumaba por los poros. Eras como un maldito misil, cargado y en vuelo directo hacia tu objetivo. Nadie dudaba de que llegarías allí... ni nuestros maestros, ni nuestros compañeros, y yo menos que nadie.

Frunzo el ceño.

—¿Y qué?

—Pues que te envidiaba por ello. —La cara de Ashton está más seria que nunca—. Sabías exactamente lo que querías de la vida, y yo no tenía ni puta idea. Pero recientemente, habiéndote observado en el último par de años, me di cuenta de algo. Esa determinación de misil, esa ambición que te impulsó hacia adelante... no podías ponerle freno. Ganaste miles de millones y seguiste adelante, incapaz de detenerte, incapaz de apreciar nada de todo eso.

Mi ceño se hace más pronunciado.

—Eso no es verdad. Disfruto de...

—Sí, lo sé, disfrutas tener el ático y el avión privado y todo ese dinero en el banco, pero ¿algo de eso te ha hecho realmente sentirte satisfecho? Nunca te he visto detenerte y asimilarlo, o apreciarlo a otro nivel aparte del más superficial.

Exhalo un aliento frustrado.

—¿Qué quieres decir?

—Digo que dejé de envidiarte después de un tiempo. Al igual que ese misil, necesitabas seguir, perseguir a tu objetivo en constante movimiento... de lo contrario, te caerías del cielo. Si te quitaban la persecución, te estrellarías y te quemarías. O lo hubieras hecho un par de meses atrás. Ahora ya no estoy tan seguro.

Ladeo la cabeza.

—¿Debido a Emma?

Él asiente.

—Al menos supongo que es por ella. Has estado distinto las últimas dos veces que te he visto. Todavía centrado, todavía lleno de determinación, pero… menos parecido a una máquina, si eso tiene algún sentido. Como si pudieras frenarte si quisieras. —Una triste sonrisa cruza su rostro—. Cerca de Emma, eres casi humano… aunque por lo que me acabas de decir, es posible que simplemente hayas redirigido parte de ese impulso. La pobre no tiene ninguna posibilidad, ¿verdad?

—No —digo suavemente—. No la tiene. —Renunciaría cada uno de los dólares de mi cuenta bancaria para seguir teniéndola, haría mil negocios encubiertos para asegurarme de que siga siendo mía.

La expresión de Ashton inexplicablemente se suaviza.

—La amas, ¿verdad?

—Sí, la amo. —Respiro y lo dejo salir lentamente. Cada vez es más fácil decir las palabras, aceptarlas por la verdad incontestable que son—. Y tienes razón. *Soy* más humano a su alrededor, feliz de una manera que nunca antes había conocido. Y por eso no quiero joderlo. Si Emma se entera de lo que he hecho…

—¿Cómo iba a enterarse? —Ashton dice con tono razonable—. Tú no piensas decírselo, ¿no?

—No. —Por mucho que odie la idea de que haya secretos entre nosotros, no puedo arriesgarme a perderla.

Ashton sonríe.

—Bien, una sabia elección. Las tías pueden tener ideas raras sobre todo ese asunto del acoso y los planes maquiavélicos. Y puedes contar conmigo para mantener la boca cerrada. En cuanto a la culpa que sientes, eso no es más que otra evidencia de tu creciente humanidad. A Marcus "el Misil" no le habrían importado los medios, solo el resultado. Así que toma esa culpa, métetela bien adentro, y concéntrate en el futuro con tu novia. Haz lo que tengas que hacer para convertirla en tu esposa.

Durante el resto del día le doy vueltas a la conversación que he tenido con Ashton, haciendo lo que puedo para reprimir el incómodo sentimiento de culpa. ¿Tenía razón? ¿He forzado a Emma a vivir conmigo en lugar de solo darle un empujoncito para que tomara la decisión correcta?

Pero no. La empresa fantasma de Long le hizo la oferta a Metz el viernes pasado, y Emma no me informó sobre su decisión hasta esta mañana. Como supongo que la casera la llamó de inmediato, eso significa que mi gatita se ha tomado su tiempo para pensárselo en lugar de actuar por pura desesperación. Y me alegro de eso.

Por mucho que la primitiva bestia que llevo dentro desee enjaular a Emma en su guarida, la idea de que ella esté conmigo porque no le queda más remedio es repulsiva.

Quiero que ella me desee, que me quiera tanto como yo a ella. Lo que comenzó siendo una obsesión sexual se ha convertido en una necesidad tan poderosa que muestra todas las señales de la adicción. Excepto que en lugar de destruirme, como al principio me temí que haría, ha enriquecido mi vida. Cuando aquel negocio de 700 millones de dólares salió mal el fin de semana anterior al Día de Acción de Gracias, culpé a Emma por distraerme de lo que era importante en lugar de darme cuenta de que estaba empezando a aceptar las cosas realmente importantes.

Las cosas que he deseado desde que era un niño con una indiferente madre alcohólica.

Las cosas que no me atrevía a admitir ni a mí mismo que deseaba.

Había sido fácil reconocer las privaciones físicas de mi infancia, decirme a mí mismo que el dinero eliminaría el vacío horadado por el miedo dentro de mí, esa sensación de estar siempre al filo de la navaja, de estar a un solo paso en falso de alguna catástrofe. Pero daba igual lo rico que me hacía, el miedo permaneció conmigo, llevándome a trabajar cada vez más duro, cada vez más tiempo.

Ashton tenía razón sobre mí. No había tenido un interruptor de apagado, porque la pobreza nunca había sido lo que realmente temía y el dinero no era lo que realmente perseguía. En el último par de semanas con Emma, la sensación de satisfacción que experimenté por primera vez con ella se ha fortalecido, y la ansiedad acerca del caprichoso futuro retrocede y se aleja hasta que no es más que una tenue sombra del pasado. Ahora puedo ver lo que he conseguido y saber, saber de verdad, con una certeza no mancillada por ese miedo que he sentido toda mi vida, que un trimestre malo no me hará desaparecer, que si me alejo del trabajo por una sola noche, no perderé todo lo que he ganado.

Y de forma perversa, saber eso ha sido bueno para los beneficios de mi fondo. He estado más tranquilo y menos estresado, lo que me ha permitido evaluar las inversiones con otros ojos. En las últimas dos semanas, hemos asumido más riesgos en ciertas áreas y recogido velas en otras, y hemos crecido otro dos por ciento en un mercado que oscila como una montaña rusa. Todavía estoy trabajando mucho, todavía me esfuerzo por hacerlo lo mejor que sé por mis inversores, pero si tengo que tomarme una tarde libre para cenar con Emma y sus amigos, lo hago sin preocuparme por estar socavando el trabajo de mi vida, por estar propiciando algún desastre vago e inminente.

Por supuesto, me ayuda el que Emma sea tan comprensiva cuando saco el portátil los fines de semana o por las noches; que, a su propio estilo más tranquilo, sea tan adicta al trabajo como yo. Al principio no capté eso de ella, asumiendo erróneamente que, dado que no había elegido una profesión de prestigio como los negocios, la medicina o la abogacía, seguramente sería menos ambiciosa, más relajada. Y lo es, en algunos aspectos: las tarifas que cobra por editar están significativamente por debajo del promedio de la industria, por ejemplo; pero en otros, ella está igual de dedicada al campo que ha elegido. Sin hacer grandes aspavientos, edita entre una novela corta y una novela larga por semana además de tener su trabajo a tiempo completo en la librería. Cada vez que levanto la vista del ordenador, la veo trabajando, y nunca parece cansarse de ello ni quejarse.

Cuanto más aprendo sobre mi gatita, más la quiero y la respeto... y más deseo lo único que ahora me doy cuenta de que me he estado perdiendo.

Una familia de verdad.

Con ella.

———

EL VIERNES, SIGO PENSANDO SOBRE ELLO. ANOCHE, CADA vez que veía a Emma acunando a sus gatos contra su pecho, imaginaba a un bebé en su lugar; Cada vez que sonreía, veía a un niño con esos mismos hoyuelos. Es demasiado pronto para esto, lo sé, pero no puedo evitarlo.

Si Emma me diera luz verde, la dejaría embarazada en un santiamén.

Sin embargo, ella no me ha dado luz verde, ni mucho menos, así que he tenido mucho cuidado con los condones desde nuestro último desliz. Aunque ninguna de las dos píldoras del día después que tomó la puso enferma, leí sobre los posibles efectos secundarios y no quiero que tenga que tomar otra. En vez de eso, he estado investigando acerca formas seguras y efectivas de control de natalidad que dependan menos de mi fuerza de voluntad en el calor del momento.

Por mucho que me gustaría tener un bebé con Emma, es su cuerpo y su decisión. Mi tarea es convencerla de que soy la "persona adecuada", demostrarle que seré un buen esposo y padre, que puede confiar en que nunca me iré o que no volveré a dar prioridad a nada por encima de ella.

Con ese fin, aunque el lunes es la conferencia de la Zona Alfa, concluyo mi jornada laboral del viernes temprano, a las cinco, apenas una hora después del cierre de los mercados, y decido sorprender a Emma en su trabajo. Esta semana trabaja horas extras debido a la temporada navideña, y todavía no he visto su librería, aunque me ha contado algunas historias graciosas sobre sus clientes habituales y su jefe, que siempre está a dieta.

Ya son más de las seis cuando llego a Brooklyn, porque el tráfico extra denso consigue derrotar a Wilson y a sus famosas habilidades de conducción. La librería está escondida en una calle tranquila en el vecindario de Prospect Heights, y la campana de bronce sobre la puerta suena cuando abro la puerta y entro. En el interior, el local huele a café y papel impreso, con el aroma fresco de los nuevos volúmenes que se mezcla con el olor a humedad que proviene de las ediciones anteriores. Lo inhalo todo apreciativamente. Aunque la mayor parte de mi lectura en estos días tiene lugar en una pantalla, en realidad adoro los libros en papel.

Emma no está en la caja registradora de la parte de delante; de hecho, nadie está encargándose de eso, así que avanzo entre las hileras de estanterías buscándola. Hay unos cuantos clientes hojeando tranquilamente en diversas secciones, pero ella no está por ninguna parte... no, hasta que alcanzo la pequeña zona de asientos del fondo.

Escucho sus voces antes de verles. La carcajada de Emma se mezcla con los tonos más profundos de un hombre, y mi pulso se dispara incluso antes de volver la esquina y tenerlos a la vista.

Emma y un joven rubio con gafas están sentados en sillones adyacentes, mirando las hojas de papel extendidas en la mesa de café frente a ellos, con las cabezas tan juntas que casi se tocan.

Mi presión sanguínea se dispara hasta el techo y una neblina roja oscurece mi visión cuando observo la sonrisa con hoyuelos en el rostro de Emma... y el rubor en la piel pálida del chico. Su pie golpetea nerviosamente el suelo, como si estuviera tratando de prepararse para algo, y definitivamente hay una tienda de campaña en la entrepierna de sus pantalones color caqui.

Una erección.

Tiene una jodida erección.

Estoy tan furioso que no puedo moverme, porque si lo hago, sería capaz de matarlo con mis propias manos.

—Así que sí, creo que la escena de la pelea del inicio es genial, pero justo aquí —Emma agarra uno de los papeles— hay una explicación demasiado larga, especialmente para el primer capítulo. Es importante no abrumar a los lectores con un volcado de información; quieres introducirlos en tu mundo poco a poco en lugar de lanzarlos dentro de cabeza.

—Vale. —La nuez del tipo sube y baja cuando él se inclina otro centímetro y olisquea disimuladamente el aire, como oliendo su pelo—. L-l-lo quitaré. Además, quería preguntarte... —Espera hasta que Emma le mira —. ¿Tienes planes para esta noche?

Mi parálisis inducida por la ira desaparece con un violento ataque de furia.

—Sí. Los tiene. —Mi voz restalla en el aire como un látigo, y cuando los dos se separan de golpe, con sus cabezas levantándose de esa manera culpable de la gente sorprendida in fraganti, hablar es lo único que puedo hacer para quedarme quieto y no plantarle a ese tío un puñetazo en su cara ahora sin color.

No puedo ceder ante la violencia que se arremolina dentro de mí, no cuando mi rival es una cabeza más bajo y ni la mitad de corpulento que yo.

Sin embargo, lo que sí puedo hacer es dejar claro a quién pertenece Emma. Cuando ella se pone de pie de un salto diciendo con sorpresa:

—¡Marcus! ¿Qué estás haciendo aquí? —Me acerco y le paso el brazo por los hombros, apretando su pequeño y curvilíneo cuerpo contra mi costado.

—Mi *novia* pasará la tarde conmigo. —Mi tono es afilado como un cuchillo mientras fulmino con la mirada a su acompañante, que ahora está retrocediendo con prudencia—. Y cualquier otra tarde en el futuro.

—¡Marcus! —Emma suena consternada, pero en realidad, debería estar agradecida de que me limite a ser grosero en lugar de golpear al tipo contra el suelo, como todo mi instinto territorial grita dentro de mí que haga.

El gilipollas estaba invitando a Emma a salir.

A *mi* Emma.

Y tenía una jodida erección.

—Y-yo l-lo siento, —tartamudea él, con aspecto de querer que se lo trague la tierra—. N-n-no sabía que ella... esto... me tengo que ir.

Dándose la vuelta, sale corriendo como el cobarde que es, ignorando el grito de Emma:

—¡Ian, espera!

En cuanto suena la campana sobre la puerta, con suerte marcando su partida, suelto a Emma y me vuelvo para mirarla. Tiene las mejillas de color rojo brillante, y sus rizos vibran enloquecidos, mientras ella me clava la mirada con las manos cerradas en pequeños puños a los costados.

—¿Qué demonios ha sido eso? Ian es un cliente potencial. Lo estaba ayudando con su primer libro, y él...

—Estaba ligando contigo. —Mis palabras brotan entre mis dientes apretados—. El hijo de puta estaba sentado tan cerca como para olisquear tu cabello, y tenía una tremenda erección.

Los ojos de Emma se agrandan y retrocede, desinflando un poco las velas.

—¿Qué? No, él no hacía eso.

—Sí, joder, sí que lo hacía. —Tengo ganas de matarle solo de pensarlo.

Emma abre la boca, y luego vuelve a cerrarla

cuando su mirada se posa en algo que hay detrás de mí. Al volverme, veo que algunos de los clientes que habían estado hojeando libros están parados allí, observando la discusión con la ávida curiosidad de los mirones.

—Disculpen —Emma dice con firmeza y viene derecha hacia mí. Agarrándome por un brazo, tira de mí hacia una puerta en la parte trasera en la que pone "Solo empleados". La abre, y poco menos que me arrastra dentro de una pequeña habitación con olor a cerrado, repleta de cajas, cerrando la puerta detrás de nosotros.

Luego se vuelve hacia mí, con sus ojos grises entornados y poniendo los brazos en jarras.

—Me da igual lo que estuviese o no haciendo el pene de Ian —dice en voz baja y furiosa—. Es el sobrino de mi jefe, y no tenía ni idea de que tengo novio...

—¿Por qué cojones no? —Me acerco hacia ella—. Estamos *viviendo* juntos.

—Sí, pero acabamos de empezar y... —Traga saliva, retrocediendo, al percibir la expresión de mi cara—. Marcus, sé razonable. Solo lo he visto un par de veces y...

La atrapo contra la pared, sujetándola con mis palmas a ambos lados de su cabeza. Bajando la cabeza, gruño.

—Acabas de decir que es el sobrino de tu jefe.

Valientemente levanta la barbilla.

—El Sr. Smithson tampoco sabe nada de ti. Ha habido tanto trabajo por aquí que no hemos tenido tiempo de hablar. Iba a decírselo la próxima semana, cuando cambie oficialmente mi dirección, pero...

La interrumpo con un beso salvaje, y los celos se transforman en una ardiente necesidad de reclamarla, de marcarla de la manera más primitiva posible. Agarrando su cabello en un puño, arqueo su cabeza hacia atrás, devorando su boca, y después de un momento inicial de sorpresa, ella responde con la misma hambre feroz, sus brazos se cierran fuertemente alrededor de mi cuello y su lengua pelea con la mía.

El calor dentro de mí se vuelve volcánico y toda mi furia se transforma en lujuria ardiente. *Mía. Ella es jodidamente mía.* Con mi mano libre, abro el botón de sus vaqueros, ciego a todo menos a la necesidad de estar dentro de ella, y ella responde con sus manitas temblorosas enredándose con mi bragueta, mientas la levanto para sentarla en la pila más cercana de cajas y le bajo los vaqueros y la ropa interior por las piernas.

Es incómodo del demonio, con sus tobillos cerrados y sus zapatillas de deporte de por medio, pero yo solo estoy centrado en el apretado y resbaladizo portal a su cuerpo mientras empujo dentro de ella, en su sofocado jadeo contra mis labios y en cómo sus manos agarran espasmódicamente mi pelo. Nuestras lenguas se enredan de nuevo y el beso imita la unión desenfrenada de nuestros cuerpos. Lo hacemos como animales, ajenos a lo que nos rodea, y es solo en el último segundo, cuando siento que comienzan los espasmos de su orgasmo, que una astilla de razón atraviesa la niebla de la lujuria, y recuerdo salir cuando me corro.

Respirando pesadamente, veo mi semilla caer sobre su muslo desnudo, el espeso líquido blanco que decora su piel pálida, y luego me encuentro con su mirada. Sus ojos parecen sumisos y aturdidos, con las pupilas aún dilatadas por la excitación, pero puedo ver que la claridad vuelve a las profundidades grises a medida que se filtra la conciencia de dónde estamos y lo que hemos hecho.

—Ven —murmuro, sacando un pañuelo del bolsillo de mi chaqueta antes de que pueda entrar en pánico—. Déjame que te limpie. —Moviéndome con celeridad, borro la evidencia visible de nuestra unión, mientras me maldigo mentalmente por este nuevo desliz.

Con la marcha atrás, he conseguido que el embarazo fuera menos probable, pero no imposible.

—Gatita —empiezo a decir, con tono de disculpa, pero Emma ya está sacudiendo la cabeza, con los ojos muy abiertos y horrorizados mientras su mano se levanta para apretarse contra su boca.

—No puedo creer que acabemos de... oh, Dios mío, aquí es donde *trabajo*. Hay clientes ahí fuera y... —Su mirada desciende hasta sus piernas desnudas, y su cara y garganta se tornan rosadas—. Oh, Joder. Bájame. Ahora mismo.

Doy un paso atrás, y ella salta de las cajas, tirando frenéticamente de sus vaqueros y ropa interior mientras vuelvo a meterme el pañuelo sucio en el bolsillo y me subo la bragueta. Su culo deliciosamente redondo se sacude cuando lo embute en los vaqueros ajustados, subiéndolos por sus muslos cremosos, y aunque tendría que estar completamente exhausta, mi polla intenta hacer una demostración de renovado interés dentro de mis pantalones.

Sin embargo, ahora no es el momento de complacer a la codiciosa cabrona, ya que mi gatita parece estar más que un poco molesta. Con cautela, extiendo una mano hacia ella.

—Emma…

—No hables —susurra ella, retrocediendo—. No hagas ni un ruido. Nosotros acabamos de… donde cualquiera podía escuchar… Oh Dios, ni siquiera puedo…

—Schh, todo va bien. —La cojo por los brazos y la acerco contra mi pecho para darle un abrazo tranquilizador—. Llevamos aquí solo unos minutos y hemos sido bastante silenciosos. —O al menos creo que lo hemos sido; por lo que recuerdo, nuestras bocas estaban ocupadas principalmente con besarnos. De cualquier manera, le digo en tono tranquilizador—: No te meterás en ningún tipo de problema, te lo prometo.

—No puedes prometerme eso. —Sus palabras suenan amortiguadas contra mi pecho.

Le acaricio la espalda.

—Sí que puedo. Por lo que he visto de él, ese imbécil de Ian probablemente se sentirá demasiado avergonzado por su metedura de pata como para quejarse con su tío, y si alguno de los clientes dice algo sobre lo que ha sucedido en la trastienda… Bueno, me ocuparé de las consecuencias si se da el caso. Una disculpa en persona por mi parte, acompañada de un cheque por cien mil dólares o así, tendrían que bastar para apaciguar a tu jefe, en caso de que se haya enfadado en primer lugar.

En lugar de calmarla, mi explicación vuelve a enfurecerla. Se aparta y me apuñala con una mirada de sus ojos entornados.

—¿Crees que el dinero es solución para todo?

—No para todo. —No hay ninguna cantidad en el mundo que pueda transportarme atrás en el tiempo para que yo me acuerde de usar un condón. Pero lo hecho, hecho está, así que respiro hondo y digo sin rodeos—: He vuelto a no usar protección.

—¡Lo sé, ya lo he visto! —Entonces ella recobra la compostura y agrega en un tono más tranquilo—: Creo que estamos a salvo. Me tendría que llegar el periodo este fin de semana.

—Ah, estupendo. —Me alegra que no tenga que tomar otra píldora del día después, incluso aunque una parte de mí se sienta irracionalmente decepcionada. Enterrando esa parte en lo más hondo, digo—: He investigado sobre los métodos anticonceptivos más infalibles para nosotros. Los DIU parecen particularmente prometedores, y también hay...

—Luego, ¿vale? —Ella mira preocupada hacia la puerta. Empujándome, trata de domar su cabello: un esfuerzo inútil, dado lo que mis dedos le han hecho a sus rizos; luego se pasa las palmas de las manos por la ropa.

—Estás bien, cielo —le aseguro, y agarrando su mano con firmeza, la acompaño hasta la puerta.

Sigo furiosa mientras cenamos en casa una hora y media después. Aunque ninguno de los clientes dijera nada ni sonriese en exceso cuando salimos de la trastienda, durante los quince minutos restantes de mi turno, sentí que tenía una A escarlata marcada en la frente, o tal vez un tatuaje que decía "Propiedad de Marcus".

Ciertamente eso sería acorde con su comportamiento hacia Ian. Marcus hizo de todo salvo orinar en círculo a mi alrededor... y luego, me marcó literalmente con su semen.

Mientras me meto un pedazo de pollo en la boca, visualizo la mirada desorbitada por el pánico en el rostro de Ian cuando Marcus se nos echó encima, y luego los obvios ruidos sexuales que han debido de salir del cuarto trasero a pesar de que él me haya dicho que hemos hecho poco ruido, y aunque todavía quiero morirme de la vergüenza, una carcajada se me escapa de la garganta, haciendo que me atragante con la comida.

—¿Estás bien, gatita? —pregunta Marcus, inmediatamente preocupado, y por alguna razón, eso hace que no pueda más. Riendo histéricamente entre ataques de tos, aparto mi plato y me levanto de golpe.

—Tú, él... —Me estoy riendo tan fuerte que tengo lágrimas resbalándome por la cara—. Oh Dios, lo hemos hecho en la maldita *trastienda*.

Reina Isabel, que había estado durmiendo tranquilamente en una de las sillas de comedor vacías, levanta la cabeza y me mira, implicando que estoy chiflada... y no puedo culparla. El comportamiento de Marcus ha sido atroz, ni pizca de gracioso. Y el mío no ha sido mucho mejor. ¿En qué estaba pensando, arrastrando a mi pirata insaciable a la trastienda cuando el aire entre nosotros casi echaba chispas por la tensión sexual?

Si me despiden el lunes por comportamiento inapropiado en el trabajo, será justo lo que me merezco.

Esa idea me tranquiliza, y regreso a mi asiento, limpiándome las lágrimas mientras Marcus me mira desconcertado. Tampoco puedo culparlo. Apenas le he dirigido un par de palabras desde que salimos del cuarto de atrás, aunque él esperó a que acabase la jornada y volvimos juntos a casa. Incluso intentó disculparse por actuar como un idiota en mi lugar de trabajo, pero yo era consciente de que no lo decía en serio.

Él piensa que de alguna manera tiene razón en esto, como si a mí me hubiese podido gustar el pobre Ian.

—Sabes que nunca te engañaría, ¿verdad? —digo, imaginando que bien podría señalar lo obvio—. Ni con Ian, ni con ningún otro.

La mirada de Marcus se hace más firme, y él baja el tenedor.

—Lo sé. Confío en ti.

—Entonces, ¿por qué...?

—Porque no confío en *ellos*.

Parpadeo.

—¿Ellos?

Su mandíbula se tensa.

—Los hombres. En particular en los desesperados, como ese gilipollas rubio. Se habría sonrojado y tartamudeado, y habrías sentido pena por él, como por un pequeño cachorro triste. Se aprovecharía como un gusano de tus buenas intenciones, se convertiría en tu amigo, y cuando hubieses querido darte cuenta, lo habrías tenido frotando su jodida erección por todo tu cuerpo.

—¡Marcus! —No me puedo creer que esté siendo tan ordinario—. Ian no haría...

—Oh, sí, lo haría —dice en tono lúgubre—. Simplemente no sabes cómo piensan los hombres y hasta dónde llegarían para conseguir lo que yo tengo.

—¿El qué, sexo?

—A ti. —Su mirada me abrasa—. Tú, Emma, eres un jodido premio, y ni siquiera lo sabes. Cada vez que sonríes, a algún imbécil se le pone dura... y no solo estoy hablando de mí.

Me río con incredulidad.

—Sí, claro, ahora eso es...

—Nada más que la verdad. Los matas, y a mí, sin siquiera intentarlo. Y no solo porque ese dulce culo tuyo podría hacer que mil barcos se echaran al mar. Eres tú, gatita, todo sobre ti.

Dejo de reír, sin aliento por la intensidad oscura en su mirada. Lo dice en serio, estas no son solo palabras vacías, y por primera vez, me pregunto si Kendall podría tener razón.

¿Podría el multimillonario a quien amo estar ya enamorado de mí?

Con el corazón martilleando locamente en mi pecho, reúno hasta la última brizna de mi coraje y me preparo para correr el mayor riesgo de todos.

—Marcus, yo...

—Discúlpenme, señor Carelli, señorita Walsh, ¿Han terminado con el plato principal?

La aparición de Geoffrey es como ser despertada bruscamente de un sueño. Parpadeando, retiro la mano que estaba a punto de poner sobre el brazo de Marcus y me obligo a sonreír.

—Sí. Creo que hemos terminado. De hecho, estoy bastante llena, así que creo que me saltaré el postre. —Miro inquisitivamente a Marcus y él asiente.

—Lo mismo digo, Geoffrey —Su voz al levantarse es neutra—. Gracias por la cena, y nos vemos mañana. Ahora, nos vamos a la cama.

Y cogiendo mi mano en su gran palma, me lleva arriba, donde me demuestra exactamente lo dura que se la pone mi sonrisa.

Durante todo el fin de semana, trato de reunir el coraje para decir las palabras, pero nunca encuentro el momento adecuado. En parte es porque Marcus se pasa un montón de horas preparándose para la presentación de la Zona Alfa que tiene que dar el lunes a las ocho de la mañana, comprobando dos y hasta tres veces los datos en el mazo de cien diapositivas que sus analistas le han hecho. Pero sobre todo, es porque nuevamente me siento insegura, preguntándome si podría haber sido una ilusión por mi parte, si le he dado demasiado significado a lo que él dijo en la cena.

Definitivamente me desea... de eso, no tengo dudas. En lugar de desvanecerse, el fuego entre nosotros arde más con cada día que pasa y la química sexual se vuelve más intensa con el tiempo. Ahora que estamos viviendo juntos, parece que lo único que tengo que hacer para excitar a Marcus es respirar... y que lo único que tiene que hacer él es mirarme. Y no importa cuántas veces me lo haga, o cuán calientes y pervertidos sean nuestros encuentros, nunca es suficiente. Anal, oral o el simple misionero; sexo duro o hacer el amor con ternura... hacemos de todo y aún queremos más el uno del otro.

¿Podría ser eso lo que Marcus quiso decir cuando dijo que yo era un premio? ¿Se refería a esta química entre nosotros que se sale de la gráfica?

El domingo por la noche, casi me he convencido de decirle las palabras pase lo que pase, pero en el último momento, me acobardo. En cambio, le muestro a Marcus cómo me siento, rindiendo pleitesía a cada centímetro de su cuerpo de misma manera forma en que en que él adora al mío, y luego dándole un masaje para desestresarlo antes de su presentación de mañana por la mañana.

—¿Cuánta gente habrá? —pregunto, esparciendo aceite de coco sobre la superficie ancha y musculosa de su espalda—. En general, ¿cómo es de grande esta organización de la Zona Alfa?

—Son solo unos pocos cientos de personas —responde él, estirándose bajo mis manos como un gato perezoso, de alguna especie de felino de la selva, no como mis gatitos peludos—. Pero se retransmitirá en vivo, y los reporteros de todos los principales medios de comunicación estarán allí.

Amaso los fuertes músculos de sus hombros.

—¿Es allí donde hiciste tu famosa presentación sobre la empresa de neumáticos? ¿La que hizo desplomarse sus acciones?

—Sí, hace un par de años. —Bosteza—. ¿Tú sabes eso?

—Por supuesto, ¿quién no? —Leí más sobre ello en los últimos días, y aparentemente, Marcus no solo había revisado las presentaciones públicas de su objetivo y entrevistado a cientos de vendedores de neumáticos; para averiguar los defectos de fabricación y el uso de mano de obra esclava por parte de la compañía, había metido personas infiltradas en las mismas fábricas de China. Sus métodos habían sido tan brillantes como rozando lo ilegal, su ataque a la cartera de acciones sin precedentes tanto en su alcance como en su ferocidad.

El documental de Netflix calificó su presentación como "un torpedo dirigido al corazón de una ciudadela podrida" y etiquetó a Marcus como "un bucanero moderno", una descripción que encontré perversamente sexy, y que encaja en mis fantasías de piratas menos políticamente correctas.

Sin embargo, cuando miro hacia abajo, encuentro al bucanero en cuestión fuera de juego: mi masaje ha conseguido la rara hazaña de hacer que mi inagotable robot sexual se duerma antes que yo.

Sonriendo, me bajo de su espalda, me limpio el aceite de las manos con un pañuelo, apago las luces y me acuesto a su lado. Ya me estoy quedando dormida cuando siento sus poderosos brazos envolviéndome, apretándome contra su firme cuerpo. Soltando un suspiro de satisfacción, me acomodo más profundamente en su cálido abrazo y juro que mañana será el día.

Cuando Marcus regrese de su presentación, sin importar lo que pase ni lo asustada que esté, le diré lo que siento.

Marcus

Nunca he tenido tendencia a sentir miedo a hablar en público… es igual de fácil para mí dar una presentación frente a varios cientos de personas que hablar delante de un puñado de mis gestores. Pero no puedo negar que mis niveles de adrenalina se disparan antes de cada Zona Alfa; saber lo que está en juego me acelera el pulso y agudiza mi concentración.

Como el masaje de Emma me dejó inconsciente antes de lo planeado, me levanto a las cuatro y paso las siguientes dos horas revisando cada cifra de mi presentación. Mi discurso de hoy es sobre una cartera de acciones de biotecnología infravalorada. Si la investigación de nuestros analistas es correcta, se disparará en seis meses, cuando la FDA apruebe su revolucionario medicamento contra la hipertensión arterial. La aprobación es una posibilidad remota, o al menos la comunidad de Wall Street así lo cree, pero los datos que hemos reunido al entrevistar a los participantes del ensayo clínico y al revisar sus historiales médicos sugieren lo contrario, y hemos estado adquiriendo una posición sustancial en esta cartera durante las últimas semanas.

Es una inversión de alto riesgo y alta recompensa, del tipo que, si se desarrolla según lo esperado, podría ganar el primer premio en la Zona Alfa el próximo año.

Sin embargo, por hoy, mi tarea es convencer a varios cientos de asistentes a la Zona Alfa y a docenas de reporteros de que mi idea tiene mérito, lo que significa que necesito conocer la compañía de arriba a abajo y asegurarme de que cada nota a pie de página en mi presentación de cien diapositivas sea correcta.

Bolita de algodón me hace compañía mientras trabajo, y una hora después, para mi sorpresa, el Sr. Bufidos se une a él. Ronroneando, el enorme gato se estira sobre mi escritorio y me mira como si yo fuese un ratón particularmente sabroso. Es muy probable que esté planeando alguna travesura, pero estoy demasiado ocupado para preocuparme por ello.

En este punto, la mitad de mis piezas de arte de incalculable valor ya están rotas, de todos modos.

Ya casi he terminado con mi presentación cuando hago una pausa para ir al baño. Cuando regreso, la taza de café medio llena que dejé en el escritorio está tumbada de lado y su contenido líquido se ha derramado por todo el teclado de mi portátil.

—¡Mierda! —No necesito buscar al culpable: él está acostado allí mismo en mi escritorio, mirándome con expresión engreída. El malvado felino sabe exactamente lo que ha hecho. Ni por un momento considero que haya podido ser su hermano; Bolita de algodón se comporta tan bien como es posible que lo haga un gato.

No, es el Sr. Bufidos el que ha hecho esto... y a propósito.

Él sabe lo importante que es esto para mí.

—Fuera —le digo, señalando con el dedo hacia la puerta—. Largo. Ahora. O te cojo por tu cola peluda y te arrastro yo.

El gato menea con desdén la mencionada cola hacia mí y perezosamente se pone en pie. Saltando de mi escritorio, se aleja, y su actitud de autosuficiencia casi proclama: "Misión cumplida".

Bueno, le ha salido el tiro por la culata, porque el disco duro de mi portátil hace una copia de seguridad en una unidad de memoria flash que tiene conectado. Usaría la nube, pero tengo demasiada información confidencial aquí, y las soluciones tecnológicas más sencillas siempre son las más seguras.

Respirando hondo, me aseguro de que todo funciona bien con la memoria USB, para mi alivio, así es, y luego saco mi portátil de repuesto y termino de revisar la presentación, solo permitiendo el acceso de Bolita de algodón a mi oficina.

Poco después de las seis, Emma se despierta, así que guardo mi portátil de recambio y el pen drive adjunto, y me reúno con ella para desayunar. Por hoy me saltaré mi entrenamiento, quiero reservarme toda mi adrenalina para el pódium, así que en cuanto terminamos me visto y me preparo para salir hacia el Plaza, el hotel donde se celebra la conferencia.

—Buena suerte. Sé que lo harás genial —dice Emma, sonriéndome cuando la beso junto a la puerta, y mi pecho se llena de calor al saber que ella me estará esperando cuando regrese a casa.

Va a ser esta noche, decido al subirme al coche.

Después de mi presentación, le diré cómo me siento, y si ella siente lo mismo, me declararé.

La calidez permanece conmigo durante todo el trayecto hasta Midtown y, mientras camino por el reluciente vestíbulo hasta el área de conferencias en la parte de atrás, con la bolsa del portátil colgada del hombro. Sigue allí mientras saludo a conocidos y a extraños, estrechándole la mano a amigos y rivales por igual.

Mi presentación es la primera, mi reputación me ha proporcionado el honor de hacer la charla de apertura de las 8:00 a.m. A las 7:20, me dirijo al salón de baile para prepararme, y cuando llego al podio, abro la bolsa de mi portátil para sacarlo.

Excepto que falta una parte: específicamente, la memoria USB que había dejado conectada a un lado.

La unidad que contiene mi presentación, con todas mis notas de esta mañana, ya que no me molesté en cargar los archivos de la unidad en el disco duro del ordenador de repuesto.

¿Qué cojones? ¿Dónde puede haber ido a parar?

Estoy revolviendo mi bolso, esperando que aparezca en algún lugar del fondo, cuando mi teléfono vibra en mi bolsillo. Es Emma, así que aunque mi presión sanguínea está aumentando por momentos, contesto de inmediato.

—¿Gatita? ¿Va todo bien?

—No estoy segura. —Ella suena sin aliento—. Bufi casi se traga algo: un USB de algún tipo. Lo encontré atragantándose con él en un rincón. ¡Gato malo! ¡Malo! No tengo idea de dónde lo ha sacado, pero por si acaso, se me ha ocurrido llamarte.

Ese gato del demonio. Estaba realmente decidido a joderme esta mañana.

Cierro los ojos con fuerza, cuento hasta tres, y luego pregunto en un tono calmado:

—¿Está bien el señor Bufidos?

—Sí, él estará bien, no es que se lo merezca. —El Sr. Bufidos debe de seguir por allí cerca porque ella vuelve a exclamar—: ¡Gatito malo! ¡Malo! —Antes de decir con voz normal—: Así que, sobre el USB...

Abro los ojos y respiro profundamente para calmarme.

—Has hecho lo correcto al llamarme. Mi presentación está en ese pendrive. Bufi lo debe de haber sacado de mi bolsa mientras desayunaba. ¿Está Geoffrey allí? Necesito que lo conecte a un ordenador para asegurarse de que aún funciona, y si es así, que se suba a un taxi y me lo traiga. Dile que vaya al Gran Salón de Baile del Plaza.

Emma ahoga una exclamación.

—Oh, no. Geoffrey acaba de salir a comprar a la tienda de comestibles. Pero yo puedo hacerlo... Hoy no tengo que estar en el trabajo hasta las diez.

Exhalo.

—Eso sería genial, gracias. Llámame en cuanto sepas si funciona.

—Lo haré. —Ella cuelga, y abro mi correo electrónico para recuperar una versión anterior de mi presentación. Le faltan todos los cambios de los últimos días, pero si la memoria USB está demasiado mordisqueada, tendrá que servir.

Seis minutos después, mi teléfono vibra.

—Funciona —me informa Emma, con una voz extrañamente inexpresiva—. Salgo corriendo para allá ahora mismo.

Frunzo el ceño e intento preguntarle qué le pasa, pero ella ya ha colgado... y no importa cuántas veces la llame, no vuelve a cogerlo, y solo me envía mensajes de texto diciendo que está de camino. No es hasta veinte minutos después, cuando me manda otro mensaje para decirme que está entrando en el hotel, que me doy cuenta de qué más había en ese USB.

Emma

Estoy temblando, literalmente temblando, mientras camino por el opulento vestíbulo, apretando el pen drive con fuerza en mi puño. La sensación de traición es tan potente que ni siquiera puedo comenzar a procesarla, no puedo pensar en todas las implicaciones.

Emma Walsh.

Ese era el nombre de la carpeta del USB que llamó mi atención cuando lo enchufé a mi portátil para asegurarme de que funcionaba. La presentación de Marcus también estaba allí, junto con un montón de otras carpetas, pero vi esa etiqueta diciendo "Emma Walsh" y tuve que hacer clic en ella.

Había muchos archivos en la carpeta, pero el

primero que abrí estaba etiquetado simplemente como "Informe". Y dentro había un informe sobre mí. Era exhaustivo, contenía tantos datos sobre mí que yo ni siquiera conocía algunos de ellos... como el nombre del hospital donde nací. Hablaba de mi familia y de dónde estudié, enumeraba todos los lugares donde había vivido y trabajado, mencionaba a todos los amigos que había tenido y a todos los hombres con los que había salido. Tenía capturas de pantalla de mis perfiles en redes sociales desde mi adolescencia, y todo lo que había puesto en mi lista de deseos de Amazon.

Aturdida, lo hojeé todo, y luego abrí algunos de los otros archivos. Una era mi solicitud de arrendamiento para mi estudio; otro, mi ensayo de admisión a la universidad. Algunos otros eran tareas escolares que había hecho en la universidad, incluidas algunas historias cortas para mi clase de escritura creativa. Ignorando las náuseas que me retorcían las entrañas, seguí haciendo clic. Mis solicitudes de préstamos estudiantiles, extractos bancarios, registros de vacunación, historial médico: todo estaba allí, toda mi vida expuesta en esa carpeta, desde mis esperanzas y sueños hasta cuántas caries tuve de niña.

Funcionando solo en piloto automático, llamé a Marcus para decirle que el USB funcionaba. Luego me vestí y cogí un taxi, con el estómago atenazado por la náusea y mis pensamientos dando vueltas como un tornado.

Marcus hizo que me investigasen. ¿Cuándo? ¿Por qué? ¿Pensó que yo era una especie de estafadora que quería sacarle su dinero? ¿Fue porque me estaba mudando a su casa, como una precaución para asegurarse de que no soy una aprovechada como mi madre?

Pero no, me di cuenta a medio camino de mi destino. Recordé los libros de la primera edición que me había regalado hacía semanas, mis tres favoritos de todos los tiempos, y cómo parecía saber exactamente qué flores me gustaban. Y la bufanda blanca, la que se parecía sospechosamente a la de mi lista de deseos de Amazon... incluso me dijo que debería cambiar mi configuración de privacidad allí y admitió haber sabido cosas de mí por mis redes sociales.

Entonces lo acusé de ser un acosador, pero no tenía ni idea.

Ni siquiera me había olido nada.

Él siguió llamándome durante todo el viaje hasta aquí, pero no podía soportar la idea de cogerle el teléfono. La ira y la traición formaban un nudo grueso dentro de mi garganta, mi caja torácica estaba tan apretada que solo me permitía tomar respiraciones superficiales y rápidas.

Marcus, el hombre al que amo, el hombre con el que he accedido vivir, había encargado este informe terriblemente invasivo cuando comenzamos a salir, y no puedo imaginarme por qué.

Tengo los dedos congelados, y me zumban los oídos cuando salgo del vestíbulo y entro en el área de conferencias de la parte de atrás. *Conferencia de Inversiones de la Zona Alfa* reza el cártel en medio del vestíbulo principal, con hombres y mujeres vestidos con trajes de negocios pululando por todas partes. El Gran Salón de Baile está a mi derecha, y corro hacia allí, ignorando el mareante repiqueteo de mi pulso.

Entregar el USB y marcharme: esa es mi misión. No puedo pensar más allá de eso, no puedo ver más allá de la simple tarea de poner un pie delante del otro. Una vez que el pen esté a salvo en las manos de Marcus, me preocuparé por los próximos pasos, por lo que este descubrimiento significa para nosotros y el futuro de nuestra relación... si es que puede haber alguno.

Faltan seis minutos para las ocho, y el salón de baile ya está repleto, con cámaras y equipos las de noticias por todas partes. A mi alrededor hay trajes a medida y bolsos de miles de dólares, hombres y mujeres que controlan más riqueza que los reyes de antaño. En otras circunstancias, me sentiría intimidada, fuera de lugar con mis vaqueros informales y mis zapatillas de deporte, pero en este momento, no podría importarme menos.

Marcus está junto al podio en el escenario, conectando su micrófono, y mi corazón se me sube a la garganta al ver sus conocidos y fuertes rasgos, la forma en que sus cejas espesas y oscuras se juntan mientras habla con el técnico en voz baja. Recuerdo esa voz profunda y suave que me murmuraba palabras cariñosas anoche, recuerdo lo cálidos y tiernos que se sintieron sus labios al besar los míos esta mañana, y el dolor que me atraviesa como una flecha es tan paralizante que por un segundo, no puedo encontrar las fuerzas para moverme.

Como si hubiese notado mi presencia, Marcus se da vuelta y me mira directamente, y su fría mirada azul se clava en mí con precisión preternatural. Con una breve palabra hacia el técnico, suelta el micrófono y se dirige hacia mí, descendiendo del escenario con pasos largos y decididos.

El frío dentro de mí se intensifica hasta que estoy temblando y los escalofríos me recorren la piel mientras me quedo allí, esperando que me alcance. Incluso ahora, su presencia es magnética, su efecto en mí es tan potente como siempre.

Marcus Carelli.

Mi novio.

Mi amante.

Mi acosador.

Todo sobre él es dolorosamente familiar, desde la orgullosa inclinación de su cabeza oscura hasta la poderosa amplitud de sus hombros en ese traje perfectamente ajustado a su cuerpo. Pero, ¿lo conozco de verdad? ¿Quién es el hombre del que me he enamorado?

¿Algo de lo nuestro ha sido real?

—Emma. —Ahora está a solo unos metros de distancia, y veo las líneas de tensión grabadas en su rostro, la culpa y la preocupación en esos intensos ojos azules. Debe de haberse dado cuenta de lo que he descubierto, se habrá acordado de qué más hay en el USB. Efectivamente, en cuanto se detiene a mi lado, dice en voz baja—: Emma, gatita, escúchame. Puedo explicártelo.

—Aquí tienes. —Le meto el pen en la mano—. Buena suerte con la presentación y adiós.

Y antes de que pueda estallar o romperme en pedazos, me doy la vuelta y echo a correr.

arcus

Mierda. La memoria USB me quema tanto que casi me atraviesa la palma de la mano mientras veo a Emma huir, con su cabello brillante como un rayo de sol, a través de esta habitación llena de gente vestida principalmente de gris y negro. A mi derecha, un conocido de negocios comienza a hablarme; a mi izquierda, dos reporteros compiten por mi atención. Pero las palabras que salen de sus bocas son ruido de fondo, igual que el barullo de la audiencia que espera mi presentación.

Nunca había visto a Emma tan pálida, tan jodidamente *herida*. Es como si la vida se hubiera escurrido de ella, y todo su calor y fuego se hubieran ido.

En el momento en que me di cuenta de lo que había sucedido, deseé poder rebobinar y olvidarme de pedirle a Emma que trajera la unidad de memoria. Podría haberlo hecho con la versión anterior de mi presentación; ¿y qué si algunas diapositivas no hubieran sido tan detalladas como me hubiese gustado? Pero lo único que podía hacer era esperar a que ella llegara y continuar con los preparativos para mi discurso, como si todavía me importaran algo las acciones de biotecnología o mi reputación... como si mi mundo no estuviera a punto de desmoronarse.

Sin embargo, por mucho que me hubiese temido esta confrontación, la realidad resultó ser infinitamente peor, y el dolor en los ojos de Emma había sido más devastador que cualquier azote verbal. Estaba preparado para su ira, pero no para esos lánguidos "buena suerte" y "adiós".

Su cabeza resplandeciente desaparece por las puertas del salón de baile, y es como si el sol se hubiera puesto, llevándose consigo todo el calor de la habitación. Y sé que si ella sale de mi vida, este frío crecerá y me envolverá, encerrándome en una capa de hielo que ninguna cantidad de alegría o felicidad será capaz de romper jamás.

No tomo la decisión consciente de comenzar a caminar; mis pies avanzan por voluntad propia. A mi alrededor, todo son miradas confusas y murmullos, y gritos que repiten mi nombre por todas partes. El organizador de la conferencia corre hacia mí, diciendo entre dientes:

—Son casi las ocho. Te necesitamos allí arriba ahora mismo, Carelli. —Pero yo lo esquivo, acelerando el paso.

La multitud se está haciendo más densa con los que llegan a última hora, y me abro paso entre ellos, murmurando "perdón" a diestro y siniestro. En cuanto salgo al pasillo, me echo a correr.

Emma ya está cruzando la calle cuando salgo corriendo del hotel, con el organizador de la conferencia pisándome los talones.

—Emma, ¡espera! —la llamo, pero ella no me escucha y su pequeña figura entra y sale de entre el tráfico, ajena a los coches que se mueven lentamente. Comprendo, con una oleada de miedo, que está tan disgustada que no se da cuenta de que el semáforo se ha puesto en rojo, e ignorando el intento del organizador de agarrarme por la manga, me lanzo al cruce detrás de ella.

Es hora punta, con la locura habitual de la Quinta Avenida, lo que significa que cualquier espacio extra en la distancia habitual de medio metro entre coches es agradecido por los conductores que avanzan con furia, desesperados por adelantar a los demás. Y veo como un espacio así se abre frente a Emma cuando una furgoneta blanca acelera mucho más lentamente que el ágil auto deportivo que la precede.

—¡Emma! —grito a todo pulmón, pero con el ruido del tráfico, no puede oírme. Tiene la cabeza gacha, pone el pie frente a la furgoneta, y sus manos se agarran con fuerza a las solapas de su viejo abrigo para protegerse el cuello contra el viento helado. No ve el peligro, no es consciente del taxi amarillo que acelera el motor al lado de la furgoneta, y con la furgoneta bloqueando su visión, dudo que el taxista la esté viendo.

Con el corazón a mil, hago un sprint, ignorando los bocinazos de alarma a mi alrededor. Mis pulmones bombean como si estuviera en los últimos tramos de una maratón, mi visión de túnel se estrecha hasta que lo único que veo es esa pequeña figura pelirroja y el taxi a punto de desviarse hacia ella.

—¡Emma!

Ahora estoy lo bastante cerca como para que mi frenético bramido la alcance, y ella se da la vuelta, solo para quedarse paralizada en el sitio, abriendo los ojos de par en par cuando nos ve a mí, y al taxi que se le viene encima. En un fogonazo, capto el rostro aterrorizado del taxista al darse cuenta de su presencia, oigo el chirrido de los frenos, y sé que no se detendrá a tiempo.

Es físicamente imposible.

El tiempo parece ralentizarse, cada milisegundo es sorprendentemente vívido mientras el rugido ensordecedor de mi pulso se separa en latidos distintos.

Pum, pum. Acelero como un demonio.

Pum, pum. Doy un salto en el aire, con los brazos extendidos.

Pum, pum. La cara de Emma, blanca como la de un espectro; sus labios formando mi nombre cuando mis manos chocan contra su pecho; el impacto que la hace retroceder un metro y medio, fuera de peligro.

Pum. Una fuerza tremenda me golpea en el costado, y la oscuridad me envuelve.

Emma

Mi espalda choca contra el asfalto con tanta fuerza que por unos segundos no puedo respirar, y mi visión viene y va. Entonces, resollando, mis pulmones permiten que el aire entre en ellos y me levanto de un salto, impulsada por un terror tan espantoso que no soy consciente de ningún dolor.

—¡Marcus! —Ignorando el mareo que intenta apoderarse de mí, me apresuro hacia la figura vestida con traje de negocios que yace tirada en el asfalto a unos metros de distancia.

Todos los coches se han detenido por completo, y sus conductores se han bajado de ellos y están gritando. El conductor del taxi amarillo comienza a lanzarme maldiciones a todo volumen, pero no le presto atención. Solo me centro en el hombre tumbado sobre su espalda delante del taxi, con la cara medio vuelta de lado y el brazo doblado en un ángulo extraño.

Caigo de rodillas frente a Marcus, busco frenéticamente el pulso en su cuello, y un sollozo de alivio brota de mi garganta cuando lo siento, fuerte y constante. Pero luego noto que hay sangre formando un charco alrededor de su cabeza, y el horrible miedo vuelve con saña.

—¡Necesita una ambulancia! —Miro a mi alrededor, mientras busco mi teléfono en el bolsillo. No puedo encontrarlo, y mi pánico alcanza su punto álgido— ¡Que alguien llame al 911!

—Ya están de camino —dice un hombre con un traje gris, sonando sin aliento mientras se arrodilla a mi lado—. No puedo creer que Carelli haya saltado delante de ese... mierda, estás a punto de desmayarte.

No me doy cuenta de que está hablando de mí hasta que alguien me agarra de los brazos y me hace tumbarme junto a Marcus, diciendo algo sobre el shock y las posibles lesiones. A lo lejos, las sirenas aúllan y mi mareo se intensifica, trayendo consigo una oleada de náuseas.

Ruedo para ponerme de lado, vomito, y cuando mi estómago se queda vacío, ya estamos los dos rodeados por un enjambre de paramédicos.

*E*mma

—¿EMMA? ¿GATITA?

El sonido áspero de la voz de Marcus me despierta, y me levanto de un salto, casi tirando la silla en la que me había quedado dormida.

—¡Estás consciente! Por fin, gracias a Dios. —Cojo su mano derecha entre las mías, tan abrumada por el alivio que apenas noto el dolor de mi espalda—. ¿Cómo te encuentras?

Parpadea hacia mí lentamente, y sé que todavía está uniendo los puntos, preguntándose por qué tengo los ojos húmedos, aunque esté sonriendo. Pero esa confusión es normal, esperable. Lo importante es que después de dieciocho horas sin recuperar la consciencia, Marcus está despierto y sabe quién soy.

—¿Qué..? —Humedece sus labios resecos mientras me siento en el borde de su cama—. ¿Qué ha pasado? —Su mirada se aclara—. Espera. El taxi. ¿Estás...?

—Yo estoy bien. Toma, bébete esto. —Suelto su mano, sostengo un vaso de agua con una pajita cerca de su boca y lo veo tomar un gran sorbo y cómo los músculos de su poderosa garganta trabajan mientras traga. Mi pecho se atenaza al ver eso y mi alegría es tan intensa que raya en la agonía. Con una incipiente barba cubriendo sus mejillas delgadas, el lado derecho de su mandíbula hinchado y un enorme vendaje blanco alrededor de la cabeza, tiene la pinta más horrible que es capaz de tener un hombre con su magnetismo, pero está despierto y operativo.

Va a ponerse bien.

—¿Qué ha pasado? —repite cuando se harta de beber agua. Su voz suena como si le hubieran frotado la garganta con papel de lija, pero sus ojos azules son claros y están centrados mientras observan el yeso en su brazo izquierdo y todas las vías intravenosas y monitores que tiene conectados.

Dejo el vaso de agua sobre la mesita de noche.

—Primero dime cómo te encuentras.

—Como si me hubiesen abierto la cabeza con una sierra y me la hubieran llenado de cristales rotos. —Se toca el vendaje de la cabeza con la mano sana, haciendo una mueca cuando sus dedos rozan su mandíbula hinchada—. También como si me hubiera atropellado un coche. ¿Es eso lo que ha ocurrido?

—Sí. —Inhalo para tranquilizarme—. Me sacaste de

la trayectoria del taxi y fuiste tú quien se llevó todo el impacto. Al hacerlo, te rompiste el brazo y te abriste la cabeza contra el suelo. También tienes magulladuras y arañazos por todas partes. Los doctores han dicho... —Mi voz está empezando a temblar, mi garganta se está cerrando, así que cojo aire otra vez—. Dijeron que era un milagro que no hubiera lesiones internas ni otros huesos rotos, y que no creían que hubieras sufrido daños cerebrales, aunque después de las primeras horas, comenzaron a preocuparse porque no te despertabas. —Cierro los ojos para contener las lágrimas, pero es un esfuerzo inútil. Se escapan por debajo de mis párpados cerrados, y cuando los abro, encuentro a Marcus mirándome tiernamente.

—¿Y tú, gatita? —Pulsa un botón para levantar la cama a una posición en la que estar medio incorporado y pone una mano con suavidad sobre mi rodilla—. ¿Resultaste herida? Te empujé bastante fuerte.

Algo entre un sollozo y una risa a medias se escapa de mi garganta.

—Sí, básicamente me hiciste un placaje al estilo del fútbol americano. ¿Jugaste a eso en la universidad o algo así?

—No, solo en el instituto. El primer año. Después, me cambié a lacrosse y fútbol europeo. Pensé que todos esos golpes en la cabeza no podían ser demasiado buenos para el cerebro, y necesitaba todas mis neuronas para el futuro que había planeado. —Sonríe y luego la preocupación regresa a sus ojos—. ¿Entonces *resultaste* herida?

Niego con la cabeza y una sonrisa empapada de lágrimas brota de mis labios.

—No, en realidad no. Golpeé el suelo con bastante fuerza, pero mi espalda solo tiene un ligero esguince cervical y estoy algo magullada. El shock fue lo peor de todo; no hacían más que darme líquidos azucarados en la ambulancia para que no me desmayara ni volviese a vomitar. —Mi sonrisa se desvanece, y trago saliva mientras un nuevo nudo se forma en mi garganta—. Dijeron que puede que me hayas salvado la vida. Con lo rápido que iba ese taxi y el ángulo con el que venía hacia mí… —Se me quiebra la voz—. Y *tú* también podrías haber muerto o resultado gravemente herido. Si te golpeas la cabeza con más fuerza o caes de otra manera… —Un estremecimiento me recorre la columna vertebral—. Nunca vuelvas a hacerme esto, ¿me oyes? —Agarro su mano, y el recuerdo del miedo pasado me hiela las entrañas—. Prométemelo, Marcus. Prométeme que nunca volverás a hacer ninguna locura semejante.

Su mandíbula se tensa.

—No puedo. Cuando vi cómo ese coche se te echaba encima, y me di cuenta de que no iba a poder frenar… —Cierra los ojos con fuerza y sus dedos se cierran sobre los míos mientras revive lo que debe de ser un recuerdo horrible. Y sé exactamente cómo se siente. Nunca podré sacarme de la cabeza la imagen de él allí tirado, inconsciente y sangrando, nunca olvidaré cómo me sentí en esos aterradores instantes antes de encontrarle el pulso y saber que estaba vivo. Si lo hubiese perdido, si hubiera muerto por mi culpa… Dios, ni siquiera soy capaz de imaginarme ese dolor; la mera idea es tan dolorosa que es como si se me rompiera el alma en mil pedazos.

—Marcus... —Espero a que él abra los ojos y luego pregunto con voz tensa—: ¿Por qué no diste tu presentación? El hombre que vino corriendo detrás de ti dijo que habías salido de allí sin darle explicaciones a nadie.

Su mirada se nubla.

—¿Por qué crees tú? Gatita, en cuanto a ese informe del detective privado... —Aparta la mano y pulsa el botón para sentarse más derecho—. No lo hice con mala intención, te lo juro.

Respiro hondo y lentamente lo dejo salir.

—¿Por qué lo hiciste entonces? —He estado tan preocupada por él que apenas he dedicado un solo pensamiento a esos archivos, pero ahora que sé que va a estar bien, el dolor de la traición está regresando, aunque ya no es tan agudo como antes.

Habiéndome enfrentado al espectro de perderlo, perderlo *de verdad*, sé que da igual lo que me diga, no voy a dejarle.

—¿Por qué? —Marcus recupera mi mano, y sus dedos se curvan fuertemente alrededor de los míos—. Porque quería tenerte, Emma. Porque cuando me dijiste que me fuera después de esa noche de la puerta rota, no podía dejar de pensar en ti, sin importar cuánto lo intentara. Trabajé, comí, dormí, hice ejercicio, salí con amigos y colegas de negocios, pero todo eso lo hice en piloto automático, porque durante todo ese tiempo, solo podía pensar en ti. Cuando me enviaste el mensaje de texto, aquel "Hola", fue como si mi mundo cambiara de tonos de gris a color en HD. Pero entonces dijiste que me lo habías mandado sin querer, lo que implicaba que estabas viéndote con otro y yo... —su mandíbula se tensa—. Bueno, me volví un poco loco.

—¿Igual que te pasó con Ian? —pregunto con ironía, y él asiente, aunque no hay rastro de diversión en su rostro.

—Así —dice sombríamente—. Solo que peor, porque tú no eras mía aún... y sabía que si no hacía algo, nunca podría descubrir cómo sería si lo fueses.

—Entonces, ¿qué...? ¿Encargaste este informe?

—Sí. —Su mirada es firme como el acero—. Hay un detective privado que utilizo para vigilar a ejecutivos importantes de las empresas en las que invertimos. Nunca antes le había pedido que investigara a nadie con quien estaba saliendo, pero después de ese mensaje, tenía que saber si, de hecho, estabas viendo a alguien y, lo que es más importante, qué podía hacer para recuperarte. —Toma aire y después dice sin rodeos—: Necesitaba saber lo que te motivaba, gatita, y sin acosarte directamente, esta era la única manera.

—Guau. —Suelto mi mano, me levanto y empiezo a caminar arriba y abajo, con mis pensamientos dando vueltas como la ropa en una secadora. Hay tanto que desentrañar... muchas capas de emociones en conflicto que explorar. Lo que hizo Marcus está terriblemente mal, la invasión de mi privacidad es deplorable. También es aterrador que *fuese capaz* de hacer eso: tanto porque tenía los medios como porque estuviese dispuesto a llegar tan lejos para obtener lo que quería.

Que era a mí.

Y eso es lo que complica las cosas... porque no puedo decir que lamento que se haya salido con la suya. Si no se hubiera presentado con todos esos regalos perfectamente elegidos, si no hubiera sido tan despiadado y persistente, yo podría haber encontrado la fuerza para alejarme de él, y entonces no estaríamos hoy donde estamos.

Nunca hubiese conocido el terrorífico y estimulante subidón de estar enamorada de este hombre.

Él me mira pasear con la intensidad de un gato que vigila a una lagartija solitaria, y sé que es porque ha decidido que este es el mejor enfoque, que necesita darme tiempo para procesar estas revelaciones. Incluso ahora, su mente retorcida está pensando en una forma de darle la vuelta esta situación, de ponerla a su favor para que él pueda obtener lo que quiere.

Lo cual, presumiblemente, sigo siendo yo.

—¿Qué más? —Exijo, deteniéndome frente a la cama—. ¿Alguna cosa más que debería saber? —Duda por un largo momento, y una risa incrédula se me escapa de la garganta—. La hay, ¿no es verdad? ¿Qué es? —Un músculo tiembla en su mandíbula.

—Puede que haya retrasado tu avión el día que volaste a Florida. Además, le pedí a un agente inmobiliario que hablara con tu casera sobre poner su edificio a la venta, y más recientemente, arreglé que Weston Long lo comprara.

Estoy tan aturdida que me fallan las piernas y me dejo caer sobre la cama.

—Por el amor de Dios, ¿por qué?

Sus ojos azules brillan ferozmente.

—El avión, porque estaba atrapado en el tráfico y de lo contrario no podría haberte alcanzado en el aeropuerto. Y lo del edificio, porque... —Su pecho sube y baja una respiración entrecortada—. Porque estoy locamente, perdidamente, obsesivamente enamorado de ti, gatita... hasta tal punto en que no puedo soportar la idea de pasar ni una noche separados. Te quiero conmigo cada momento de cada día. Quiero dormirme contigo entre mis brazos y despertar con el olor de tu cabello en mi almohada; quiero ver tu sonrisa en el desayuno todas las mañanas y hablar contigo en la cena todas las noches. Eres mi adicción, mi obsesión, mi razón para existir, y no hay nada que yo no hiciese para ganarme tu amor. Emma, gatita... —Coge mi mano otra vez—. Te amo y quiero que te cases conmigo. Te quiero en mi vida para siempre.

Mi boca se mueve, pero no articula ningún sonido, y siento que mi pecho está a punto de estallar. El anhelo profundo en su voz, la vulnerabilidad oculta en su mirada... me desmontan por completo, cortando a través de la maraña de emociones en conflicto como tijeras a través de un nudo.

Marcus quiere casarse conmigo. Me ama. Auténtica y verdaderamente, me ama... tanto que se ha lanzado delante de un coche para salvarme... y antes de eso ha cruzado todo tipo de líneas para llevarnos a donde estamos ahora. Y en retrospectiva, ¿qué es lo que me esperaba yo? ¿Iba un hombre tan despiadado como este a dejar al azar algo tan importante como los asuntos del corazón? ¿De verdad me creía que él iba a quedarse mansamente en la retaguardia, con la esperanza de que yo superaría mis inseguridades antes del final de la próxima década?

No, así no es como opera Marcus Carelli. Él persigue lo que quiere, y cuanto más lo desea, más lucha por conseguirlo.

Tenía razón al imaginármelo como un pirata moderno.

Lo es... y yo siempre he sido su botín deseado.

—Emma. —Sus ojos se estrechan, su mano se tensa alrededor de la mía—. Gatita, di algo.

Fuerzo a mi lengua paralizada a la acción.

—¿Qué hay de tus criterios? ¿No quieres casarte con alguna glamurosa y sofisticada socialité? Alguien que lo sepa absolutamente todo sobre las últimas modas y sobre la política y pueda...

—No. —En su voz hay una certeza absoluta—. Eso es lo que pensaba que quería, pero estaba equivocado. Solo había un criterio que realmente me importaba, solo una cosa que quería que fuera mi futura esposa.

—¿Y cuál es?

—Mi familia. Alguien con quien pueda contar. —Se detiene y luego agrega suavemente—: Una mujer que no sea como mi madre.

Mi corazón se encoge hasta el tamaño de una cabeza de alfiler, mis pulmones se estancan cuando vuelvo a notar las lágrimas en la parte de atrás de la garganta. Marcus no ha hablado mucho sobre su infancia, solo deja caer pistas aquí y allá, pero no se necesita mucha imaginación para figurarse cómo fue. Su madre había sido una alcohólica, me había contado, borracha las veinticuatro horas del día. Por supuesto que no podía contar con ella; cualquier amor que sintiera por su hijo habría sido barrido por su adicción a la botella.

No es de extrañar que se haya acercado a mis abuelos con tanto entusiasmo. Mientras que yo siempre he tenido su amor para darme apoyo, él nunca ha tenido nada que se acercara a una familia real, a personas en las que pudiera confiar y respaldarse.

Mirándolo ahora, a este hombre guapísimo y poderoso que siempre he pensado que estaba fuera de mi alcance, me doy cuenta por primera vez de que *puedo* ser lo que él necesita.

Puedo darle amor y una familia... y la totalidad de mi corazón.

Me está mirando atentamente, esperando mi respuesta, así que cojo aire y digo:

—Sabes que vengo con gatos, ¿verdad? Ahora son tres, pero puede que quiera adoptar más en el futuro. Hay tantos en los refugios que podrían beneficiarse de un buen hogar... Y es posible que también quiera tener un perro o dos algún día.

Sus ojos brillan con aire triunfal, pero su voz es neutra.

—Cuantos más, mejor. Llena todo el ático de mascotas si quieres. Demonios, te compraré uno más grande... una mansión, un castillo, una isla... Tendremos un zoológico completo si te apetece.

Me muerdo la mejilla. Lo he dicho medio en broma, pero me alegro de que esté conmigo en lo de las mascotas.

—¿Y qué hay de los niños? —le pregunto—. Creo que quiero tres.

—Hecho. —Su mirada se vuelve abrasadora—. Comencemos con el primero ahora mismo.

—Espera —grito mientras me atrae hacia él, con una fuerza que no se ha visto mermada por sus lesiones —. Marcus, espera, estás herido y los médicos... estarán aquí en cualquier momento. Además —apoyo mi mano en su almohada, evitando que nuestros labios se unan —... Necesito decirte algo.

Él se queda quieto, con la cautela inundando su mirada.

—¿De qué se trata?

Lo empujo contra la almohada, obligándolo a dejarme que me siente derecha. Poniendo la palma mi mano sobre su rodilla, le digo sin titubeos:

—Te amo, Marcus. Te he amado desde antes de Florida. Cuando te marchaste aquel domingo, sentí que me arrancabas un pedazo de mi corazón, y he tenido miedo de que me hicieras daño desde entonces. Pero ya no lo tengo. Te lo iba a decir cuando llegaras a casa después de tu presentación... y siento mucho que no pudieses darla por mi culpa.

Una sonrisa dolorosamente tierna florece en su rostro.

—Gatita, yo...

—No, espera, déjame terminar. —Respiro hondo—. Te amo, Marcus, y quiero estar contigo... pero no me parece bien lo que has hecho. Si nos vamos a casar, necesito que me prometas que nunca más me espiarás ni manipularás mi vida de ninguna manera. ¿Puedes hacer eso? ¿Me puedes hacer esa promesa?

Sus ojos arden y lanzan destellos como los de un tigre.

—Sí, mi vida. Siempre y cuando tú prometas no dejarme nunca... y casarte conmigo antes de fin de año.

—¿Qué? —Me quedo boquiabierta—. ¡Hoy es 17 de diciembre!

—Lo sé. —Sin piedad, me acerca más a él.

—¡El fin de año es dentro de dos semanas!

Sus labios rozan los míos.

—Lo sé.

—Marcus, realmente necesitamos hablar de...

Se apodera de mis labios con un beso profundo y alucinante, y para cuando me deja tomar aire, su monitor de frecuencia cardíaca está pitando, atrayendo a las enfermeras.

mma

EL DIAMANTE DE CORTE PRINCESA DE MI DEDO centellea cuando me paso las palmas de las manos sobre la parte delantera de mi vestido negro, maravillándome de cómo el tejido sedoso hace que resalten mis curvas posparto. Todavía tengo un pequeño resto de barriga, pero con este vestido perfectamente hecho a medida, es imposible notarlo.

—Estás preciosa —dice Marcus con voz ronca, acercándose al espejo por detrás de mí—. Absolutamente impresionante. —Él ahueca mis senos, que ahora son dos tallas más grandes, gracias a la leche que demanda nuestro pequeño monstruo voraz. El vestido expone solo una pizca de escote, pero es suficiente para llamar la atención de mi esposo.

¿Qué estoy diciendo? Existir es suficiente para llamar la atención de mi esposo. Lo tengo siempre encima, sin importar la pinta que yo tenga ni lo que lleve puesto. Cuando estaba embarazada, se pasaba horas cada día explorando mi cuerpo cambiante, acariciándome y amándome y haciéndome sentir que soy la mujer más hermosa del mundo. Y en las seis semanas desde que he dado a luz, ha estado subiéndose por las paredes y contando los minutos hasta que el médico me autorice a reanudar nuestra vida sexual altamente activa... aunque no es que no hayamos encontrado maneras de hacerlo sin saltarnos las restricciones.

Para un hombre cuya carrera está basada en cifras y datos, Marcus puede ser bastante creativo.

Esta es una semana emocionante para nosotros. Ayer, la idea de inversión del año pasado de mi esposo, la de las acciones de biotecnología que eran el tema de su malograda presentación inaugural, se llevó el primer premio en la Zona Alfa de este año. Marcus no pudo presentarla por el accidente, así que hizo que su director de inversiones, Jarrod Lee, la expusiera en su lugar más adelante esa misma semana. Como Marcus esperaba, la compañía obtuvo la aprobación de su medicamento contra la hipertensión, y el precio de sus acciones se cuadruplicó a lo largo del año pasado, generando enormes ganancias para el fondo de Marcus y para todos quienes tuvieron la sabiduría de comprarlas a recomendación suya.

Esta noche es otra gran noche, y no solo porque mi

obstetra me ha dado luz verde esta tarde, algo que planeo decirle a Marcus después de la firma del libro, para que no terminemos llegando horriblemente tarde. Y no puedo llegar tarde, porque esta es *mi* firma de libros, organizada a petición mía en Smithson Books. Mi publicista quería que la hiciera en Barnes & Noble, pero yo insistí.

Puede que haya dejado mi trabajo a tiempo completo cuando mi thriller romántico, el segundo libro que me autopubliqué, llegó a la lista de los más vendidos del *New York Times*, pero la librería del Sr. Smithson sigue siendo mi segundo hogar.

—Será mejor que nos vayamos antes de que se despierte —digo, con la voz más ronca que de costumbre cuando me encuentro con la mirada de Marcus en el espejo. La vista de sus grandes manos extendidas posesivamente sobre mis senos es más que erótica, al igual que el calor que sale de sus palmas. Puedo sentirlo incluso a través de mi vestido y mi sujetador, y mi ropa interior se humedece cuando imagino lo que sucederá en unas pocas horas, cuando le diga que tenemos permiso oficial.

Oh sí, va a ser una gran noche, suponiendo que nuestro pequeño monstruo de la leche coopere. A Joshua Reed Carelli no le gusta que lo hagan esperar, y él prefiere obtener su alimento directamente del pecho. Si no nos vamos pronto, nos hará saber, ruidosamente, que tiene hambre, y si estoy en algún lugar del ático, no descansará hasta que lo haya alimentado yo misma. Sin embargo, si estoy fuera, se contentará perfectamente con que la niñera le de la leche que me he sacado previamente.

Da miedo lo manipulador y francamente clarividente que puede ser nuestro bebé de seis semanas.

Debe de haberlo heredado de su papá.

—De acuerdo —me dice Marcus, soltando mis pechos a regañadientes—. Pero echemos un vistazo por un segundo, ¿de acuerdo?

—Vale. Pero si se despierta, te tocará a ti —le digo con una sonrisa tierna mientras lo sigo a la habitación del bebé. Existen los padres entregados, y luego está Marcus. Mi esposo está tan obsesionado con nuestro pequeñajo como lo está conmigo, tanto que nuestra niñera se queja de que cuando él está en casa, ella no tiene nada que hacer.

Puede que mi multimillonario obsesionado por el orden evite limpiar la arena de los gatos, pero cambia los pañales como un profesional.

Para mi alivio, cuando entramos en su habitación, encontramos al pequeño Reed, (por alguna razón, tenemos problemas para llamarlo Josh o Joshua), durmiendo profundamente, rodeado de sus compañeros habituales: nuestros gatos.

El Sr. Bufidos es actualmente su favorito, y efectivamente, nuestro hijo está durmiendo con la peluda cola del felino agarrada en su puñito. Me preocupé cuando empezó a hacerlo a las dos semanas: Bufi no es exactamente un dechado de paciencia. Pero por alguna razón, mi gato más grande y más malo ha decidido que el bebé tiene permitido atormentarlo como quiera, y en lugar de huir o darle con la pata, se queda quieto y sufre en silencio.

—Se ha autonombrado guardián de su hijo —nos dijo Geoffrey, y estoy bastante segura de que el mayordomo tiene razón. Lo mismo debe ser cierto para mis otros gatos también, porque ahora se pasan la mayor parte del día con el bebé. En este mismo momento, Bolita de algodón le está calentando los pies, Reina Isabel está protegiendo la parte superior de su cabeza y Ratita, la gatita calicó de nueve meses que es la nueva incorporación a nuestra familia, está acurrucada a su lado.

Marcus fue quien la encontró y se la trajo a casa. Tenía una reunión de negocios en Greenwich, Connecticut, hace cuatro meses, y mientras esperaba el tren de regreso a la ciudad, Ratita trotó hacia él, maullando a todo volumen. Estaba dolorosamente flaca y claramente desnutrida, así que Marcus le dio algo de atún de su sándwich y así empezó una historia de amor.

—Me ha seguido hasta el tren —me explicó en tono de disculpa cuando trajo a la gatita a casa desde el veterinario—. No podía echarla, ¿verdad? Y el veterinario dijo que los refugios están llenos...

—Hiciste lo correcto —le dije con firmeza, aunque estaba algo preocupada por presentarles la gatita a mis mascotas. A su lado era diminuta, igual que un ratón, y me temía que la trataran como tal. Pero después de un par de horas de miradas cautelosas y espaldas arqueadas, Reina Isabel aceptó a la recién llegada y sus hermanos hicieron lo mismo, dando la bienvenida a la pequeña gata, ahora oficialmente llamada Ratita, a nuestra casa, donde ha estado creciendo y adorando a Marcus desde entonces.

Sí, mi marido, ese que una vez fuera anti-mascotas, ahora tiene a dos gatos, Bolita de algodón y Ratita, locamente enamorados de él, y no se resiente en lo más mínimo.

—Mira eso. Creo que mi corazón se está derritiendo —susurra Marcus, contemplando la escena de bebé y gatos, y yo asiento, demasiado emocionada para hablar. Me siento así todo el tiempo en estos días, y creo que son solo parcialmente las hormonas posparto.

No nos casamos en diciembre pasado, una victoria que logré al argumentar que no quería que Marcus llevara escayola en nuestra boda. En vez de eso, nos dijimos nuestros votos a finales de enero, unas seis semanas después de su declaración en el hospital, en el muelle de Flagler Beach. Fue una ceremonia pequeña e íntima, solo con mis abuelos y nuestros amigos más cercanos, a quienes Marcus llevó a Florida en su avión privado. Después, pasamos la luna de miel en Fiji, donde mi esposo echó la casa por la ventana y nos alquiló un lujoso bungaló sobre el agua en una isla privada. Durante tres semanas seguidas, nadamos en las aguas cristalinas, nos deleitamos con frutas tropicales y holgazaneamos, o nuestra versión de holgazanear, que involucraba nuestros portátiles y una buena cantidad de trabajo. Fue durante esas semanas cuando escribí la mayor parte de mi primer libro, también un thriller romántico, que publiqué sin decir nada dos meses después bajo un seudónimo y con cero expectativas de éxito comercial.

Para mi sorpresa, se vendió. Unas cuantas docenas de copias la primera semana y unos pocos cientos la segunda, a medida que se implementaban unos algoritmos de venta favorables. Luego, algunos blogueros importantes repararon en él, y una semana después, llevé a Marcus a su restaurante favorito, de esos de los de platos con una sola baya, y le confesé lo de mi proyecto secreto y lo bien que estaba funcionando. Se mostró orgulloso de mí, aunque un poco dolido porque no le hubiese hablado antes de ello, y le prometí que no iba a volver a ocultarle nada.

Ahora es mi mayor fan, lee cada escena mientras la escribo, me ofrece sugerencias, y habla de mis libros a todos los que conocemos. También financió la campaña publicitaria de mi segunda novela, ayudándola a llegar a todas las listas de los más vendidos. O más bien, *nosotros dos* la financiamos, ya que poco después de casarnos, acepté combinar nuestras cuentas.

Somos una familia, y ya no existe lo suyo ni lo mío, solo lo nuestro.

Así sí, soy una autora a tiempo completo, aunque todavía edito para algunos de mis antiguos clientes, principalmente porque lo disfruto. La flexibilidad de mi nueva carrera me conviene, especialmente porque

Marcus y yo decidimos no esperar para tener hijos, y nuestro pequeño devoraleche fue concebido casi de inmediato.

Tenía razón sobre los nadadores de Marcus; *son* tan despiadados y decididos como el mismo hombre.

De pie a su lado en este momento, viendo el amor y la ternura en su rostro fuerte y hermoso, siento una oleada de felicidad tan intensa que mi pecho me parece demasiado pequeño para contenerla.

—Te amo —susurro, entrelazando nuestros dedos, y cuando su mirada se dirige hacia mí y sus fríos ojos azules se encienden con esa hambre oscura y feroz, sé que para él, siempre seré un premio por el que vale la pena luchar... por el que vale la pena cruzar cualquier límite.

Y yo no lo querría de ninguna otra manera.

¡Gracias por leer esta historia! Si me dejas una reseña, te lo agradeceré muchísimo.

La historia de Marcus y Emma ha terminado, ¡pero tengo más tórridos romances en marcha! Para recibir una notificación cuando salga mi próximo libro, suscríbete a mi boletín en www.annazaires.com/book-series/espanol.

¿Quieres leer mis otros libros? Puedes echarle un vistazo a:

- *La trilogía Secuestrada*: la oscura historia de cómo Julian Esguerra secuestró a su esposa, Nora.
- *La trilogía Atrápame:* el romance cautivo de los enemigos a los amantes de Lucas y Yulia.
- *La trilogía Mia & Korum*: la historia futurista

de ciencia ficción de Korum, un poderoso alienígena, y Mia, la tímida estudiante que él está decidido a poseer.

- *La prisionera de los krinar* – la novela romántica independiente sobre la historia de Emily y Zaron, situada justo antes de la invasión
- *El informe Krinar* – mi ardiente colaboración con Hettie Ivers, centrada en Amy & Vair ... y sus aventuras en el club de sexo alienígena

Y ahora, pasa la página y disfruta de un avance de *Secuestrada* y *El informe Krinar*.

Nota del autor: *Secuestrada* es una oscura trilogía erótica sobre Nora y Julian Esguerra. Los tres libros se encuentran ya disponibles.

Me secuestró. Me llevó a una isla privada.

Nunca pensé que pudiera pasarme algo así. Nunca imaginé que ese encuentro fortuito en la víspera de mi decimoctavo cumpleaños pudiera cambiarme la vida de una forma tan drástica.

Ahora le pertenezco. A Julian. Un hombre que tan despiadado como atractivo, un hombre cuyo simple roce enciende la chispa de mi deseo. Un hombre cuya ternura encuentro más desgarradora que su crueldad.

Mi secuestrador es un enigma. No sé quién es o por qué me raptó. Hay cierta oscuridad en su interior, una oscuridad que me asusta al mismo tiempo que me atrae.

Me llamo Nora Leston, y esta es mi historia.

Está empezando a atardecer y con el paso del tiempo, estoy cada vez más nerviosa por la idea de volver a ver a mi secuestrador.

La novela que he estado leyendo ya no consigue distraerme, así que la dejo y comienzo a andar en círculos por la habitación.

Llevo puesta la ropa que Beth me ha dejado antes: un vestido veraniego azul que se abrocha por delante, bastante bonito. No es exactamente el estilo de ropa que me gusta, pero es mejor que un albornoz. De ropa interior hay unas braguitas blancas de encaje sexis y un sujetador a juego. Sospechosamente, toda la ropa me queda bien. ¿Habrá estado espiándome todo este tiempo? ¿Estudiándolo todo sobre mí, incluida mi talla de ropa?

Este pensamiento me revuelve el estómago.

Intento no pensar en lo que va a suceder a continuación, pero es imposible apartarlo de mi mente. No sé por qué, pero estoy segura de que vendrá a verme esta noche. Puede que tenga todo un harén de mujeres ocultas en esta isla y que vaya visitándolas un día a la semana a cada una, como hacían los sultanes.

Aun así, presiento que llegará pronto. Lo que pasó anoche no hizo más que abrirle el apetito, por eso sé que aún no ha terminado conmigo, ni mucho menos.

Finalmente, la puerta se abre.

Camina como si toda la estancia le perteneciera. Bueno, en realidad, le pertenece.

De nuevo, me veo absorta en su belleza masculina. Podría ser modelo o estrella de cine con esas facciones. Si hubiera justicia en este mundo, sería bajito o tendría algún defecto que compensara la perfección de sus facciones.

Pero no, no tiene ninguno. Es alto y su cuerpo musculado hace que esté perfectamente proporcionado. Recuerdo lo que es tenerlo dentro y siento a la vez una molesta sacudida de excitación.

Como las otras veces, lleva unos vaqueros y una camiseta de manga corta. Una gris esta vez. Parece que le gusta la ropa sencilla, y acierta. No necesita realzar su aspecto físico.

Me sonríe. Lo hace con esa sonrisa de ángel caído, misteriosa y seductora al mismo tiempo.

—Hola, Nora.

No sé cómo contestarle, así que le suelto lo primero que se me viene a la mente.

—¿Cuánto tiempo me vas a tener retenida aquí?

Ladea la cabeza ligeramente.

—¿Aquí en la habitación? ¿O en la isla?

—En las dos.

—Beth te enseñará la isla un poco mañana. Podrás darte un baño si te apetece —me dice, acercándose un poco más—. No te quedarás aquí encerrada, a no ser que hagas alguna tontería.

—¿Alguna tontería? ¿Cómo cuál? —pregunto. Me empieza a latir el corazón a toda velocidad al tiempo que él se para justo enfrente y alza la mano para acariciarme el pelo.

—Intentar hacer daño a Beth o incluso a ti misma. —Su voz es dulce y su mirada me tiene hipnotizada mientras me observa.

Parpadeo para tratar de romper su hechizo.

—Entonces, ¿cuánto tiempo me vas a tener aquí en la isla?

Me acaricia la cara con la mano y la curva alrededor de la mejilla. Me descubro apoyándome en su roce, al igual que un gato cuando lo acarician, pero trato de recomponerme inmediatamente.

Esboza una sonrisa de suficiencia. El cabrón sabe el efecto que tiene sobre mí.

—Espero que durante mucho tiempo —me contesta.

Por alguna extraña razón, no me sorprende. No se hubiera tomado tantas molestias en traerme aquí si solo quisiera acostarse conmigo unas pocas veces. Estoy aterrada, pero tampoco me sorprende mucho.

Me armo de valor y le hago la siguiente pregunta:

—¿Por qué me has secuestrado?

De repente la sonrisa desaparece. No responde; se limita a observarme con su inescrutable mirada azul.

Comienzo a temblar.

—¿Vas a matarme?

—No, Nora. No voy a matarte.

Su respuesta me tranquiliza, aunque obviamente puede que me esté mintiendo.

—¿Vas a venderme? —consigo articular palabra con dificultad—. ¿Como si fuera una prostituta o algo así?

—No —me responde dulcemente—. Nunca. Eres mía y solo mía.

Me siento algo más aliviada, pero aún hay algo más que tengo que averiguar.

—¿Me harás daño?

Por un momento, vuelve a dejarme sin respuesta. En sus ojos se adivina un halo de oscuridad.

—Probablemente —responde con voz queda.

Y de repente se acerca a mí y me besa, esta vez de manera dulce y suave.

Permanezco allí, petrificada, sin reaccionar durante un segundo. Lo creo. Sé que me dice la verdad cuando afirma que me hará daño. Hay algo en él que me pone los pelos de punta, que me ha alarmado desde la noche que lo conocí.

No es como los otros chicos con los que he salido. Es capaz de cualquier cosa. Y yo me veo totalmente a su merced.

Pienso en enfrentarme a él de nuevo. Sería lo normal en mi situación, lo más valiente. Y aun así no lo hago.

Siento la oscuridad que hay en su interior. Hay algo

que no me encaja de él. Su belleza exterior esconde dentro algo monstruoso.

No quiero provocar esa oscuridad. No quiero descubrir lo que pasaría si lo hago.

Así que permanezco metida en su abrazo y dejo que me bese. Y cuando me agarra y me lleva hacia la cama de nuevo, no trato de resistirme de ningún modo.

En lugar de eso, cierro los ojos y me entrego por completo a esa sensación.

Secuestrada ya está disponible. Para saber más y registrarte para mi lista de nuevas publicaciones, visita www.annazaires.com/book-series/espanol.

Lo que pasa en un club de sexo alienígena se queda en un club de sexo alienígena, ¿verdad?

Bueno… no, si escribes un reportaje al respecto. Y definitivamente, no si omites el hecho de que las experiencias que cuentas en el artículo son las tuyas propias.

Ni tampoco si el krinar con el que te has liado es el dueño del club, cuyas múltiples perversiones incluyen el chantaje y los juegos psicológicos.

Para una joven periodista que intenta probarse a sí misma, todo gira en torno a que le caiga la siguiente gran exclusiva.

Hasta que las cosas se tuercen y ahora todo gira en

torno a caer en la cama del ático de lujo de un alienígena posesivo.

Cuando los poderosos brazos de Vair me rodearon, atrayéndome hacia su musculoso cuerpo, mi respiración se volvió rápida e irregular. Podía sentir su calor, oler su aroma masculino y limpio, y una oleada de fuego me atravesó, haciendo que mis músculos internos se tensaran de deseo.

Sorprendida y avergonzada por la intensidad de mi reacción, intenté alejarme, extendiendo las palmas de las manos sobre el pecho de Vair para mantenerlo a cierta distancia.

—Espera, no se me da bien bailar...

—No te hace falta. —Me sonrió, ignorando mis débiles intentos de alejarlo—. Yo te llevaré.

—Pero...

—Sólo relájate, cariño —murmuró, comenzando a moverse al ritmo palpitante. Los músculos de acero de su pecho se flexionaron bajo mis dedos, y su muslo me rozó las piernas, causando que los latidos de mi corazón se dispararan—. ¿No es para esto para lo que habías venido?

Tomé aire con una respiración temblorosa y la mente discurriendo a toda velocidad, mientras miraba sus ojos oscuros y sensuales. *Quise gritar: ¡No! ¡No, no era para esto!*

—Solo quería ver cómo era todo esto —susurré por

contra, esperando que esa media verdad conseguiría que me echaran de allí. Escuché mi propia voz y parecía estar sin aliento, como si hubiera corrido un kilómetro—. Nunca había visto a uno de vosotros en persona, y tenía curiosidad, como ya te he dicho…

—Ah, sí, esa infame curiosidad tuya. —Su sonrisa adquirió un tono burlón—. Sabes para qué es este sitio, ¿verdad, pequeña humana?

Me humedecí el labio inferior, deseando que mi frenético ritmo cardíaco se frenara un poco.

—Por supuesto. Pero esta primera vez me gustaría solo observar. Espero que no sea un problema. —Si lo fuera, tendría que irme, ya que no tenía intención de acostarme con nadie para obtener una historia.

No estaba *tan* entregada a mi carrera.

Los ojos de Vair se oscurecieron ante mi respuesta, y la sonrisa se desvaneció de sus labios.

—Ya veo.

Esperé a que él dijera algo más, pero no lo hizo. En cambio, siguió sujetándome, y no me quedó más remedio que moverme con él al ritmo de la música. Sus manos me cogían por la cintura con suavidad, pero cada vez que intentaba soltarme, se apretaban, dejando claro que no estaba dispuesto a dejarme ir. Después de un par de intentos de liberarme discretamente de su abrazo, me rendí, no queriendo montar una escena.

Sólo un baile, me dije. *Solo es un baile.* No me importaba bailar con él si no insistía en nada más… y no parecía inclinado a hacerlo, al menos por ahora. Me mantenía a una escrupulosa distancia, lo bastante cerca como para que fuera muy consciente de su cuerpo cálido y musculoso, pero no tan cerca como para estar pegada a él. Sin embargo, un par de veces me pareció sentir como algo duro me rozaba el vientre, pero no pude estar segura porque el contacto fue breve.

Aun así, la idea *de que podría haber sido su erección, de que él me deseaba de esa forma*, era casi tan excitante como aterradora.

El informe Krinar ya está disponible. Para saber más y registrarte para mi lista de nuevas publicaciones, visita www.annazaires.com/book-series/espanol.

Anna Zaires es una autora de novelas eróticas contemporáneas y de romance fantástico, cuyos libros han sido éxitos de ventas en el New York Times y el USA Today, y han llegado al primer puesto en las listas internacionales. Se enamoró de los libros a los cinco años, cuando su abuela la enseñó a leer. Poco después escribiría su primera historia. Desde entonces, vive parcialmente en un mundo de fantasía donde los únicos límites son los de su imaginación. Actualmente vive en Florida y está felizmente casada con Dima Zales —escritor de novelas fantásticas y de ciencia ficción—, con quien trabaja estrechamente en todas sus novelas.

Si quieres saber más, pásate por www.annazaires.com/book-series/espanol.